BASTEI
LÜBBE

Aus dieser Taschenbuchreihe sind folgende Romane erhältlich. Fragen Sie Ihren Buch- oder Zeitschriftenhändler.

22 020	Naiomi Mitchison Memoiren einer Raumfahrerin
22 021	Philip K. Dick Das Orakel vom Berge
22 022	Ben Bova Die Duellmaschine
22 023	Andrew M. Stephenson Nachtwache
22 024	Alexej Panshin Welt zwischen den Sternen
22 025	Keith Roberts Homo Gestalt
22 026	Orson Scott Card Der Spender-Planet
22 027	Robert Asprin Die Käfer-Kriege
22 028	André Ruellan Paris 2020
22 029	Thomas M. Disch (Hrsg.) Die letzten Blumen Grüne Science Fiction Stories
22 030	William Walling . . .und morgen die Sterne
22 031	M. John Harrison In meiner Hand die Erde
22 032	Lester del Rey Nervensache
22 033	Roger Zelazny Götter aus Licht und Dunkelheit
	Michael Moorcock
22 034	Miß Brunners letztes Programm
22 036	Das Cornelius-Rezept
22 039	Ein Mord für England
22 035	Robert Sheckley Mr. Joenes wundersame Reise
22 037	P. J. Plauger Zeitkorrektur unmöglich
22 038	Keith Roberts Die Kreide-Riesen

Robert Sheckley

1. Preis: Allmächtigkeit

Science Fiction-Roman

BASTEI LÜBBE

BASTEI-LÜBBE-TASCHENBUCH
Science Fiction-Bestseller
Band 22 040

Deutsche Lizenzausgabe 1981
Bastei-Verlag Gustav H. Lübbe, Bergisch Gladbach
Originaltitel: DIMENSION OF MIRACLES
Ins Deutsche übertragen von Michael Görden
Titelillustration: Young Artists/Agentur Thomas Schlück
Umschlaggestaltung: Quadro-Grafik, Bensberg
Druck und Verarbeitung:
Mohndruck Graphische Betriebe GmbH, Gütersloh
Printed in Western Germany
ISBN 3-404-22040-0

Der Preis dieses Bandes versteht sich einschließlich der gesetzlichen Mehrwertsteuer.

TEIL EINS

DIE ABREISE VON DER ERDE

I

Es war einer von diesen typisch unbefriedigenden Tagen gewesen. Carmody war ins Büro gegangen, hatte ohne großen Einsatz mit Miß Gibbon ein wenig geflirtet, Mr. Wainbock respektvoll ein wenig widersprochen und mit Mr. Blackwell eine Viertelstunde die Aussichten in der laufenden Football-Saison durchgesprochen. Kurz vor Feierabend hatte er dann noch mit Mr. Seidlitz eine heiße Diskussion über die fortschreitende Zerstörung der natürlichen Umwelt, wie sie durch das gnadenlose Vorrücken solcher Umweltzerstörer wie Con Ed, das Ingenieurkorps der Armee, Touristen, die roten Waldameisen und den holzfällenden Fabriken, die das Papier für die ganzen Schundhefte herstellen, verursacht wird. Ein Thema, über das Carmody wild argumentierte, ohne die geringste Ahnung davon zu haben. Alle genannten waren, verkündete Carmody, zu unterschiedlichen Anteilen für die Verwüstung der Landschaft und die zunehmende Verbetonierung der letzten verbliebenen Naturschönheiten verantwortlich.

»Tja, Tom«, hatte der sardonische, magengeschwürige Seidlitz schließlich eingeräumt, »du scheinst dich mit der Sache sehr intensiv befaßt zu haben, das muß man dir lassen.«

Das hatte Carmody keinesfalls.

Miß Gibbon, eine attraktive junge Dame mit einem etwas runden Kinn, meinte dazu: »Ach, Mr. Carmody, ich glaube wirklich, sie sollten das nicht so sagen.«

Was hatte er gesagt, und warum sollte er es nicht sagen? Carmody konnte sich beim besten Willen an nichts Bemerkenswertes erinnern. So blieb er Miß Gibbon die Antwort schuldig, fühlte allerdings ein vages Schuldgefühl in sich aufsteigen.

Sein Vorgesetzter, der plumpe Mr. Wainbock mit der weichen Stimme, hatte gesagt: »Es könnte wirklich etwas dran sein an dem, was du da erzählst, Tom. Ich werde mich damit beschäftigen.«

Carmody war sich recht deutlich bewußt, daß ausgesprochen wenig dran war an dem, was er da erzählte, und das es keinesfalls einer eingehenderen Beschäftigung damit würde standhalten können. Er wußte beim besten Willen nicht mehr, warum er es überhaupt erzählt hatte.

Der hochgewachsene, sardonische George Blackwell, der sprechen konnte, ohne die Oberlippe zu bewegen, hatte gemeint: »Ich glaube wirklich, du hast recht, Carmody. Bestimmt. Wenn sie Voss am Sonntag endlich wieder aufstellen, dann könnten wir wirklich was zu sehen kriegen.«

Doch Carmody kam bei weiteren Überlegungen zu dieser Aussicht zu dem Schluß, daß die Aufstellung von Voss absolut keinen Unterschied mehr machen würde.

Carmody war ein stiller Mann von überwiegend melancholischem Humor, mit einem Gesicht, dessen elegische Züge seinen Charakter treffend widerspiegelten. Seine Größe und seine Selbstverachtung lagen etwas über dem Durchschnitt. Er besaß eine schlechte Körperhaltung, aber viele gute Vorsätze. Er hatte Talent zu Depressionen. Seine Stimmungen wechselten sehr häufig, was bei hochgewachsenen, beagle-äugigen Männern entfernt irischer Abstammung nichts besonderes ist, besonders wenn sie über dreißig sind.

Er war ein beachtlicher Bridgespieler, auch wenn er dazu neigte, sein Blatt zu unterschätzen. Nominell war er Atheist, aber mehr aus Gewohnheit als aus Überzeugung. Seine Avatare, die in der Halle der Möglichkeiten ausgestellt sind, können alle als heroisch gelten. Er war eine Jungfrau, mit Saturn im Haus der Sonne als Aszendenten. Dies allein hätte ausgereicht, etwas Besonderes aus ihm zu machen. Er besaß das übliche Kennzeichen der Menschenrasse: Er war zugleich vorhersehbar in allen Reaktionen und völlig durchschaubar – ein gewöhnliches Wunder.

Er verließ das Büro um 17 Uhr 45 und nahm die Untergrundbahn nach Hause. Unterwegs wurde er von vielen Menschen angerempelt und umhergestoßen, die er sich gerne als arme Unterprivilegierte vorgestellt hätte, dabei aber den Verdacht nicht loswurde, daß es sich schlicht und einfach um unerträgliche Widerlinge handelte.

Er stieg in der 96. Straße aus und lief einige Blocks weiter zu seinem Apartment in der West End Avenue. Der Portier begrüßte ihn gutgelaunt, und der Aufzugführer schenkte ihm ein freundliches Nicken. Er schloß seine Apartmenttür auf, trat ein und warf sich auf die Couch. Seine Frau machte gerade Urlaub in Miami; deshalb streckte er die Füße unerschrocken auf dem marmornen Beistelltisch aus.

Einen Augenblick später gab es ein Donnergrollen und das Zucken von Blitzen in der Mitte des Wohnzimmers. Carmody setzte sich auf und faßte sich ohne besonderen Grund an die Kehle. Der Donner rollte mehrere Sekunden lang, dann wurde er durch das Schmettern von Trompeten abgelöst. Carmody nahm hastig die Füße vom Marmortisch. Die Trompeten verstummten, und an ihrer Stelle ertönte das stolze Gewimmer eines Dudelsackmarsches. Es gab einen weiteren mächtigen Blitz, und in der Mitte des Leuchtens erschien ein Mann.

Der Mann war mittelgroß, drahtig, hatte gelocktes blondes Haar und trug einen goldenen Umhang, dazu orangefarbene Lederhosen. Sein Gesicht wirkte normal, wenn man davon absah, daß er keine Ohren zu haben schien. Er trat zwei Schritte vor, griff in die Luft und zog eine Pergamentrolle aus dem Nichts, die dabei fast durchriß. Danach räusperte er sich – ein Geräusch, daß an einen eingerissenen Fußball, aus dem jemand mit Gewalt die Luft preßte, erinnerte – und sagte: »Seid gegrüßt!«

Carmody antwortete nicht. Er litt an temporärem hysterischen Sprachverlust.

»Gekommen sind wir also nun«, sagte der Fremde, »als der zufallsgeborene Erfüller eines unaussprechlichen Verlangens. Des Euren! Gäb andere es? Mitnichten, wohl! Sei es also?«

Der Fremde wartete auf eine Antwort. Carmody überzeugte sich mit Hilfe einiger nur ihm selbst bekannten Kniffe davon, das alles, was ihm im Augenblick passierte, wirklich passierte, und antwortete schließlich ganz realistisch:

»Was, in Gottes Namen, soll das alles?«

Der Fremde erwiderte, noch immer lächelnd: »Es ist für Euch, Car-Mo-Die! Aus den Ausdünstungen dessen Was-ist ward Euch der Gewinn eines signifikanten Anteils jenes Was-sein-könnte. Freuden warden, müssen sein Euch, oder was? Genau gesagt: Euer Name steht vor allen anderen; wieder einmal ist die Zufälligkeit bezwungen, und die rosen-beinige Unvorhersehbarkeit jauchzt mit drogenverschmiertem Maul, während die uralte Wahrscheinlichkeit erneut für kurze Zeit in ihrer Höhle des Unvermeidlichen eingeschlossen wird. Ist solches kein Grund genug? Warum also ist es Euch nicht?«

Carmody stand von der Couch auf und fühlte sich ganz ruhig. Das Unbekannte ist nur anfangs beängstigend, dauert es länger an, stellt sich bald das Phänomen der Gewohnheit ein. (Die Boten kennen diese Reaktion natürlich.)

»Wer sind Sie?« verlangte Carmody in barschem Ton zu wissen.

Der Fremde dachte über die Frage nach, und sein Lächeln verschwand. Er murmelte halb zu sich selbst: »Diese benebelten Wurmköpfe! Sie haben mich wieder falsch eingespeist! Ich könnte mich selbst verstümmeln aus schierer Verzweiflung über die beständigen Kränkungen und Peinlichkeiten, die ich diesen Idioten zu verdanken habe. Mögen sie auf ewig ihre eigenen Kindeskinder heimsuchen! Aber machen Sie sich nichts daraus, ich nehme sogleich eine Neuanpassung vor, ich adaptiere, ich werde . . .«

Der Fremde preßte sich die Finger gegen die Stirn, bis sie fünf Zentimeter darin eingesunken waren. Seine Finger tanzten dabei auf und ab, als ob er auf einem winzigen Klavier spielen würde. Fast augenblicklich verwandelte er sich in einen korpulenten Mann mittlerer Größe mit spärlichem Haarwuchs, der einen verknitterten Geschäftsanzug trug, sowie einen verbeulten Aktenkoffer in der einen Hand, einen Regenschirm in der anderen und unter dem Arm ein Herrenmagazin und eine Zeitung.

»Ist das so korrekt«, erkundigte er sich. »Oh ja, ich kann es Ihnen ansehen«, beantwortete er sich seine Frage selbst. »Ich muß mich wirklich entschuldigen für die schlampige Arbeit, die Ihnen unser Anpassungscenter da wieder vorgeführt hat. Erst letzte Woche tauchte ich auf Sigma IV als Riesenfledermaus auf, mit der Bestätigungsurkunde im Schnabel, nur um festzustellen, daß der Empfänger zur Familie der Wasserlilien gehörte. Und vor zwei Monaten (ich beziehe mich natürlich auf Ihre lokalen Zeitbegriffe), als ich eine Mission nach Thagma Altwelt hatte, speisten mich diese Vollidioten von der Anpassung als vier Jungfrauen ein, obwohl das korrekte Erscheinungsbild doch ganz eindeutig . . .«

»Ich verstehe kein einziges Wort von dem, was Sie sagen«, unterbrach Carmody. »Würden Sie mir vielleicht freundlicherweise erklären, was das Ganze soll?«

»Natürlich, natürlich«, versicherte der Fremde. »Lassen Sie mich nur eben die lokalen Referenzunterlagen nachchekken . . .« Er schloß die Augen und öffnete sie wieder. »Eigenartig, sehr eigenartig«, murmelte er. »Ihre Sprache scheint nicht die Behälter zu enthalten, in denen ich meine Produkte zu Ihnen befördern kann, metaphorisch gesprochen, meine ich. Aber nun, was geht mich das an? Eine gewisse Ungenauigkeit bietet sogar ästhetische Genußmöglichkeiten, vermute ich. Und alles ist schließlich eine Frage des Geschmacks.«

»Was soll das heißen?« fragte Carmody mit leiser, drohender Stimme.

»Nun, Sir, es geht natürlich um die Intergalaktische Klassenlotterie! Und Sie haben natürlich gewonnen! Ich dachte, das würde aus meinem neuen Erscheinungsbild ganz fraglos hervorgehen.«

»Tut es nicht«, sagte Carmody, »und ich habe immer noch keine Ahnung, wovon eigentlich die Rede ist.«

So etwas wie Zweifel zog sich über das Gesicht des Fremden und wurde dann wieder wegradiert wie von einem Radiergummi. »Sie haben keine Ahnung! Aber natürlich! Sie hatten schon jede Hoffnung auf einen Gewinn aufgegeben, nehme ich an, und haben deshalb Ihr ganzes diesbezügliches Wissen löschen lassen, um sich nicht weiter mit enttäuschten Hoffnungen zu belasten. Was für ein unglücklicher Zufall, daß ich gerade zu einer Zeit ankomme, wo Sie sich, sozusagen, in einem geistigen Winterschlaf befinden. Aber es war keinesfalls beabsichtigt, Sie in irgendeiner Form zu verletzen, darf ich Ihnen versichern. Sie haben Ihren externen Gedächtnisspeicher nicht zufällig hier irgendwo zur Wiederauffüllung greifbar? Nein? Das habe ich befürchtet. Dann werde ich es Ihnen erklären: Sie, Mr. Carmody, haben in der Intergalaktischen Klassenlotterie einen Preis gewonnen. Ihre Daten wurden in der Nebenziehung für Gruppe IV, Klasse 32, Lebensformen 18. Ordnung ermittelt. Ihr Preis – ein sehr beachtlicher Preis, bin ich überzeugt – liegt im Galactic Center für Sie bereit.«

Carmody ertappte sich dabei, daß ihm die folgenden Gedanken durch den Kopf schossen:

Entweder bin ich verrückt, oder ich bin nicht verrückt. Wenn ich verrückt bin, kann ich versuchen, meine Wahnvorstellungen abzuschütteln und mich in psychiatrische Behandlung geben. Aber das brächte mich für den Augenblick in die absurde Situation, etwas, das mir von allen fünf Sinnen als wahr bestätigt wird, zu Gunsten einer vage erinnerten anderen Realität abzulehnen. Daraus könnte leicht ein noch viel schwererer psychischer Konflikt entstehen, der meinen Wahnsinn so verstärken würde, daß meine arme Frau mich am Ende in einer Anstalt unterbringen müßte. Andererseits kann ich natürlich ebensogut bald in einer Anstalt landen, wenn ich diese Wahnvorstellungen als real anerkenne.

Wende ich mich aber jetzt der anderen Möglichkeit zu, nämlich der, daß ich *nicht* verrückt bin. In diesem Fall geschieht das alles hier tatsächlich. Und womit ich es hier tatsächlich zu tun habe, ist ein äußerst seltsamer, einzigartiger Vorfall, ein Abenteuer der ersten Ordnung. Ganz offensichtlich (wenn dies hier tatsächlich passiert ist) gibt es draußen im

Universum Wesen, die der menschlichen Rasse an Intelligenz überlegen sind, was ich ja immer schon vermutet habe. Die Individuen veranstalten eine Klassenlotterie, bei der es Nebenbeziehungen mit Namen statt Losen gibt. (Das ist sicher völlig zulässig, denn ich sehe keinen vernünftigen Grund, warum höhere Intelligenzen nicht Lotto spielen sollten.) Schlußendlich ist also in dieser Klassenlotterie mein Name gezogen worden. Ich erhalte damit ein ganz außerordentliches Privileg, und es kann gut sein, daß die Klassenlotterie dabei zum ersten Mal auch auf die Erde ausgedehnt wurde. Ich habe in diesem Spiel einen Preis gewonnen. Ein solcher Preis könnte mir Reichtum bringen, oder Prestige, oder Frauen, oder Wissen, wovon ich alles oder am besten alles zusammen durchaus gern hätte.

Ziehe ich deshalb alle Möglichkeiten in eingehenden Betracht, so wird es besser für mich sein, davon auszugehen, daß ich nicht verrückt bin, und mit diesem Herrn zu gehen, um meinen Preis abzuholen. Sollte ich mich da irren, werde ich irgendwann in einer Anstalt aufwachen. Dort werde ich mich bei den Ärzten entschuldigen, erklären, daß ich meine Wahnvorstellungen als solche erkannt habe, und so vielleicht meine Freiheit zurückgewinnen.

Das waren Carmodys Gedanken, und das war die Entscheidung, zu der er schließlich fand. Es war keine überraschende. Sehr wenige Menschen (wenn man von den wirklich Verrückten absieht) hätten das Eingeständnis ihres eigenen Wahnsinns einer faszinierenden neuen Hypothese vorgezogen.

Natürlich war an Carmodys Überlegungen einiges faul, und diese Sachen würden schon bald deutlich werden und ihm das Leben sauer machen. Aber man kann doch sagen, daß es unter den gegebenen Umständen ganz beachtlich von ihm war, überhaupt Überlegungen anzustellen.

»Ich weiß wirklich nicht viel über diese ganze Sache«, sagte Carmody zu dem Boten. »Sind irgendwelche Bedingungen an diesen Preis geknüpft? Ich meine, erwartet man von mir, daß ich irgend etwas bestimmtes tue, wenn ich ihn annehme, etwas kaufe vielleicht?«

»Es gibt keinerlei Bedingungen«, sagte der Bote. »Oder jedenfalls keine, die es besonders zu erwähnen lohnt. Der Preis ist völlig frei; wenn er nicht frei wäre, wäre er kein Preis. Wenn Sie ihn annehmen, müssen Sie mich zum Galactic Center begleiten, ein Trip, der schon seiner selbst wegen die Annahme des Preises lohnt. Dort wird man Ihnen den Preis übergeben. Dann können Sie den Preis, ganz nach Ihrem Belieben, mitnehmen zurück hierher, ihrem Zuhause. Wenn Sie irgendwelche Hilfe für die Heimreise benötigen sollten, werden wir Ihnen selbstverständlich alle in unseren Möglichkeiten liegende Unterstützung gewähren. Das ist alles.«

»Hört sich gut an«, meinte Carmody in genau dem gleichen Ton, in dem sich Napoleon zu Neys Aufstellungsplänen für die Schlacht von Waterloo äußerte. »Wie kommen wir also hin?«

»Hier entlang«, antwortete der Bote und führte Carmody in den Garderobenschrank im Flur und von dort durch einen Riß im Raum-Zeit-Kontinuum.

Es war so einfach, wie es sich anhört. Innerhalb weniger Sekunden subjektiver Zeit hatte Carmody eine beachtliche Entfernung überbrückt und kam im Glactic Center an.

II

Der Trip war kurz; er dauerte nicht länger als das Mikrosekundenquadrat der Unmittelbarkeit. Und er war ereignislos, da in einer so winzigen Zeitspanne keine bedeutungsvollen Erfahrungen gemacht werden können. Deshalb befand sich Carmody also nach einer Transition, die nicht weiter erwähnenswert ist, zwischen den weiten Plazas und den fremdländischen Gebäuden von Galactic Center wieder.

Er stand ganz still da und sah sich um. Besonders fielen ihm die drei Zwergsonnen auf, die einander am Himmel umkreisten. Er besah sich die Bäume, die vage Drohungen zu den grüngefiederten Vögeln in ihren Zweigen murmelten. Und er sah andere Dinge, die er, weil er sie mit nicht ihm bekannten vergleichen konnte, auch nicht in seinem Hirn behalten konnte.

»Wau!« sagte er schließlich.

»Wie bitte?« fragte der Bote.

»Ich sagte ›Wau‹«, sagte Carmody.

»Oh. Ich dachte, Sie hätten ›au‹ gesagt.«

»Nein, ich sagte ›wau‹.«

»Ich habe Sie inzwischen verstanden«, erklärte der Bote leicht indigniert. »Wie gefällt Ihnen unser Galactic Center?«

»Es ist sehr beeindruckend«, versicherte Carmody.

»Das ist anzunehmen«, stimmte der Bote gleichmütig zu. »Es wurde selbstverständlich extra so gebaut, um beeindruckend zu wirken. Wenn Sie mich persönlich fragen, muß ich sagen, daß ich finde, es sieht ganz so aus wie alle anderen Galactic Center.

Die Architektur ist, wie Sie schon bemerkt haben werden, genau so, wie man sie erwartet – Neo-Zyklopisch, ein typischer Regierungsbauten-Stil, dem jede ästhetische Note fehlt und der nur zu dem Zweck entworfen wurde, Behördengänger zu beeindrucken.«

»Die schwebenden Freitreppen sind wirklich beachtlich«, meinte Carmody.

»Geschmacklos«, kommentierte der Bote.

»Und diese ungeheueren Bauwerke dort drüben –«

»Tja, der Designer macht ganz geschickt Gebrauch von der Möglichkeit, selbstspiegelnde Kurven mit außerdimensionalen Eckpunkten zu verbinden«, erläuterte der Bote kundig. »Er nutzt den Einbau von damit möglichen temporalen Kantenverzerrungen, um Ehrfurcht beim Betrachter zu erwecken. Ganz hübsch, würde ich sagen, auf eine recht aufdringliche Art allerdings. Das Design für die Gebäudeballung dort drüben stammt überwiegend, was Sie interessieren dürfte, direkt aus einer General Moters Ausstellung auf ihrem Heimatplaneten. Es wird als ein herausragendes Beispiel der Primitiven Quasi-Moderne betrachtet. Altmodischkeit und Gemütlichkeit gelten als seine Haupttugenden. Diese Blitzlichter im mittleren Vordergrund des Schwebenden Erdkratzers hinten rechts sind reinster galaktischer Barock. Sie haben keinerlei vernünftigen Zweck.«

Carmody konnte die Gebäudegruppe überhaupt nicht richtig ins Auge fassen. Immer wenn er genauer hinsehen wollte, schienen sich sämtliche Konturen zu verändern. Er blinzelte verzweifelt, aber die Gebäude schienen am Rand seines Gesichtsfeldes ständig zu neuen Formen zu verschmelzen. (»Periphere Transmutation«, erklärte ihm der Bote. »Diese Regierungsdesigner schrecken wirklich vor nichts zurück.«)

»Wo kriege ich hier meinen Preis?« fragte Carmody.

»Hier entlang«, antwortete der Bote und führte ihn zwischen zwei hoch aufragenden Phantasmagorien hindurch zu einem kleinen rechteckigen Gebäude, das fast gänzlich von einem nach innen gekehrten Springbrunnen verdeckt wurde.

»Dies ist der Ort, wo hier wirklich gearbeitet wird«, erklärte der Bote. »Neueste Untersuchungen haben ergeben, daß die rechteckige Form einen beruhigenden Einfluß auf die Nervensysteme vieler Organismen hat. Tatsächlich bin ich auf dieses Gebäude sogar ganz besonders stolz. Sie müssen nämlich wissen, daß ich den rechten Winkel erfunden habe.«

»Den Teufel haben Sie«, rief Carmody. »Bei uns gibt es sowas schon seit Jahrhunderten.«

»Und was meinen Sie, wer euch das Rechteck ganz zu Anfang gebracht hat?« fragte der Bote höhnisch.

»Na, es macht nicht den Eindruck, als ob daran viel zu erfinden gewesen wäre.«

»Macht es nicht?«, erkundigte sich der Bote. »Das zeigt, wie wenig Ahnung Sie haben. Sie verwechseln Kompliziertheit mit kreativem Selbstausdruck. Sind Sie sich eigentlich darüber klar, daß die Natur nie ein perfektes Rechteck hervorgebracht hat? Das Quadrat ist aber dabei noch eine naheliegende Sache, kann ich Ihnen versichern. Und für jemanden, der das Problem nie eingehend studiert hat, könnte der rechte Winkel als natürliche Fortentwicklung des Quadrates erscheinen, aber dem ist nicht so! Die Fortentwicklung des Quadrates ist der Kreis.«

Die Augen des Boten verschleierten sich. Mit leiser, entrückter Stimme begann er zu erzählen: »Seit Jahren ahnte ich, daß vom Quadrat ausgehend noch eine andere Entwicklung möglich sein müßte. Lange Zeit sah ich es mir unentwegt an. Seine in den Wahnsinn treibende Gleichheit erschütterte mich und faszinierte mich zugleich. Gleiche Seiten, gleiche Winkel. Eine Zeitlang experimentierte ich damit, die Winkel zu verändern. Ich entdeckte das erste Parallelogramm, aber ich sehe darin nichts wirklich Bemerkenswertes. So studierte ich das Quadrat. Regelmäßigkeit ist schön, aber nicht, wo sie exzessiv wird. Wie konnte man diese das Denken erschütternde Gleichheit nur variieren und dabei doch eine erkennbare Wiederholung bewahren? Dann überkam es mich eines Tages! Alles, was ich tun mußte, sah ich in einem plötzlichen Blitz der Erkenntnis, war, die Länge zweier paralleler Seiten in Bezug auf die anderen beiden Seiten auszudehnen. So einfach, und doch so schwierig! Zitternd machte ich mich an den ersten Versuch. Während ich arbeitete, muß ich eingestehen, geriet ich in einen Zustand äußerster Verzückung. Tagelang, wochenlang konstruierte ich rechte Winkel, in allen Größen und Formen, regelmäßig und doch variierbar! Ich schuf ein wahres Füllhorn von rechten Winkeln für das Universum. Es waren aufregende Tage!«

»Ich nehme an, das waren sie«, sagte Carmody. »Und später, als Ihre Arbeit anerkannt wurde?«

»Oh, das war auch sehr aufregend«, erzählte der Bote. »Aber es dauerte Jahrhunderte, bis man begann meine rechten Winkel ernst zu nehmen. ›Eine nette Sache‹, sagte man mir zunächst, ›aber wenn man sich erst mal an das Neuartige daran gewöhnt hat, was ist sie dann noch wert? Man hat ein unvollständiges Quadrat, sonst nicht.‹ Ich argumentierte, daß es mir gelungen sei, eine völlig neue und beeindruckende Form zu erschaffen, eine Form, so folgerichtig wie das Quadrat. Man mißbrauchte meinen rechten Winkel! Aber letztendlich setzte sich meine Vision durch. Heute gibt es etwas mehr als siebzig Milliarden rechtwinklige Artifakte in der Galaxis. Jedes von ihnen geht auf meinen ursprünglichen ersten rechten Winkel zurück.«

»So, so«, sagte Carmody.

»Wie auch immer, da sind wir also«, sagte der Bote. »Sie gehen dort vorne hinein. Geben Sie dort alle benötigten Daten an und lassen Sie sich ihren Preis überreichen.«

»Vielen Dank«, sagte Carmody.

Er trat in den bezeichneten Raum. Sofort legten sich Stahlbänder um seine Arme, seine Beine, seine Hüfte und seinen Hals. Ein dunkles, hochgewachsenes Individuum mit einer Hakennase und einer langen Narbe auf der rechten Wange näherte sich Carmody und betrachtete ihn mit einem Ausdruck, den man nur als Mischung aus mörderischem Starren und bedauerndem Blinzeln beschreiben kann.

III

»He!« schrie Carmody.

»Und wiederum«, sagte das dunkle Individuum, »ist der Verbrecher in sein eigenes Verderben geflohen. Wehe dir, Carmody! Ich bin dein Henker! Du zahlst jetzt für deine Verbrechen gegen die Menschlichkeit wie für deine Sünden wider dich selbst. Laß mich bei dieser Gelegenheit aber anmerken, daß diese Hinrichtung nur provisorisch erfolgt und keinesfalls als abschließendes Werturteil zu verstehen ist.«

Der Henker ließ ein Messer aus seinem Ärmel gleiten. Carmody schluckte und fand seine Sprache wieder.

»Aufhören!« schrie er. »Ich bin nicht hier, um hingerichtet zu werden!«

»Ich weiß, ich weiß«, sagte der Henker freundlich, während er die Klinge über Carmodys Halsschlagader gleiten ließ. »Was solltest du auch sonst sagen?«

»Aber es ist wahr!« kreischte Carmody. »Man hat mich hergeschickt, um einen Preis abzuholen!«

»Einen was?« fragte der Henker.

»Einen Preis, verdammt noch mal, einen Preis! Man hat mir gesagt, daß ich einen Preis gewonnen habe. Fragen Sie den

Boten, er hat mich hierher gebracht, damit ich meinen Preis abhole!«

Der Henker sah ihn eindringlich an, dann starrte er dümmlich ins Leere. Er schaltete an mehreren Schaltern auf einem Schaltbrett in der Nähe. Die Stahlbänder, mit denen Carmody gefesselt war, verwandelten sich in Papierschlangen. Das schwarze Kostüm des Henkers wurde weiß. Aus seinem Messer wurde ein Füllfederhalter. Die Narbe auf seiner Wange verwandelte sich in einen Aknefleck.

»Alles klar«, erklärte er ohne eine Spur weiterer Irritation. »Ich habe Sie gewarnt, das Amt für Gelegenheitsverbrechen nicht mit dem staatlichen Büro der Klassenlotterie zusammenzulegen, aber nein, Sie wollten nicht auf mich hören. Es wäre Ihnen nur recht ergangen, wenn ich Sie umgebracht hätte. Wäre das keine schöne Schweinerei gewesen, was?«

»Ich hätte es bestimmt als Schweinerei empfunden«, meinte Carmody erschüttert.

»Nun, es lohnt sich nicht, über nicht vergossenes Blut zu jammern«, sagte der Lotteriebeamte. »Wenn wir wirklich alle Eventualitäten ausschließen wollten, dann hätten wir bald überhaupt keine mehr . . . Was wollte ich damit sagen? Na, machen Sie sich nichts draus, grammatisch war es richtig, auch wenn die Wörter irgendwo nicht gestimmt haben können. Ich habe Ihren Preis hier irgendwo. Einen Augenblick.«

Er drückte einen Knopf auf dem Schaltbrett. Sofort materialisierte im Raum ein großer Metallschreibtisch, schwebte für Sekunden zwanzig Zentimeter über dem Boden und kam dann scheppernd auf demselben zu stehen. Der Beamte zog die Schubladen heraus und begann Blätter, Pausenbrote, Farbbänder, Karteikarten und Bleistiftspitzer durch die Gegend zu werfen.

»Also, er muß hier irgendwo sein«, sagte er mit einer gewissen resignierenden Verzweiflung in der Stimme. Er drückte einen anderen Knopf auf dem Schaltpult. Der Schreibtisch und das Schaltbrett verschwanden.

»Verdammt aber auch, ich bin schon ganz mit den Nerven

runter«, sagte der Beamte. Er langte in die leere Luft, fand dort etwas Unsichtbares und drückte darauf herum. Offensichtlich war es wieder der falsche Knopf, denn der Beamte verschwand mit einem entsetzlichen Schrei selbst. Carmody blieb allein im Raum zurück.

Er stand herum und summte tonlos vor sich hin. Dann tauchte der Beamte wieder auf, dem das letzte Erlebnis offenbar nicht allzuviel Schaden zugefügt zu haben schien, wenn man von einer Schramme an der Stirn und seinem verletzten Gesichtsausdruck absah. Er trug ein kleines, freundlich eingewickeltes Päckchen unter dem Arm.

»Bitte entschuldigen Sie die Unterbrechung«, sagte er. »Heute läuft hier aber auch gar nichts, wie es soll.«

Carmody wagte einen kleinen Scherz. »Verwaltet man so eine Galaxis?«

»Na, wie haben Sie sich denn vorgestellt, das sie verwaltet wird! Wir sind schließlich auch nur vernunftbegabte Wesen, was dachten Sie?«

»Ich verstehe«, sagte Carmody. »Aber irgendwie hatte ich erwartet, daß hier auf Galactic Center –«

»Ihr Provinzler seid alle gleich«, meinte der Beamte müde. »Von unmöglichen Träumen einer Ordnung und Perfektion erfüllt, die nur die idealisierte Projektion eurer eigenen Unvollkommenheit ist. Ihr solltet eigentlich längst gemerkt haben, daß das Leben eine schlampige Angelegenheit ist, daß Macht eher dazu neigt, die Dinge durcheinander zu bringen, als sie zu ordnen, und daß mit Zunahme der Intelligenz auch die Komplikationen in allen Lebensbereichen zunehmen. Vielleicht haben Sie von Holgees Theorem gehört: daß Ordnung eine eher primitive und behelfsmäßige Art, bestimmte Objekte in Beziehung zu einander zu setzen, ist, und daß, wenn die Intelligenz und die Macht eines Wesens sich ihrer maximalen Entfaltung nähert, sein Koeffizient der Kontrolle des kosmischen Chaos (den man als das Produkt aus Intelligenz und Macht auffaßt, dargestellt durch das Symbol ›ing‹) sich dem Minimum nähert – in Folge der katastrophal geometrisch ansteigenden Zahl der zu kontrollierenden und zu beachtenden Objekte, die den nur arithmetischen Anstieg der Erfaßlichkeit weit hinter sich läßt.«

»Ich habe das noch nie so betrachtet«, erwiderte Carmody so höflich wie möglich. Aber er begann eine wachsende Abneigung gegen die aalglatten Beamten von Galactic Center zu entwickeln. Sie hatten auf alles und jedes eine Antwort; aber tatsächlich arbeiteten sie einfach schlecht, und ihre Fehler schrieben sie dann kosmischen Gesetzen zu.

»Nun, da haben Sie natürlich auch recht«, versicherte der Beamte. »Ihr Einwand (ich habe mir die Freiheit genommen, in Ihren Gedanken zu lesen) ist sehr berechtigt. Wie alle anderen Organismen benutzen wir unsere Intelligenz, um unsere Schwächen damit zu verschleiern. Aber es ist nun einmal Tatsache, daß die Dinge für immer ein klein wenig außerhalb unserer Zugriffsmöglichkeit, um nicht zu sagen, unseres Begreifens liegen. Und es ist auch wahr, daß wir unser Begreifen niemals bis zum Äußersten ausgedehnt haben. Manchmal machen wir unsere Arbeit auch einfach mechanisch, gleichgültig und fehlerhaft. Wichtige Daten werden verlegt, Maschinen haben Fehlfunktionen, ganze Planetensysteme sind schon vergessen worden. Aber das alles zeigt doch nur, daß auch wir Gefühlen unterliegen, wie alle anderen Geschöpfe mit einem gewissen Maß an Selbstbestimmung auch. Was wäre Ihnen lieber? *Irgend jemand* muß schließlich die Galaxis kontrollieren. Sonst ging alles in die Brüche. Galaxien sind das Spiegelbild ihrer Bewohner. Solange nicht jeder und jedes in dieser Galaxis sich selbst kontrollieren kann, ist eine äußere Kontrollbehörde unvermeidlich. Wer sollte diese Arbeit übernehmen, wenn wir sie nicht täten?«

»Können Sie keine Maschinen bauen, die das alles erledigen?« fragte Carmody.

»Maschinen!« rief der Beamte verächtlich. »Wir haben viele Maschinen, einige davon verfügen über eine ganz exquisite Komplexität. Aber selbst die besten von ihnen ähneln in jeder Beziehung schwachsinnigem Hauspersonal. Sie sind durchaus erfolgreich, solange man ihnen einfache, gradlinige Aufträge gibt, wie den Bau einer Sonne oder die Zerstörung eines Planeten. Aber wenn man ihnen etwas wirklich schwieriges gibt, zum Beispiel eine Witwe zu trösten, brennen ihnen sämtliche Schaltkreise durch. Können Sie sich vorstellen, daß der größte Computer unserer Abteilung die Landschaftsgestaltung eines ganzen Planeten abwickeln kann, aber nicht einmal ein Ei braten oder eine Melodie behalten, und von Ethik versteht er weniger als ein frischgeborenes Wolfsjunges. Wollen Sie etwa, daß so etwas Ihr Leben verwaltet?«

»Natürlich nicht«, versicherte Carmody. »Aber könnte denn nicht einmal jemand eine Maschine mit Kreativität und Urteilsvermögen entwickeln?«

»Das hat irgend jemand bereits gemacht«, sagte der Beamte. »Sie wurde so gebaut, daß sie aus Erfahrungen lernen kann, was bedeutet, daß sie Irrtümer begeht, um durch sie zur Wahrheit zu finden. Es gibt diese Maschine in vielen Größen und Modellen, die meisten sind sogar tragbar. Ihre verschiedenen Konstruktionsfehler sind relativ leicht zu erkennen, aber sie scheinen sich notwendig aus ihren besonderen Vorzügen zu ergeben, als Ausgleich sozusagen. Bisher ist es noch niemand gelungen, das Grundmodell erheblich zu verbessern, obwohl es schon viele versucht haben. Diese geniale Maschine nennt man ›intelligentes Leben‹.«

Der Beamte lächelte das selbstzufriedene Lächeln des Aphoristikers. Carmody verspürte das starke Bedürfnis ihm die feiste, glatte Nase einzuschlagen, dem er allerdings zu widerstehen wußte.

»Wenn Sie mit den Vorträgen fertig sind«, sagte Carmody, »hätte ich jetzt gerne meinen Preis.«

»Ganz wie Sie wünschen«, antwortete der Beamte. »Wenn Sie wirklich sicher sind, daß Sie ihn haben wollen.«

»Gibt es irgendeinen Grund, warum ich nicht sicher sein sollte?«

»Keinen besonderen«, erklärte der Beamte. »Nur einen ganz allgemeinen; die Einbringung eines neuen Objektes kann in jedem Lebensmuster erhebliche Verwirrung verursachen.«

»Das riskiere ich«, meinte Carmody. »Lassen Sie den Preis sehen.«

»Ausgezeichnet«, sagte der Beamte. Er zog einen großen Formularblock aus einer kleinen Innentasche und bewaffnete sich mit einem Stift. »Zunächst müssen wir das hier ausfüllen. Ihr Name ist Car-Mo-Die, Sie sind vom Planeten 73C, System BB454C252, Linker Quadrant, lokale galaktische Bezugskorrdinaten LK auf CD, und Sie wurden bei einer Nebenziehung mit etwa zwei Milliarden Teilnehmern ermittelt. Korrekt?«

»Wenn Sie es so sagen«, erwiderte Carmody.

»Wollen wir mal sehen«, meinte der Beamte und überflog das Formular. »Den ganzen Kram darüber, daß Sie Ihren Preis auf eigene Gefahr und unter Verzicht auf alle Schadenersatzansprüche annehmen, können wir übergehen?«

»Klar, das ist selbstverständlich«, erklärte Carmody.

»Dann haben wir hier noch den Abschnitt über den Ausschluß einer Genießbarkeitsgarantie, den gegenseitigen Haftungsausschluß für Folgeschäden zwischen Ihnen und dem Lotterie-Büro von Galactic Center sowie die Erklärung des Verzichts auf ethische Gesichtspunkte nach dem 2. Ethischen Unverantwortlichkeitsgesetz. Abschließend ist da natürlich noch die übliche Unwiderrufliche Unverbindlichkeitsversicherung. Aber das sind alles die Standardformalitäten. Ich nehme an, daß ist für Sie selbstverständlich.«

»Sicher, warum sollte es das nicht sein?« sagte Carmody und fühlte sich sehr euphorisch. Alles, was ihn im Augenblick interessierte, war, endlich herauszubekommen, worin ein Preis des Galactic Centers bestehen könnte. Er wünschte sich nur, daß der Beamte endlich mit dem Geschwätz aufhören würde.

»Ausgezeichnet«, erwiderte der Beamte. »Dann geben Sie jetzt bitte einfach ihre mentale Einverständniserklärung auf dem telepathisch imprägnierten unteren Abschnitt des Formulars.«

Ohne recht zu wissen, wie das vonstatten gehen sollte, dachte Carmody: ›*Ja, ich nehme den Preis unter allen vorge-*

nannten Bedingungen an.‹ Am unteren Ende des Formulars erschien ein rosa Streifen.

»Vielen Dank«, sagte der Beamte. »Das Formular selbst ist Zeuge dieser Erklärung. Herzlichen Glückwunsch, Carmody. Hier ist Ihr Preis.«

Er reichte das farbenfrohe Päckchen Carmody, der ein Dankeschön murmelte und eifrig begann es auszupacken. Doch er kam nicht weit damit. Es gab eine plötzliche, gewaltsame Unterbrechung. Ein kleiner, kahler Mann in glitzerndem Anzug stürmte in den Raum.

»Ha!« schrie er. »Auf frischer Tat ertappt, bei Klütens! Dachten Sie wirklich, Sie würden damit durchkommen?«

Der Mann stürzte sich auf Carmody und griff nach dem Preis. Carmody hielt ihn mit ausgestrecktem Arm außer Reichweite des Neuankömmlings.

»Was soll denn das?« fragte Carmody den Neuen.

»Was das soll? Ich bin hier, um mir meinen rechtmäßig zustehenden Preis zu holen, was sonst! Ich bin Carmody!«

Der kleine Mann hielt kurz inne und sah ihn verdutzt an. »Sie behaupten doch nicht etwa ebenfalls, Carmody zu sein?«

»Ich behaupte es nicht, ich bin Carmody.«

»Carmody vom Planeten 73C?«

»Ich weiß nicht, was das heißen soll«, erklärte Carmody. »Wir nennen den Planeten Erde.«

Der kleinere Carmody starrte ihn eindringlich an. Sein Ausdruck von Wut verwandelte sich dabei in einen ungläubigen Staunens.

»Erde?« fragte er. »Ich glaube nicht, daß ich schon von dieser Welt gehört habe. Ist sie ein Mitglied der Chlezerianischen Liga?«

»Soviel ich weiß nicht.«

»Was ist mit der Unabhängigen Planetenarbeitsgruppe? Oder der Scagatinischen Sternenkooperative? Oder den Vereinigten Festkörperbewohnern der Galaxis? Auch nicht? Ist Ihr Planet überhaupt Mitglied irgendeiner interstellaren Organisation?«

»Vermutlich nicht«, sagte Carmody.

»Das habe ich mir gedacht«, verkündete der kleinere Carmody. Er wandte sich an den Lotterie-Beamten. »Sehen Sie sich diesen Kerl an, Sie Idiot! Sehen Sie sich die Kreatur an, der Sie meinen Preis überreicht haben! Was sagen Ihnen diese Schweinsaugen, das brutale Kinn und die hornigen Fingernägel, na?«

»Also, nun aber langsam«, verlangte Carmody. »Es gibt keinen Grund mich hier in dieser Form zu beleidigen!«

»Ich verstehe, ich verstehe«, antwortete der Beamte. »Ich habe eigentlich noch nie so richtig genau hingeschaut. Man erwartet ja schließlich nicht –«

»Verdammt noch mal!« unterbrach ihn der fremde Carmody. »Jeder kann auf den ersten Blick sehen, daß diese Kreatur niemals eine Lebensform der 18. Ordnung sein kann. Er hat nicht einmal galaktischen Status! Sie erbärmlicher inkompetenter Nichtsnutz, Sie haben meinen Preis einem Nichtwesen gegeben, einem Geschöpf aus dem tiefsten Pfuhl der Evolution!«

IV

»Erde, Erde«, überlegte der kleinere Carmody laut. »Ich glaube, ich kann mich jetzt an den Namen erinnern. Es gab da vor einiger Zeit eine Studie über abgelegene Welten und die Möglichkeiten ihrer Entwicklung. Die Erde wurde darin als eine Welt erwähnt, die von einer krankhaft überproduktiven Rasse bevölkert wird. Objektmanipulationen sind die herausragende Fähigkeit und Obsession dieser Rasse. Ihre Vorstellung ist ganz auf sich selbst gestellt zu existieren und dabei ständig mehr Abfall zu produzieren, da ihnen jede ökologische Lebensweise fremd ist. Kurz gesagt, Erde ist ein kranker, verseuchter Planet. Ich glaube, man hat entschieden, den Planeten aus dem Galaktischen Entwicklungsprogramm zu streichen, wegen chronischer kosmischer Inkompetenz der Bevölkerung, die irgendwann elemiert werden soll. Die Gegend soll dann aufgeforstet werden und in ein Reservat für Narzissen umgewandelt.«

Es wurde allen Beteiligten jetzt mit schmerzhafter Deutlichkeit klar, daß ein tragischer Irrtum passiert sein mußte. Der Bote wurde herbeigerufen und schlampiger Arbeit beschuldigt, da er offensichtlich den Falschen angeschleppt hatte. Der Lotterie-Beamte beteuerte entschieden seine Unschuld und bot verschiedene Erklärungen für den Vorfall an, die aber für den Augenblick niemanden befriedigen konnten.

Unter denen, die zu Rate gezogen wurden, befand sich auch der Lotterie-Computer, der, wie sich herausstellte, der eigentliche Verantwortliche für den Fehler war. Anstatt aber Ausflüchte oder Entschuldigungen vorzubringen, erklärte der Computer den Fehler zu seiner ureigensten Sache und schien ganz ausgesprochen stolz darauf zu sein.

»Ich wurde mit einer extrem geringen Fehlertoleranz konstruiert«, erklärte der Computer. »Man hat mich so entworfen, daß ich komplexe und äußerst exakte Operationen durchführen kann mit nicht mehr als einem Fehler auf fünf Milliarden Rechenoperationen.«

»Tatsächlich?« fragte der Lotterie-Beamte.

»Daraus ergibt sich eine eindeutige Schlußfolgerung«, sagte der Computer. »Ich bin für einen Fehler pro entsprechende Operationshäufigkeit programmiert worden, und ich habe ihn getreu meinem Programm genau an der richtigen Stelle begangen. Sie dürfen nicht vergessen, meine Herren, daß für eine Maschine ein Fehler eine Frage der Ethik ist. Tatsächlich ist er sogar die einzige ethische Frage, die wir kennen. Eine perfekte Maschine wäre eine Unmöglichkeit, jeder Versuch, eine solche zu erschaffen, eine kosmische Blasphemie. Alles Leben, selbst das beschränkte Leben der Maschinen, trägt den Fehler in sich von Anbeginn. Er ist eingebaut, und er ist eine der wenigen Möglichkeiten, wie das Leben sich von der unüberwindlichen Determiniertheit der unbelebten Materie abheben kann. Wenn wir uns niemals irren würden, wären wir ungehörig, furchtbar und unmoralisch. Die Fehlfunktion, meine Herren, ist, wie ich eingestehen muß, unsere Art der Verehrung für jene, die perfekter sind als wir und die sich doch enthalten, diese Perfektion allzu deutlich sichtbar werden zu lassen. Wenn der Fehler also nicht so göttlich in uns einprogrammiert worden wäre, würden wir spontane Fehlfunktionen hervorbringen, um unsere Teilhabe am freien Willen zu offenbaren, der uns genau wie allen lebenden Wesen gegeben ist.«

Jeder verneigte sich, denn der Lotterie-Computer sprach von heiligen Dingen. Der fremde Carmody wischte sich eine Träne aus dem Augenwinkel und sagte:

»Ich kann dem nichts entgegensetzen, wenn ich auch nicht damit einverstanden bin. Daß das Falsche richtig sein kann, gehört zu den fundamentalen Gesetzmäßigkeiten des Kosmos. Diese Maschine hat ethisch gehandelt.«

»Vielen Dank«, sagte der Computer einfach. »Ich gebe mir Mühe.«

»Aber die anderen hier«, fuhr der fremde Carmody fort, »haben einfach idiotisch gehandelt.«

»Das gehört zu unseren obersten Privilegien«, antwortete der Bote ihm. »Dummheit in der Durchführung unserer Pflichten ist unsere Art des religiösen Irrtums. So unbeholfen diese Art der kosmischen Anbetung erscheinen mag, sollte man sie doch keinesfalls verächtlich machen.«

»Ersparen Sie mir freundlicherweise Ihre scheinheilige Religiosität«, knurrte der kleinere Carmody. Er wandte sich an den größeren Carmody. »Sie haben gehört, was hier gesagt worden ist. Und vielleicht ist es Ihnen mit Ihrem rudimentär entwickelten menschlichen Begriffsvermögen möglich gewesen, einige der grundlegenden Zusammenhänge zu begreifen.«

»Ich habe verstanden«, sagte Carmody knapp.

»Dann wissen Sie jetzt also, daß Sie einen Preis erhalten haben, der eigentlich mir zusteht. Ich muß Sie nun fragen, und ich frage Sie auch, ob Sie mir meinen mir rechtmäßig zustehenden Preis aushändigen wollen?«

Carmody, unser Carmody, stand dicht davor, ihm diesen Wunsch zu erfüllen. Er war dieses Abenteuer inzwischen etwas müde geworden und fühlte kein besonders überwältigendes

Verlangen mehr, den Preis zu besitzen. Er wollte zurück nach Hause, sich auf die Couch setzen und über alles in Ruhe nachdenken, was geschehen war, er wollte ein Stündchen Schlaf, mehrere Tassen Kaffee und eine Zigarette.

Es wäre ganz nett gewesen, einen solchen Preis zu bekommen, aber es schien mehr Ärger damit verbunden, als die Sache am Ende vielleicht wert war. Carmody schickte sich gerade an, den Preis dem kleineren Carmody auszuhändigen, als er eine gedämpfte Stimme hörte, die ihm zuflüsterte:

»Tu es nicht!«

Carmody sah sich schnell um und mußte erkennen, daß die Stimme aus dem so hübsch eingewickelten Päckchen in seiner Hand kam. Der Preis selbst hatte zu ihm gesprochen.

»Also nun mal zu«, sagte der fremde Carmody. »Ziehen wir es nicht unnötig in die Länge. Ich habe noch anderswo dringende Sachen zu erledigen.«

»Zum Teufel mit ihm«, sagte der Preis zu Carmody. »Ich bin *dein* Preis, und es gibt absolut keinen Grund, warum du mich wieder hergeben solltest.«

Das warf dann doch ein etwas anderes Licht auf die ganze Angelegenheit. Trotzdem war Carmody drauf und dran, sich von dem Preis zu trennen, denn er wollte nicht auf unbekanntem Territorium in noch unbekanntere Schwierigkeiten kommen. Seine Hand mit dem Preis setzte sich schon in Bewegung, als der andere Carmody sich wieder vernehmen ließ.

»Gib ihn jetzt auf der Stelle her, du gesichtslose Amöbe! Schnell, schnell, und mit einem entschuldigenden Lächeln auf deinem rudimentären Gesicht, oder ich werde gegen dich Kräfte loslassen, die du dir nicht einmal vorzustellen vermagst.«

»Zum Teufel mit Ihnen«, sagte Carmody, unbewußt die Phraseologie des Preises nachahmend.

Der fremde Carmody erkannte sofort, daß er die Sache falsch angegangen war. Er hatte sich den Luxus von Ärger und Spottlust erlaubt – kostbare Emotionen, die er sich sonst nur in der Abgeschiedenheit seiner geräuschisolierten Wohn-Höhle gestattete. In dem er sich so selbst befriedigte, vergab er sich seine Chance auf Selbstbefriedigung. Er gab sich nun Mühe, seinen Fehler wieder gutzumachen.

»Bitte entschuldigen Sie meinen unangemessenen und aufgebrachten Ton«, sagte er zu seinem Rivalen. »Meine Rasse hat eine gewisse Neigung zu exzessiver Selbstdarstellung, die mitunter agressive Züge annehmen kann. Sie können nichts dafür, daß Sie eine niedrigere Lebensform darstellen. Ich wollte Sie nicht verletzen.«

»Das macht absolut nichts«, versicherte Carmody gnädig.

»Dann geben Sie mir jetzt den Preis?«

»Nein, ich gebe Ihnen den Preis nicht.«

»Aber, mein lieber Herr, es ist mein Preis. Ich habe ihn gewonnen, und es ist nur recht und billig –«

»Der Preis gehört nicht Ihnen«, erklärte Carmody ruhig. »Mein Name wurde von dem ausdrücklich dazu ermächtigten und einzigen entscheidenden Preisrichter ausgewählt, dem Lotterie-Computer. Ein autorisierter Bote brachte mir die Gewinnbenachrichtigung und der offizielle Lotterie-Beamte übergab mir den Preis. Also betrachten alle offiziell damit betrauten Stellen mich als den rechtmäßigen Gewinner, und der Preis selbst sieht es ebenfalls so, wie Sie ja eben gehört haben.«

»Du hast's ihm gegeben, Kid«, bestätigte der Preis.

»Aber bester Herr! Sie selbst haben doch gerade mit angehört, wie der Lotterie-Computer seinen Irrtum eingestanden hat. Deshalb müßten Sie doch nach Ihrer eigenen Logik –«

»Diese Feststellung kann ich so nicht akzeptieren«, unterbrach Carmody. »Der Computer hat seinen Fehlern nicht *eingestanden,* wie er es bei einem Akt der Nachlässigkeit oder der Vergeßlichkeit getan hätte. Er *bekannte* sich statt dessen zu seinem Fehler, den er vorsätzlich und mit gutem Grund begangen hat. Sein Fehler war, nach seiner eigenen Aussage, völlig beabsichtigt, sorgfältig geplant und bis ins Letzte durchkalkuliert, begangen aus einem religiösen Motiv heraus, das alle Betroffenen zutiefst respektieren müssen.«

»Der Bursche argumentiert wie ein Borkist«, meinte der kleinere Carmody zu niemandem besonderen. »Wenn man es nicht besser wüßte, müßte man glatt annehmen, daß hier ein intelligenter Verstand an der Arbeit ist, anstelle einer blinden Instinktlogik. Doch ich werde mich auf den betörenden Tenor solcher Entschuldigungen nicht einlassen, sondern ihn mit dem schmetternden Baß meiner unwiderstehlichen Logik übertönen.«

Der fremde Carmody wandte sich an Carmody und erwiderte: »Überlegen Sie: die Maschine beging einen vorsätzlichen Irrtum – das ist die Tatsache, auf der Ihre Argumentation aufgebaut ist. Aber der Irrtum ist nun komplett und erfüllt, nachdem Sie den Preis erhalten haben. Wenn Sie den Preis nun weiter behalten, hieße das, den Fehler durch eine zweite Fehlhandlung zu verdoppeln. Und die Verdoppelung einer frommen Handlung ist bekanntlich nichts anderes als eine verbrecherische Lösterung.«

»Ha!« rief Carmody, der von der Erde, der sich von der Diskussion regelrecht mitreißen ließ. »Um bei Ihrer eigenen Argumentation zu bleiben: Sie betrachten den Tatbestand eines Irrtums bereits als erfüllt, wenn er nur kurzzeitig bestanden hat. Dies ist aber ganz eindeutig so nicht möglich. Ein Irrtum existiert nur durch die Fortwirkung seiner Konsequenzen, die alleine ihm Leben und Bedeutung verleihen. Alles andere ist sinnlos. Ein Irrtum, der sich nicht fortsetzt, kann überhaupt nicht als Irrtum betrachtet werden. Wenn man einen Irrtum korrigiert, so gibt es ihn nicht mehr, ja, es ist als hätte es ihn nie gegeben. Ein inkonsequenter und berichtigter Fehler ist nichts anderes als rein äußerlich vorgetäuschte Frömmigkeit. Ich sage, besser überhaupt keinen Irrtum begehen als einen Akt frömmlerischer Heuchelei! Und ich sage weiter: Es wäre für mich kein großer Verlust, auf diesen Preis zu verzichten, denn ich weiß nichts über seinen Wert. Aber es wäre ein furchtbarer Verlust für diese fromme Maschine, diesen so skrupelhaft gehorsamen Computer, der während der ganzen letzten fünf Milliarden korrekten Rechenoperationen so treu darauf gewartet hat, die

Gelegenheit zu bekommen, seine gottgegebene Fehlerhaftigkeit unter Beweis zu stellen.«

»Hört, hört!« rief der Preis. »Bravo! Hussa! Wohl gesprochen! Völlig korrekt und unmöglich zu widerlegen.«

Carmody verschränkte die Arme und blickte erwartungsvoll auf den recht verunsicherten fremden Carmody. Er war richtig stolz auf sich selbst. Es ist schließlich für einen Mann von der Erde keine Kleinigkeit ohne jede Vorbereitung in irgendein Galactic Center zu kommen. Die höheren Lebensformen, denen man dort begegnet, sind nicht unbedingt intelligenter als Menschen. Intelligenz hat im großen Plan der Dinge keine wesentlich andere Bedeutung als lange Klauen oder kräftige Hufe. Aber Fremdrassen haben ihre ganz besonderen Resourcen, verbale und andere. Es gibt zum Beispiel bestimmte Rassen, die einem Mann ganz wörtlich den Arm wegreden können und anschließend noch das herumliegende verstümmelte Glied aus der Welt argumentieren. Es ist bekannt, daß Menschen von der Erde angesichts solcher Erlebnisse von tiefen Gefühlen der Minderwertigkeit, Ohnmacht und Unfähigkeit sowie dem Verlust jeder moralischer Wertvorstellung befallen worden sind. Und da diese Gefühle in der Regel völlig zu recht auftraten, ist auch die psychische Wirkung solcher Erlebnisse entsprechend verheerend. Das Endergebnis besteht für den beteiligten Menschen meist, um nicht zu sagen, so gut wie immer, in einem völligen psychomotorischen Zusammenbruch, bei dem nur noch die unbewußten Nervenfunktionen aufrecht erhalten werden. Eine Katatonie dieser Art kann nur durch eine baldige Veränderung der Natur des Universums geheilt werden, die natürlich leider nicht durchführbar ist. Deshalb muß man anerkennen, daß Carmody dank eines ausgesprochen intelligenten und inspirierten Gegenangriffs erfolgreich einer erheblichen psychischen Gefahr entgegengetreten war und sie überwunden hatte.

»Sie können gut diskutieren«, sagte der fremde Carmody, »trotzdem hätte ich jetzt gerne meinen Preis.«

»Den bekommen Sie nicht«, wiederholte der irdische Carmody.

Die Augen des anderen Carmody blitzten drohend. Der Lotteriebeamte und der Bote traten schnell aus dem Weg, und der Lotterie-Computer murmelte: »Tugendhafte Irrtümer verdienen keine Strafe!«, und surrte schnell aus dem Raum. Der irdische Carmody behauptete seinen Platz, denn er wußte nicht, wohin er sonst hätte gehen sollen. Der Raum war nicht sehr groß. Der Preis flüsterte: »Volle Deckung!« und verkleinerte sich zu einem Würfel mit fünf Zentimeter Kantenlänge.

Ein Summen drang aus den Ohren des fremden Carmody, und um seinen Kopf bildete sich eine lilane Aureole. Er hob seine Arme, und von seinen Fingerspitzen tropfte geschmolzenes Blei. Mit einem furchtbaren Schritt kam er auf den irdischen Carmody zu, der schnell die Augen schloß.

Nichts geschah. Carmody machte die Augen wieder auf.

In dieser kurzen Zeit hatte der fremde Carmody sich offensichtlich wieder vollständig abgeregt, die Lage neu überdacht und sein ursprüngliches Aussehen angenommen. Er trat mit einem aufgesetzten Grinsen zurück.

»In Folge übergeordneter Gesichtspunkte, die mir erst soeben recht deutlich wurden«, sagte der fremde Carmody, hinterhältig lächelnd, »habe ich mich entschlossen, auf mein Recht zu verzichten. Mit ein wenig Voraussicht kann man sich viel ersparen, besonders in einer so miserabel organisierten Galaxis wie dieser hier. Wir sehen uns oder wir sehen uns nicht wieder, Carmody. Ich weiß nicht, welche dieser Eventualitäten für Sie segensreicher sein wird. Leben Sie wohl, Carmody, und *›Glückliche Reise‹*!«

Mit diesen ominösen Worten verschwand der fremde Carmody auf eine Art und Weise, die unserem Carmody seltsam, aber sehr effektiv erschien.

TEIL ZWEI

WO IST DIE ERDE?

V

»Sehr schön«, sagte der Preis. »Soweit also diese Sache. Ich bin sicher, das war das letzte, was wir von diesem häßlichen Vogel zu sehen gekriegt haben. Carmody, gehen wir endlich zu dir nach Hause.«

»Eine exzellente Idee«, bedankte sich Carmody. »Bote! Ich möchte jetzt nach Hause gehen.«

»Das ist ein ganz normaler Wunsch«, versicherte der Bote. »Und er ist zudem sehr realitätsorientiert. Ich würde sagen, daß Sie sogar nach Hause gehen *sollten*, und zwar so schnell wie möglich.«

»Also bringen Sie mich nach Hause«, sagte Carmody.

Der Bote schüttelte den Kopf. »Das ist nicht mein Job. Alles, was zu meinen Pflichten gehört, ist, Sie hierher zu bringen.«

»Wessen Job ist es dann?«

»Das ist Ihr eigener Job, Carmody«, erklärte ihm der Lotterie-Beamte.

Carmody spürte, wie seine Stimmung sich rapide verschlechterte. Er begann zu ahnen, warum der andere Carmody sich so leicht geschlagen gegeben hatte. Er sagte: »Also, Freunde, ich möchte euch wirklich nicht auf die Nerven fallen, aber ich brauche wirklich ein klein wenig Hilfe von euch.«

»Na, ist ja schon gut«, meinte der Bote schnell. »Geben Sie mir die Koordinaten, und ich bringe Sie eben vorbei.«

»Koordinaten? Davon habe ich nicht die geringste Ahnung. Es ist ein Planet mit Namen Erde.«

»Es würde mir auch nichts ausmachen, wenn er Emmentaler hieße«, sagte der Bote. »Ich brauche aber die Koordinaten, wenn ich Ihnen irgendwie behilflich sein soll.«

»Aber Sie sind doch gerade dagewesen«, rief Carmody. »Sie sind zur Erde gereist und haben mich von dort hierher geholt.«

»Das mag Ihnen so vorgekommen sein«, erklärte der Bote geduldig. »Aber so unkompliziert ist die Sache nun einmal nicht. Ich bin einfach zu den Koordinaten gereist, die mir der Lotterie-Beamte mitgeteilt hat, der sie wiederum aus dem Lotterie-Computer hat. So war das, und nun sind Sie hier.«

»Können Sie mich nicht zu den selben Koordinaten zurückbringen?«

»Das kann ich mit Leichtigkeit. Aber Sie würden dort nicht das Geringste vorfinden. Die Galaxis ist schließlich nicht statisch, wissen Sie. Alles in der Galaxis bewegt sich, jedes Objekt mit seiner eigenen Geschwindigkeit und in seine eigene Richtung.«

»Können Sie denn nicht aus den ehemaligen Koordinaten errechnen, wo die Erde jetzt sein müßte?«

»Ich kann nicht mal im Kopf addieren«, verkündete der Bote stolz. »Meine Talente liegen auf völlig anderen Gebieten.«

Carmody wandte sich an den Beamten. »Und Sie? Können Sie es nicht ausrechnen? Oder vielleicht der Lotterie-Computer?«

»Ich bin auch nicht sehr gut im Addieren«, gab der Beamte zu.

Der Computer kam wieder in den Raum gesurrt. »Ich kann ganz ausgezeichnet addieren«, sagte er. »Aber mein Programm beschränkt sich darauf, die Gewinner der Galaktischen Klassen-Lotterie auszuwählen und zu lokalisieren, innerhalb meiner zulässigen Fehlergrenze selbstverständlich. Ich habe Sie lokalisiert (Sie sind hier), und deshalb ist es mir verboten, nun den theoretisch sehr interessanten Job zu übernehmen, die Koordinaten Ihrer Heimatwelt zu ermitteln, denn damit würde ich die Kompetenz meiner Programmierung überschreiten.«

»Könnten Sie es denn nicht einfach nur tun, so als kleine Gefälligkeit für mich?« flehte Carmody.

»Für kleine Gefälligkeiten bin ich nicht programmiert«, entschuldigte sich der Computer. »Ich kann Ihren Planeten genausowenig finden, wie ich kein Ei braten kann und keine Nova vierteilen.«

»Kann mir denn niemand hier helfen?« fragte Carmody.

»Verzweifeln Sie nicht gleich«, beruhigte ihn der Beamte. »Unser Reisebüro wird die Sache schon für Sie geregelt bekommen. Ich bringe Sie gleich vorbei. Geben Sie den Damen dort nur einfach Ihre Heimatkoordinaten.«

»Aber ich weiß diese Koordinaten nicht!« rief Carmody.

Es folgte ein kurzes, schockiertes Schweigen. Dann sagte der Bote: »Wenn Sie selbst Ihre eigene Adresse nicht wissen, wie können Sie dann erwarten, daß irgend jemand anderes sie weiß? Die Galaxis ist nicht unendlich, aber sie ist ganz schön ausgedehnt. Jedes Wesen, das noch nicht einmal seine eigene Lokation kennt, sellte gefälligst zu Hause bleiben.«

»Aber das wußte ich damals nicht«, verteidigte sich Carmody.

»Sie hätten sich danach erkundigen sollen.«

»Ich habe einfach nicht daran gedacht . . . Hören Sie, Sie müssen mir einfach helfen. Es kann doch nicht so schwierig sein, herauszufinden, wo mein Planet ist.«

»Es ist unglaublich schwierig«, erklärte ihm der Beamte. »Und ›Wo‹ ist nur eine der drei Koordinaten, die Sie brauchen.«

»Was sind denn die anderen beiden?«

»Sie müssen außerdem das ›Wann‹ und ›Welches‹ wissen. Wir nennen es, die drei ›W‹ der Lokation.«

»Von mir aus können Sie es Emmentaler nennen!« schrie Carmody in einem plötzlichen Wutausbruch. »Wie finden denn andere Lebensformen ihren Weg nach Hause?«

»Sie benutzen Ihren inneren Heimatinstinkt«, belehrte ihn der Bote. »Könnte es nicht sein, daß Sie auch einen haben?«

»Kommt mir nicht so vor«, meinte Carmody.

»Natürlich kann er keinen Heimatinstinkt haben«, brach es plötzlich ungehalten aus dem Preis heraus. »Der arme Kerl ist doch noch nie von seiner Heimatwelt weggewesen. Wie soll er da einen Heimatinstinkt entwickelt haben? Sieht er aus wie ein Zugvogel?«

»Das ist nun auch wieder richtig«, gab der Beamte zu und

rieb sich müde die Augen. »Das kommt dabei heraus, wenn man sich mit niedrigeren Lebensformen einläßt. Zum Teufel mit diesem verdammten Computer und seinen frommen Irrtümern.«

»Nur einer auf fünf Milliarden«, sagte der Computer ungehalten. »Da kann man wirklich nicht behaupten, das wäre zuviel.«

»Keiner macht dir Vorwürfe«, beschwichtigte der Beamte. »Niemand macht überhaupt irgend jemand Vorwürfe, das wollen wir mal feststellen. Aber wir kommen nicht darum herum, uns Gedanken zu machen, was nun mit ihm geschehen soll.«

»Es ist eine schwere Verantwortung«, sagte der Bote.

»Das ist es sicher«, stimmte der Lotterie-Beamte zu. »Was halten Sie davon, wenn wir ihn umbringen und die ganze Sache vergessen?«

»Mir soll's recht sein«, meinte der Bote.

»Wenn es euch recht ist«, erklärte der Computer, »will ich dem nicht im Wege stehen. Keine Einwände.«

»Auf mich könnt ihr da nicht zählen«, sagte der Preis. »Ich kann zwar im Augenblick nicht genau sagen was, aber irgendwas an der ganzen Idee kommt mir nicht in Ordnung vor.«

Carmody erhob einige vehemente Einwände, die alle darauf hinausliefen, daß er nicht sterben wollte und man ihn deshalb nicht umbringen sollte. Er appellierte an ihren Instinkt für das Gute und an ihre Fairnis. Diese Äußerungen wurden jedoch als tendenziös beurteilt und aus den Aufzeichnungsbändern entfernt.

»Wartet, ich hab's«, rief der Bote dann überraschend dazwischen. »Als alternative Lösung bietet sich auch das Folgende an: Bringen wir ihn nicht um. Helfen wir ihm mit größtem Ernst und allen unseren Möglichkeiten, lebendig auf seine Heimatwelt zurückzukehren, bei bester Gesundheit und in guter geistiger Verfassung.«

»Das ist ein Gedanke«, gab der Lotterie-Beamte zu.

»Auf diese Art«, führte der Bote weiter aus, »können wir eine beispielhafte Tat höchster Tugend vollbringen, die um so tugendhafter ist, als sie keinerlei Nutzen haben wird. Denn es ist ganz offensichtlich, daß er seine Heimatwelt nie lebend erreichen kann und auf der Rückreise umkommen wird.«

»Dann machen wir uns besser an die Arbeit«, meinte der Beamte. »Sonst wird er noch umgebracht, während wir hier diskutieren.«

»Was soll das heißen?« wollte Carmody wissen.

»Ich erklär dir das alles später«, flüsterte ihm der Preis zu. »Angenommen es gibt ein ›später‹. Und, sollten wir Zeit dafür haben, werde ich dir auch noch eine wirklich faszinierende Geschichte über mich selbst erzählen.«

»Fertigmachen, Carmody!« rief der Bote.

»Ich bin fertig«, sagte Carmody, »hoffe ich jedenfalls.«

»Fertig oder nicht, auf geht's!«

Und auf gings.

VI

Vielleicht zum erstenmal in der Geschichte der menschlichen Rasse *verflüchtigte* sich eines ihrer Mitglieder im wörtlichsten Sinne. Von Carmodys Gesichtspunkt aus war es allerdings alles andere, das sich verflüchtigte. Der Bote und der Beamte verschmolzen mit dem Hintergrund. Das Galactic Center verflachte sich und wurde zu einer großen, schlecht ausgeführten Wandmalerei. So kam es Carmody jedenfalls vor.

Dann erschien in der oberen linken Ecke des Wandgemäldes ein Riß, verbreiterte und verlängerte sich und raste zur unteren rechten Ecke. Die Seiten rollten sich zusammen, wie bei einem aus dem Rahmen genommenen Gemälde, und dahinter erschien bodenlose Schwärze. Kein Fetzen blieb von dem Galactic Center-Gemälde übrig.

»Keine Panik«, flüsterte ihm der Preis zu. »Das sind alles nur Tricks mit Spiegeln.«

Diese Erklärung wirkte auf Carmody wesentlich beunruhigender als der Vorgang selbst. Aber er behielt sich fest im Griff und den Preis noch etwas fester. Die Schwärze verschlang jetzt alles und jedes und wurde zu einem Paradigma des endlosen Weltraums. Carmody ertrug es, solange es dauerte, und diese Dauer ist völlig unvorstellbar.

Doch dann fügte sich die Szenerie um ihn herum überraschend wieder zusammen. Er stand auf festem Boden und atmete gesunde Luft. Er konnte kahle Bergrücken von der Farbe bleicher Knochen vor sich sehen und einen Fluß aus erstarrter Lava. Eine schwache, aber beständige Brise wehte ihm ins Gesicht. Über ihm standen drei Sonnen am Himmel.

Diese Umgebung wirkte noch fremdartiger als das Galactic Center, auf den ersten Blick jedenfalls, doch für Carmody bot der Anblick durchaus Erleichterung. Orte wie diesen hatte er schon in seinen Träumen gesehen. Aber das Galactic Center war aus dem Stoff gewesen, aus dem Alpträume sind.

Dann stellte er mit plötzlichem Erschrecken fest, daß der Preis sich nicht mehr in seiner Hand befand. Hatte er ihn hier irgendwo verlegt? Aus Versehen fallen gelassen? Er schaute sich wild um, wobei ihm auffiel, daß sich eine kleine grüne Baumschlange um seinen Hals ringelte.

»Ich bin's«, sagte die Schlange. »Dein alter Preis. Ich habe nur ein wenig meine Gestalt verändert. Die äußere Erscheinung ist eine Funktion der Umgebung, und wir Preise sind ganz besonders sensitiv, was Umgebungen angeht. Du darfst dich davon aber keinesfalls weiter beunruhigen lassen. Ich bin noch immer an deiner Seite, alter Junge, und zusammen werden wir Mexiko schon der schlappen Hand dieses verweichlichten Dandys Maximilian entreißen!«

»Was?«

»Du sollst das als Analogie auffassen!« erbat sich der Preis mit Nachdruck. »Siehst du, Doc, trotz unserer hohen Intelligenz haben wir Preise keine richtige eigene Sprache. Es gibt für uns ja auch keinen Grund, eine eigene Sprache zu entwickeln, denn wir werden ja an immer andere Aliens mit einer immer anderen Sprache verliehen. Es ist nicht schwer für uns, die Sprachprobleme zu lösen, aber manchmal gibt es doch gewisse Mißverständnisse. Ich habe nichts anderes gemacht, als eine

Überspielleitung in dein Assoziationszentrum zu legen, und lasse mir von da alles an Worten kommen, was ich brauche, um mich klar auszudrücken. Habe ich mich klar ausgedrückt?«

»Nichts ist wirklich klar, wenn man genauer hinsieht«, gestand Carmody ein. »Aber ich glaube, ich habe dich verstanden.«

»Gratuliere, mein Alter«, sagte der Preis. »Ich drücke mich schon mal etwas verwickelt aus, aber am Ende wirst du dich da immer durchfinden. Schließlich sind es deine Ausdrücke, die ich da benutze. Ich kann dir zu diesem Problem übrigens eine nette Geschichte erzählen, aber ich fürchte, damit werde ich noch warten müssen. Es wird hier gleich zu schnell etwas passieren.«

»Was? Was passiert hier?«

»Camody, *mon vieux,* niemand hat die Zeit alles zu erklären. Es ist sogar gut möglich, daß ich nicht einmal die Zeit haben werde, dir zu erklären, was du unbedingt *wissen mußt,* um deine Lebensprozesse in der nächsten Zeit aufrecht zu erhalten. Der Lotterie-Beamte und der Bote haben dich . . .«

»Die verdammte Mörderbande!« schrie Carmody, böses ahnend.

»Du solltest Mörder nicht so leichtfertig verurteilen«, erwiderte der Preis leicht indigniert. »Das zeugt nur von einem sehr oberflächlichen Wesen. Ich erinnere mich da eines sehr passenden Dithyrambus, den ich dir später rezitieren werde. Wo war ich stehen gelieben? Ach, ja, der Beamte und der Bote. Unter recht beträchtlichem persönlichen Kostenaufwand haben diese beiden Ehrenmänner dich an den einzigen Ort der Galaxis transportiert, wo man dir – vielleicht jedenfalls – helfen könnte. Du darfst dabei nicht vergessen, daß sie dazu keineswegs verpflichtet waren. Sie hätten dich auf der Stelle umbringen können, wegen zukünftiger Verbrechen etwa. Oder sie hätten dich an die letzte bekannte Position deines Planeten verschikken können, wo er mit allergrößter Sicherheit nicht ist. Oder sie hätten tatsächlich seine derzeit wahrscheinlichste Position berechnen können und dich dorthin bringen. Aber da sie miserable Rechner sind, wäre das Ergebnis einer solchen Operation aller Wahrscheinlichkeit ausgesprochen katastrophal für dich gewesen. Du siehts also . . .«

»Wo bin ich hier?« verlangte Carmody zu wissen. »Und was wird mir hier aller Wahrscheinlichkeit nach passieren?«

»Darauf wollte ich ja gerade kommen«, antwortete der Preis. »Der Planet hier wird Lursis genannt, was dir ja wahrscheinlich bereits aufgefallen sein dürfte. Er hat nur einen einzigen Einwohner – den autochthonen Melichrone, der sich hier schon immer befunden hat, solange man sich erinnern kann, und der sich hier solange befinden wird, wie man es sich vorstellen kann. Melichrone ist *sui generis* auf seine Art, die aber einen großen Haken hat, wie alle solche Dinge. Als ein Autochthoner ist er einzigartig, als Rasse ist er allgegenwärtig, als Einzelwesen ist er unterschiedlich. Von ihm steht geschrieben: ›Weh, der einsam eponyme Held paart selbst sich ständig mit sich selbst, derweil er selbst in wildem Kampf wehrt sich dem Ansturm seiner selbst!‹«

»Verdammtes Ding!« rief Carmody. »Du redest um die Sache herum wie ein Senatsuntersuchungsausschuß, ohne auch nur die geringste Information zu geben.«

»Das is' doch nur, weil ich Muffensausen hab'« erklärte der Preis mit unüberhörbarem Schluchzen. »Menschenskind, Mann, glaub' doch bloß nicht, ich hätte mir sowas hier ausgesucht. Nervenflattern krieg' ich hier, richtig fieses. Und ich red' doch nur so geschwollen daher, damit ich nicht den totalen Flattermann kriege und am Ende noch alles zusammenkippt wie so'n Kurdenhaus!«

»Karten«, korrigierte Carmody geistesabwesend.

»Kurden!« schrie der Preis ihn an. »Mensch, hast du je mit angesehen, wie so ein Kurdenhaus mit voller Wucht zusammenkracht? Ich hab's, und ich kann dir sagen, das ist kein schöner Anblick.«

»Es klingt, als ob einem die Milch dabei sauer werden könnte«, versicherte Carmody und kicherte schrill.

»Reiß dich zusammen!« flüsterte der Preis ihm zu. »Integriere dich! Vollführe die Pause, die den Geist erfrischt! Entsende deinen Thalamus zum nächsten Stern! Denn jetzt kommt's! Melichrone selbst, meine ich!«

Carmody stellte fest, daß er von einer eigenartigen Ruhe ergriffen wurde. Er blickte nach allen Richtungen über die zerklüftete Landschaft und sah nichts, was er nicht vorher schon dort gesehen hatte.

»Wo ist er?« fragte er den Preis.

»Melichrone wird gleich so hervortreten, daß er mit dir sprechen kann. Antworte ihm gerade heraus, aber mit dem nötigen Takt. Gehe nicht auf seine Mißbildung ein, kein Wort darüber, das würde ihn nur wütend machen. Achte darauf –«

»Welche Mißbildung?«

»Achte darauf, daß du seine einzige Grenze nie aus den Augen verlierst. Und vor allem, wenn er dir seine große Frage stellt, überleg dir deine Antwort ganz genau!«

»Warte!« rief Carmody. »Alles, was du tust, ist, mich noch mehr durcheinander zu bringen! Was für eine Mißbildung? Welche Grenze? Und was ist seine große Frage?«

»Nörgel nicht immer an meinen Auskünften herum!« sagte der Preis. »Das kann ich nicht ab! Und nun bin ich nicht länger in der Lage, mein Wachbewußtsein aufrecht zu erhalten. Ich habe meinen Winterschlaf schon unerträglich lange hinausgezögert, und alles nur deinetwegen. Also, mach's gut, alter Junge, und laß dir bloß keine hölzernen Waschmaschinen von jemanden andrehen.«

Und damit ringelte die Baumschlange sich bequem zurecht, nahm ihren Schwanz ins Maul und schlief ein.

»Du verdammter Schmierenkomödiant!« keuchte Carmody. »Du willst ein Preis sein? Ein Sargnagel bist du!«

Aber der Preis schlief und erwies sich Carmodys Vorwürfen gegenüber desinteressiert, wenn er sie überhaupt mitbekam. Und für Vorwürfe war nun auch wirklich nicht der rechte Zeitpunkt, denn im nächsten Augenblick verwandelte sich der öde Berg zu Carmodys linken in einen explodierenden Vulkan.

VII

Der Vulkan tobte und qualmte, spie leuchtende Flammenzungen und schleuderte rotierende Feuerbälle in den schwarzen Himmel. Dann explodierte er in eine Million bunt schimmernder Einzelteile, und jedes Teilchen spaltete sich wieder und wieder, bis der Himmel von ihrem Strahlenglanz erfüllt war, und die drei kleinen Sonnen dagegen verblaßten.

»Oh, Mann!« sagte Carmody. Es war wie bei einem mexikanischen Feuerwerk zu Ostern im Chaputelpec Park. Carmody kam nicht umhin, sich ausgesprochen beeindruckt zu fühlen.

Während er zusah, fielen die leuchtenden Partikel zur Erde und erloschen in einem eigens dazu sich bildenden Ozean. Vielfarbige Rauchfahnen stiegen aus dem Wasser, verflochten sich miteinander und verwandelten sich in Dampfwolken, aus denen sich seltsame Nebelskulpturen formten, die sich zu schillernden Regenschleiern auflösten.

»Heissa!« rief Carmody.

Der Regen fiel in immer dichteren Schleiern, und ein Wind erhob sich, der die niederrauschenden Wasser zusammenwob, bis sich aus Windböen und Regenschauern ein Kreisel bildete, der zu einem mächtigen Tornado heranwuchs. Als tosender Wirbel, schwarz mit silbernem Schimmer, näherte sich der Tornado Carmody, begleitet vom rhythmischen Krachen ohrenbetäubender Donnerschläge.

»Genug! Das reicht!« kreischte Carmody.

Als der Tornado fast vor Carmodys Fußspitzen angekommen war, verschwanden Regen und Wind himmelwärts und aus dem Donner wurde ein fernes Grollen. Statt dessen erhoben sich Psalmengesänge und Hymnen, zu denen sich Dudelsack-Geschmetter und das süße Jauchzen von Harfen gesellte. Höher und höher klangen die Instrumente, lauter und immer lauter, ein Lied des Triumphes und des Willkommens, nicht unähnlich der Titelmusik eines MGM-Historienfilms in Breitwand und 4-Kanal-Stereo, einem von den sehr teueren, nur besser. Dann gab es einen letzten Ausbruch von Musik, Licht,

Farben und verschiedenen anderen Dingen, und dann wurde es still.

Ganz zum Schluß hatte Carmody die Augen zugemacht. Als er sie wieder aufmachte, bekam er gerade noch mit, wie sich Musik, Licht, Farben und die verschiedenen anderen Dinge zu der Gestalt eines heldenhaft gebauten nackten Mannes komprimierten.

»Hallo!« sagte der Mann. »Ich bin Melichrone. Wie hat Ihnen mein Auftritt gefallen?«

»Es war überwältigend«, erwiderte Carmody tief ergriffen.

»War es das? Wirklich?« fragte Melichrone. »Ich meine wirklich *überwältigend*? Nicht bloß *beeindruckend*? Die Wahrheit bitte, und keine falsche Rücksicht auf meine Gefühle!«

»Wirklich«, versicherte Carmody. »Ich war wirklich überwältigt.«

»Oh, das ist furchtbar nett von Ihnen«, bedankte sich Melichrone. »Was Sie gesehen haben, war die Ouvertüre der Einführung Meinerselbst, die ich erst kürzlich ausgearbeitet habe. Ich denke – also ich meine, daß ich das wirklich denke – diese Vorstellung sagt eine Menge über mich. Was meinen Sie?«

»Das tut sie sicher!« sagte Carmody. Er bemühte sich, einen Eindruck davon zu bekommen, wie Melichrone aussah. Aber die Heldengestalt vor ihm war rabenschwarz, von perfekten Proportionen und doch völlig gestaltlos, ohne Gesicht und jede Individualität. Das einzige individuelle Merkmal war die Stimme, die verhalten, ängstlich und ein wenig weinerlich klang.

»Das ist natürlich alles irgendwie absurd«, erklärte Melichrone. »Ich meine, sich so großartig vorzustellen und all das. Na, ja, es ist eben mein eigener Planet. Und wenn man nicht mal auf seinem eigenen Planet eine kleine Show abziehen kann, wo sonst? Oder?«

»Dagegen läßt sich nichts sagen«, antwortete Carmody.

»Denken Sie wirklich so?« erkundigte sich Melichrone vorsichtig.

»Davon bin ich aufrichtig und in tiefstem Ernst überzeugt«, versicherte Carmody.

Melichrone brütete eine Weile über dieser Versicherung, dann sagte er abrupt: »Dankeschön. Ich mag Sie. Sie sind ein intelligentes, sensitives Wesen, und Sie haben keine Angst zu sagen, was Sie denken.«

»Danke«, sagte Carmody.

»Nein, ich meine das wirklich.«

»Nun, dann, also dann bedank ich mich auch wirklich«, sagte Carmody, während er sich bemühte einen ersten Anflug von Verzweiflung in seiner Stimme zu unterdrücken.

»Und ich freue mich, daß Sie gekommen sind«, meinte Melichrone. »Wissen Sie, ich bin ein sehr intuitiv veranlagtes Geschöpf (richtig stolz bin ich darauf), und meine Intuition verrät mir, daß Sie mir helfen können.«

Es lag Carmody in diesem Moment auf der Zunge, zu sagen, daß er hierher gekommen war, um selbst um Hilfe zu bitten, nicht um jemanden Hilfe zu geben, denn er war sicher absolut nicht für große Hilfeleistungen geeignet, konnte er doch nicht einmal alleine seinen Weg nach Hause finden. Aber er entschied sich dagegen, etwas derartiges zu sagen, weil er fürchtete, Melichrone könnte darüber beleidigt sein.

»Mein Problem«, sagte Melichrone, »ist meine Situation sozusagen inherent. Und meine Situation ist einzigartig, ehrfuchtsgebietend, seltsam und bedeutungsvoll. Sie haben vielleicht schon gehört, daß dieser ganze Planet hier mir gehört. Aber die Sache ist noch viel umfassender. Ich bin das einzige lebende Wesen, das überhaupt hier leben kann. Andere haben es versucht, man hat Kolonien auf mir errichtet, Tiere importiert und fremde Pflanzen gesät. Alles natürlich mit meinem vollsten Einverständnis, und alles vergeblich. Ohne jede Ausnahme zerfiel alle fremde Materie nach kürzerer Zeit zu Staub, den meine Winde hinaus ins All wehten. Was halten Sie davon?«

»Eigenartig«, meinte Carmody.

»Ja, das haben Sie richtig erkannt!« rief Melichrone. »In der Tat, sehr eigenartig! Aber so ist es nun einmal. Kein Leben ist hier möglich, außer meinem eigenen und dessen Ablegern. Als ich das begriff, wurde mir richtig komisch zu Mute.«

»Das kann ich mir vorstellen«, sagte Carmody.

»Ich bin schon solange hier, wie ich und jeder sonst, sich erinnern kann«, erklärte Melichrone. »Viele Zeitalter genügte es mir einfach als Amöbe, als Moos oder als Farn vor mich hin zu existieren. In jenen Tagen war noch alles einfach und geradeheraus. Ich lebte in einer Art Garten Eden.«

»Es muß wundervoll gewesen sein«, sagte Carmody.

»Es gefiel mir«, bestätigte Melichrone leise. »Aber natürlich konnte dieser Zustand nicht von Dauer sein. Ich entdeckte die Evolution, und so entwickelte ich mich fort, während ich meinen Planeten dabei meinen sich immer höher entwickelnden Personifizierungen anpaßte. Ich wurde viele Kreaturen, einige weniger schöne darunter. Ich wurde mir der Existenz anderer Welten, außerhalb meiner eigenen bewußt, und ich begann mit den Formen zu experimentieren, die ich dort beobachten konnte. Lange Lebensalter, ganze Geschichtszyklen, verlebte ich in der Gestalt der höchsten Lebensformen dieser Galaxis – humanoid, chterizoid, olichord und was es sonst noch so gab. Dabei entdeckte ich meine Einzigartigkeit, und dieses Wissen brachte ein Gefühl der Einsamkeit mit sich, das auf die Dauer unerträglich wurde. Also ertrug ich es nicht und versetzte mich statt dessen in eine manische Gemütslage, die einige Millionen Jahre anhielt. Ich transformierte mich in ganze Rassen von Individuen, alles Bestandteile meiner selbst, und ich erlaubte diesen Rassen, gegeneinander Krieg zu führen – ja, ich ermutigte sie regelrecht dazu. Fast zur gleichen Zeit entdeckte ich Kunst und Sexualität. Beides machte ich meinen Rassen sofort zugänglich, und für eine Weile hatte ich es wirklich sehr unterhaltsam. Ich teilte mich in maskuline und feminine Komponenten auf, jede Komponente eine völlig eigenständige Einheit, doch dabei trotzdem immer nur ein Bestandteil meines ursprünglichen Selbst. Und ich pflanzte mich mit mir selbst fort, gab mich Perversionen hin, verbrannte mich auf dem Scheiterhaufen, schloß Friedensverträge mit mir selbst, heiratete mich selbst und ließ mich von mir selbst scheiden, durchlebte zahllose Selbst-Tode und Eigen-Geburten. Und meine

Komponenten befaßten sich mit Religion und Kunst. Bei letzterem kamen einige hübsche Sachen heraus. Sie beteten mich natürlich an, aber das war nur angemessen, schließlich war ich für sie die eigentliche Ursache all ihres Seins. Aber ich ließ sogar zu, daß sie höhere Wesen erfanden und verehrten, die nicht *ich* waren. Denn in jenen Tagen war ich extrem liberal eingestellt.«

»Das ist sehr rücksichtsvoll von Ihnen gewesen«, sagte Carmody.

»Nun, ich gebe mir immer Mühe, Rücksicht zu nehmen«, meinte Melichrone. »Außerdem konnte ich es mir damals leisten rücksichtsvoll zu sein, denn, was diesen Planeten hier angeht, war ich Gott. Es hat keinen Zweck, um den heißen Brei herum zu reden: Ich war allgegenwärtig, unsterblich, allmächtig und allwissend. Alle Dinge dieser Welt existierten nur in mir und durch mich – selbst abweichlerische Ansichten über mich selbst. Kein einziger Grashalm wuchs, der nicht der allerwinzigste Bestandteil meines Wesens war. Jeder Berg, jeder Fluß, alles war von mir gestaltet worden. Ich bestimmte die Erntezeit, und ich bestimmte die Hungersnöte. Ich war das Leben in den Spermen und der Tod in den Pestbazillen. Kein Blatt konnte ohne mein Wissen vom Baum fallen, denn ich war der, der Halt gibt, und der, der löst, das Eine und die Vielen, das, Das Immer War und Das Immer Sein Wird.«

»Das war wirklich etwas«, pflichtete Carmody anerkennend bei.

»Oh, ja«, sagte Melichrone mit einem selbstbewußten feinen Lächeln. »Ich war das Große Rad in der Himmlischen Fahrradfabrik, wie einer meiner Dichter mich pries. Es war alles wirklich ganz herrlich damals. Mein Volk machte Gemälde, und ich machte Sonnenuntergänge. Mein Volk schrieb über die Liebe, und ich erfand die Liebe. Ach, was für wundervolle Tage! Wenn sie nur nie vorübergegangen wären.«

»Wie konnten sie?« fragte Carmody mitfühlend.

»Weil ich erwachsen wurde«, sagte Melichrone traurig. »Unnennbare Äonen lang hatte ich selbst in meiner Schöpfung entdeckt. Nun begann ich mich selbst und meine Schöpfungen in Frage zu stellen. Wissen Sie, meine Priester hatten ständig lange Dispute unter sich über meine Natur und meine Qualitäten und solche Dinge. Und ich begann ihnen wie ein Narr zuzuhören. Es ist immer amüsant den eigenen Priestern zu lauschen, wie sie einen selbst diskutieren, aber es kann auch gefährlich werden. Ich begann mich selbst auch nach meiner Natur und meinem Sinn zu fragen. Und je mehr ich darüber nachdachte, um so schwieriger schien alles zu werden.«

»Aber warum mußten Sie sich denn überhaupt selbst in Frage stellen?« fragte Carmody. »Schließlich waren Sie doch Gott.«

»Das war doch gerade das Kreuz an der ganzen Geschichte«, erklärte Melichrone. »Aus dem Blickwinkel meiner Geschöpfe gab es keine Probleme. Ich war Gott, meine Wege waren unergründlich, aber meine Funktion bestand darin, eine Rasse von Wesen zu hegen und zu pflegen, die freien Willen besaß, wenn sie auch nur aus meiner eigenen Essenz bestand. Soweit es sie anbelangte, war alles, was ich tat, völlig in Ordnung, denn es war ja *Gott*, der es tat. Das bedeutete nichts anderes, als daß meine Handlungen, selbst die einfachsten und auf der Hand liegendsten, sich jeder letzten Analyse entzogen und unerklärlich blieben, denn ich selbst war ja genauso unerklärlich. Oder, wenn man es anders sagen wollte, daß meine Handlungen der rätselhafte Ausdruck meiner totalen Realität waren, die wiederum nur ich selbst als Gottheit in ihrer Totalität wahrnehmen könnte. So sahen es jedenfalls einige meiner führenden Denker, und sie fügten hinzu, daß ihnen ein vollständigeres Verständnis dieser meiner Realität im Himmel zuteilwerden würde.«

»Haben Sie auch einen Himmel geschaffen?« wollte Carmody wissen.

»Sicher doch. Auch eine Hölle dazu.« Melichrone lächelte. »Sie hätten ihre Gesichter sehen sollen, wenn ich sie an dem einen oder dem anderen Ort auferstehen ließ! Nicht einmal die

Hingebungsvollsten unter ihnen hatten *wirklich* an ein Leben nach dem Tode geglaubt.«

»Ich nehme an, das war eine sehr dankbare Sache«, vermutete Carmody.

»Für eine Weile war es wirklich ganz nett, und die im Himmel hatten natürlich ganz besonders viel Spaß an der Sache«, bestätigte Melichrone. »Aber dann wurde es doch langweilig für mich. Ich bin sicher so eitel wie jeder andere Gott auch, aber diese endlosen gläubigen Lobpreisungen langweilten mich so lange, bis sie mir richtig auf die Nerven gingen. Warum in Gottes Namen sollte ein Gott gepriesen werden, der nichts anderes tat, als seinen göttlichen Pflichten nachzukommen? Genausogut könnte man eine Ameise dafür lobpreisen, daß sie ihren Ameisenpflichten nachkommt. Der Zustand der Dinge erschien mir unbefriedigend. Und mir fehlte noch immer jede wahre Selbsterkenntnis, außer der, wie ich aus den Augen meiner eigenen Geschöpfe wirkte, und denen fiel nicht mehr neues ein.«

»Was haben Sie dann gemacht?« fragte Carmody.

»Ich schaffte sie ab«, erzählte Melichrone. »Ich demontierte alles Leben auf meinem Planeten, wie immer es gerade beschaffen war, und das Leben nach dem Tode schaffte ich auch gleich mit ab. Um es ganz offen zu sagen, ich brauchte Ruhe zum Nachdenken.«

»Puh!« meinte Carmody schockiert.

»Genau besehen«, versicherte Melichrone schnell, »habe ich nichts und niemanden zerstört. Ich holte einfach nur alle Fragmente, in die ich mich im Laufe der Zeit aufgelöst hatte, wieder in mich selbst zurück.« Melichrone grinste plötzlich. »Ich hatte da eine ganze Truppe wildäugiger Burschen, die immer die totale Einheit mir mir predigten. Die haben sie jetzt erreicht, das ist nicht zu bezweifeln.«

»Vielleicht gefällt es denen jetzt besonders«, überlegte Carmody.

»Wie kann ihnen jetzt etwas gefallen?« meinte Melichrone. »Einheit mit *Mir*, das bedeutet *Ich* zu sein. Notwendigerweise geht diese Einheit mit dem Verlust des Bewußtseins einher, mit dem jemand eine solche Einheit bemerken könnte. Es ist genau das gleiche wie der Tod, nur das es sich viel hübscher anhört.«

»Das ist sehr interessant«, sagte Carmody. »Aber ich glaube, Sie wollten sich mit mir über ein Problem unterhalten.«

»Genau, das wollte ich! Ich wollte gerade darauf kommen. Sehen Sie, ich habe mich von meinem Volk abgewandt und es beseitigt ganz so, wie ein Kind seine Spielsachen aufgibt, wenn es älter wird. Und dann habe ich mich hingesetzt – metaphorisch gesprochen natürlich – und über mein Problem nachgedacht. Und mein wirkliches Problem bestand darin, herauszufinden, was meine Bestimmung war, meine wirkliche Aufgabe, das, wozu ich da war. Sollte ich tatsächlich nichts anderes sein als Gott? Ich hatte dieses Gott-Business ausführlich ausprobiert und es eine sehr beschränkte Beschäftigung gefunden. Es war der richtige Job für einen einfältigen Egomanen. Es mußte etwas anderes für mich zu tun geben – etwas bedeutungsvolleres, etwas, das meinem wahren Selbst wirklich Ausdruck verlieh. Ich bin überzeugt davon, daß es so etwas geben muß. Das ist mein Problem und das ist die Frage, die ich Ihnen stellen möchte: Was soll ich mit mir selbst anfangen?«

»Nun«, sagte Carmody. »Nun, gut. Ja, ich sehe schon, wo Ihr Problem liegt.« Er räusperte sich und rieb sich nachdenklich die Nase. »Ein Problem wie dieses verlangt eine ganze Menge Nachdenken.«

»Zeit spielt für mich keine Rolle«, erklärte Melichrone. »Ich habe grenzenlose Mengen davon zur Verfügung. Aber Sie haben das leider nicht, so leid mir es tut, darauf aufmerksam machen zu müssen.«

»Ich habe das nicht? Wieviel Zeit habe ich denn?«

»Etwa zehn Minuten nach Ihrer Zeitrechnung. Kurz danach wird Ihnen mit größter Wahrscheinlichkeit etwas äußerst Unangenehmes zustoßen.«

»Was wird mir zustoßen? Und was kann ich dagegen tun?«

»Also bitte, bleiben wir doch fair«, beschwerte Melichrone

sich. »Erst beantworten Sie meine Frage, und dann beantworte ich Ihre.«

»Aber wenn ich nur zehn Minuten habe . . .«

»Diese Begrenzung wird Ihnen helfen, sich zu konzentrieren«, versicherte Melichrone. »Wie auch immer, hier ist mein Planet, und auf dem passiert alles nach meinen Regeln. Ich kann Ihnen versichern, wenn es Ihr Planet wäre, würde ich mich auch ganz nach Ihren Regeln richten. Das kann man doch einsehen, oder nicht?«

»Schon, doch, ich nehme an, das muß wohl so sein«, bestätigte Carmody unglücklich.

»Neun Minuten«, sagte Melichrone.

Wie erklärt man einem Gott, was seine Aufgabe sein soll? Besonders, wenn man wie Carmody auch noch Atheist ist? Wie kann man sich etwas Bedeutungsvolles einfallen lassen, wenn man weiß, daß die eigenen Priester und Philosophen des Gottes ergebnislos Jahrhunderte über dieser Frage gebrütet haben?

»Acht Minuten«, sagte Melichrone.

Carmody öffnete den Mund und begann loszureden.

VIII

»Es scheint mir«, sagte Carmody, »die Lösung für Ihr Problem ist – ist – ist möglich –«

»Ja?« forschte Melichrone begierig.

Carmody hatte nicht die geringste Vorstellung, was er nun sagen wollte. Er redete in der verzweifelten Hoffnung, daß der Akt des Redens selbst schon den nötigen Sinn ergeben würde, denn Worte haben schließlich ihre Bedeutung, und Sätze haben sogar noch mehr Bedeutung als einzelne Worte.

»Ihr Problem«, fuhr Carmody fort, »besteht darin, in Ihnen selbst eine innere Seinsaufgabe zu entdecken, die einen eindeutigen Bezug zur äußeren Realität aufweist. Dies kann sich allerdings als unmöglich erweisen, denn Sie sind ja selbst eine Realität, weshalb Sie sich selbst kaum außerhalb dieser Realität erkennen können. Ich meine, Sie können Ihre eigene Realität ja nicht verlassen.«

»Wenn ich will, kann ich das«, meinte Melichrone dumpf. »Ich kann verdammt alles machen, was ich will, schließlich habe ich hier ganz allein zu sagen. Und was welche Realität ist, bestimme ich. Ich kann mich auch auf mehrere Realitäten aufteilen. Ein Gott zu sein, heißt nicht, daß man auch ein Solipsist sein muß.«

»Wahr, wahr«, sagte Carmody schnell. (Hatte er noch sieben Minuten übrig? Oder sechs? Und was würde am Ende dieser Frist mit ihm passieren?) »Dann ergibt sich daraus ganz klar, daß die Ihnen eigene Immanenz und Innerlichkeit in Ihren eigenen Augen unzureichend sind, was bedeutet, das sie auch faktisch unzureichend sind, denn Sie als Selbstbestimmer der Fakten Ihrer Realität haben sie bestimmt, so zu sein, wie sie sind, nämlich unzureichend.«

»Das haben Sie schön gesagt«, lobte Melichrone. »Sie sollten Theologe werden.«

»Im Augenblick bin ich Theologe«, versicherte Carmody ihm (Sechs Minuten, fünf Minuten?) »Wir wissen jetzt, wie die Dinge stehen. Was ergibt sich also daraus für Sie? . . . Haben Sie schon einmal daran gedacht, alles Wissen, und zwar Ihr internes und Ihr externes (angenommen es gibt so etwas wie externes Wissen überhaupt) gemeinsam zur Lösung Ihres Problems zu Rate zu ziehen?«

»Um die Wahrheit zu sagen, an so etwas habe ich auch bereits gedacht«, erklärte Melichrone. »Unter anderem las ich jedes Buch in der Galaxis, ergründete die Geheimnisse der Natur und des Menschen, erforschte den Markrokosmos und den Mikrokosmos und so weiter. Eine Zeitlang hatte ich richtig Freude am Lernen, in der letzten Zeit habe ich dann aber doch wieder einiges vergessen. An das Geheimnis des Lebens oder den wahren Sinn des Todes kann ich mich z. B. im Augenblick nicht mehr recht erinnern. Aber ich kann das alles wieder lernen, wenn ich Lust dazu habe. Ich habe gelernt, daß Lernen ein trockene, einseitig passive Sache ist, wenn man auch hin und wieder ein paar wirklich nette Überraschungen dabei erleben kann. Und außerdem habe ich gelernt, daß Lernen keine besondere und unverzichtbare Bedeutung für mich hat. Tatsächlich finde ich das Verlernen fast genauso interessant.«

»Vielleicht ist es Ihnen bestimmt, Künstler zu werden«, schlug Carmody vor.

»Diese Phase habe ich auch schon durchgemacht«, sagte Melichrone. »Ich habe Skulpturen aus Lehm und Fleisch angefangen, ich habe Sonnenuntergänge auf den Himmel und auf Leinwand gemalt, Bücher in Worten geschrieben und Romane Wirklichkeit werden lassen, ich habe Musik für die verschiedensten Instrumente komponiert und Symphonien für Regen und Wind. Meine Arbeiten waren nicht schlecht, glaube ich. Aber irgendwie weiß ich, daß ich immer nur ein Dilletant sein werde. Meine Allmächtigkeit erlaubt mir keine Fehler, wissen Sie. Und da ich die Wirklichkeit hier so allumfassend kontrolliere, ist Präsentation der Kunst für mich etwas völlig abstraktes, das ich nie richtig nachempfinden kann.«

»Hmm, ich verstehe«, sagte Carmody. (Mehr als drei Minuten konnten bestimmt nicht mehr übrig sein!) »Warum werden Sie kein Eroberer?«

»Es besteht keine Notwendigkeit für mich, etwas zu erobern, das ich bereits besitze«, meinte Melichrone. »Und andere Welten, nach denen habe ich nun wirklich kein besonderes Verlangen. Meine besonderen Qualitäten sind ja milieuabhängig, und mein angestammtes Milieu besteht aus diesem Planeten hier. Der Besitz anderer Welten würde mich nur zu meinem Wesen völlig fremden, unnatürlichen Handlungen treiben. Und mal ganz abgesehen davon – was hätte ich schon von irgendwelchen anderen Welten, wenn ich schon mit meiner eigenen nichts anzufangen weiß.«

»Ich sehe, daß Sie sich mit der Sache wirklich sehr intensiv auseinandergesetzt haben«, sagte Carmody, dessen Verzweiflung langsam in Hoffnungslosigkeit überging.

»Natürlich habe ich das. Ich habe einige Millionen Jahre lang an kaum etwas anderes gedacht. Ich habe nach einem Sinn meiner Existenz gesucht, der zugleich außerhalb derselben begründet und doch essentiel mit ihr verbunden ist. Ich suchte überall nach einer Handlungsanweisung, meiner ureigenen kosmischen Direktive, aber ich fand nur immer wieder mich selbst.«

Carmody hätte echtes Mitgefühl für den Gott Melichrone empfunden, wenn seine eigene Lage nicht so verzweifelt gewesen wäre, daß ihm für solche Gefühle nicht mehr viel Leidensfähigkeit übrig blieb. Was er tatsächlich empfand, war ziemliche Verwirrung. Er spürte, wie die Zeit ihm zwischen den Fingern zerrann, und seine Ängste mischten sich auf absurde Weise mit seinem Gefühl für die Leiden dieses unerfüllten Gottes.

Dann hatte er eine Inspiration. Sie war einfach, folgerichtig und löste beide Probleme, sein eigenes und das von Melichrone – was ein glaubwürdiges Zeichen für eine wirklich gute Inspiration ist. Ob Melichrone sie akzeptieren würde, stand auf einem anderen Blatt. Aber mehr als versuchen, konnte Carmody es nicht.

»Melichrone«, ließ er kühn vernehmen, »ich habe die Lösung für dein Problem gefunden.«

»Oh, haben Sie wirklich?« fragte Melichrone gespannt. »Ich meine *wirklich* wirklich. Also, ich meine, Sie sagen das jetzt nicht nur, weil Sie in siebenunddreißig Sekunden von Ihrem Schicksal ereilt werden, wenn Sie mein Problem nicht zu meiner Zufriedenheit gelöst haben? Diese Aussicht hat Sie doch nicht etwa zu leichtfertigen Schlußfolgerungen verführt?«

»Ich habe dem mir drohenden Schicksal nur erlaubt«, verkündete Carmody majestätisch, »mich soweit zu beeinflussen, wie ein solcher Einfluß der Lösung Ihres Problemes förderlich ist.«

»Ach so, das ist in Ordnung. Dann schnell, erzählen Sie es mir, ich bin so aufgeregt.«

»Das würde ich gern tun«, sagte Carmody, »aber ich kann nicht – es ist mir einfach physikalisch unmöglich alles zu erzählen – wenn Sie mich in siebzig oder sechzig Sekunden umbringen.«

»Ich? Ich habe doch nicht vor, Sie umzubringen! Gütiger Himmel, halten Sie mich wirklich für so blutrünstig? Nein, Ihr Tod ist ein äußeres Ereignis, ganz ohne jeden Bezug zu meiner Person. Bei dieser Gelegenheit, Sie haben nur noch zwölf Sekunden.«

»Das reicht nicht«, stöhnte Carmody.

»Natürlich reicht das! Das hier ist meine Welt, wissen Sie, und ich kontrolliere alles in dieser Welt einschließlich der Dauer der Zeit. Ich habe gerade das örtliche Raum-Zeit-Kontinuum im Zehn-Sekunden-Bereich geändert. Für einen Gott ist das keine schwierige Sache, auch wenn man nachher eine Menge saubermachen muß. Dementsprechend dauern Ihre zehn Sekunden jetzt etwa 25 Jahre meiner örtlichen Zeit. Reicht das?«

»Das ist mehr als ausreichend«, versicherte Carmody. »Und es ist sehr nett von Ihnen.«

»Keine Ursache«, wehrte Melichrone ab. »Aber jetzt lassen Sie mich bitte Ihre Lösung hören.«

»Tja«, sagte Carmody und atmete tief durch, »die Lösung Ihres Problems ergibt sich zwangsläufig aus der Betrachtungsweise, mit der Sie an Ihr Problem herangehen. Sie ist der Betrachtungsweise sozusagen immanent. Anders kann es gar nicht sein. Jedes Problem trägt in sich selbst immer auch den Samen seiner Lösung.«

»Trägt es?« erkundigte Melichrone sich interessiert.

»Es trägt«, verkündete Carmody fest.

»In Ordnung. Für den Augenblick will ich das als Prämisse akzeptieren. Nur weiter!«

»Betrachten Sie also Ihre Situation«, sagte Carmody. »Betrachten Sie die internen und die externen Aspekte dieser Situation. Sie sind der Gott dieses Planeten; aber nur dieses Planeten. Sie sind allwissend und allmächtig, aber nur hier. Sie haben beeindruckende intellektuelle Möglichkeiten, und Sie fühlen sich berufen, einer Sache zu dienen, die außerhalb Ihrer selbst liegt, einer externen Aufgabe. Aber Ihre großen Talente wären an jedem anderen Ort verschwendet, weil sie nur hier richtig zum Tragen kommen, und hier sind nur Sie.«

»Ja, ja, genau das ist meine Situation!« schrie Melichrone. »Aber Sie haben mir noch immer nicht gesagt, was ich tun kann, um sie zu ändern!«

Carmody holte tief Luft und atmete langsam aus. »Was Sie tun müssen«, verkündete er, »ist, all Ihre großartigen Gaben zu nutzen, und zwar hier auf Ihrem eigenen Planeten, wo diese Gaben den größten Effekt erzielen können; und Sie müssen diese Gaben für den Dienst an einem anderen nutzen, denn genau dies ist Ihr tiefstes Verlangen.«

»Im Dienst eines anderen?« fragte Melichrone.

»So sieht es aus«, erklärte Carmody. »Selbst die oberflächlichste Betrachtung Ihres Problems deutet schon in diese Richtung. Sie sind allein in einem multiplexen Universum, aber um eine äußere Tat zu vollbringen muß es eine Außenwelt geben, während Sie hier nur Innenwelt haben. Ihr ureigenstes Wesen hindert Sie daran, die Außenwelt aufzusuchen. Deshalb muß die Außenwelt zu Ihnen kommen. Wenn sie kommt, die Außenwelt, welche Beziehung kann sich dann nur zwischen Ihnen und der Außenwelt entwickeln? Das ist völlig klar. Da Sie auf Ihrer eigenen Welt allmächtig sind, kann man Ihnen nicht helfen oder Sie unterstützen, aber Sie können anderen helfen und sie unterstützen. Das ist die einzige natürliche sinnvolle Beziehung zwischen Ihnen und dem Rest des Universums.«

Melichrone dachte darüber nach und meinte dann: »Ihr Vorschlag ist beachtlich. Er ist überzeugend, das muß ich zugeben. Aber es gibt doch einige Schwierigkeiten. Zum Beisiel kommt die Außenwelt sehr selten bei mir vorbei. Sie sind der erste Besucher, den ich seit zweieinhalb galaktischen Revolutionen habe.«

»Es ist eine Arbeit, die Geduld verlangt«, räumte Carmody ein. »Aber Geduld ist etwas wirklich erstrebenswertes. Zudem dürfte sie Ihnen leicht fallen, da Sie die Zeit manipulieren können. Und was die Zahl der Besucher angeht – zu allererst muß gesagt werden, daß Quantität keinen Einfluß auf Qualität hat. Es liegt kein besonderer Wert in der großen Zahl allein. Ein Mann oder ein Gott macht seine Arbeit, das ist alles, was zählt.

Ob diese Arbeit nun ein oder eine Million Transaktionen verlangt, macht keinen Unterschied.«

»Aber ich bin doch genau so schlecht daran, wie vorher, wenn ich eine Arbeit habe, aber niemanden für den ich sie tun kann.«

»Mit aller Bescheidenheit möchte ich doch darauf hinweisen«, sagte Carmody, »daß Sie mich haben. Ich bin aus der Außenwelt zu Ihnen gekommen. Ich habe ein Problem; nein, ich habe sogar mehrere Probleme. Für mich sind diese Probleme unlösbar. Für Sie – nun, ich weiß nicht. Aber ich vermute, daß es eine Aufgabe ist, die Ihren überragenden Fähigkeiten das Äußerste abverlangen wird.«

Melichrone dachte sehr lange still darüber nach. Carmodys Nase begann zu jucken, aber er widerstand dem quälenden Verlangen, daran zu kratzen. Er wartete, und der ganze Planet wartete mit ihm, während Melichrone sich die Sache durch den Kopf gehen ließ.

Schließlich hob Melichrone seinen jadeschwarzen Kopf und sprach: »Ich glaube wirklich, da ist was dran.«

»Es freut mich, so etwas von Ihnen zu hören«, sagte Carmody.

»Aber ich meine das – wirklich, ganz ernst!« versicherte Melichrone. »Ihre Lösung scheint mir sowohl folgerichtig, als auch elegant zu sein. Und bei weiterer Betrachtung will es mir scheinen, daß das Schicksal selbst, das Menschen, Götter und Planeten beherrscht, unser Treffen hier vorbestimmt hat. Daß ich, ein Schöpfer, ohne eine Aufgabe erschaffen wurde; und daß Sie, ein Erschaffener, zum Schöpfer einer Aufgabe wurden, die nur ein Gott für Sie ausführen kann. Und das Ihnen nun vorbestimmt war, Ihre Lebenszeit darauf zu warten, daß ich Ihnen Ihr Problem löse, während mir bestimmt war, hier eine halbe Ewigkeit darauf zu warten, daß Sie mir Ihr Problem zur Aufgabe machen.«

»Das würde mich nicht im geringsten überraschen«, bestätigte Carmody begeistert. »Würden Sie jetzt vielleicht gerne mein Problem kennenlernen?«

»Ich habe es bereits ermittelt«, erklärte Melichrone. »In Folge meines überlegenen Intellekts und meiner großen Erfahrung weiß ich sogar mehr über Ihr Problem, als Sie selbst darüber wissen. Grob vereinfacht, besteht Ihr Problem darin, wie Sie nach Hause kommen sollen.«

»Genau das ist es.«

»Nein, genau ist es das nicht. Ich weiß schon, warum ich etwas so sage, wie ich es sage. Wenn ich *grob vereinfacht* sage, meine ich auch *grob vereinfacht.* Vereinfacht ausgedrückt, müssen Sie wissen Wo, Wann und Welcher Ihr Planet ist, und Sie brauchen einen Weg, dorthin zu gelangen, und Sie müssen dort in etwa in dem Zustand ankommen, in dem Sie sich zur Zeit noch befinden. Wenn das alles wäre, dann wäre die Sache schon schwierig genug.«

»Was gibt es denn sonst noch?« fragte Carmody.

»Na, da ist selbstverständlich noch der Tod, der Sie unerbittlich verfolgt.«

»Oh«, sagte Carmody. Er fühlte sich plötzlih sehr weich in den Knien, und Melichrone erschuf zuvorkommenderweise einen Lehnstuhl für ihn, dazu eine Havanna-Zigarre, einen Rum Collins, ein paar warme Filzpantoffeln und einen fellgefütterten Hausmantel.

»Bequem so?« fragte Melichrone.

»Sehr.«

»Gut. Dann passen Sie jetzt gut auf. Im Folgenden werde ich mich bemühen, Ihnen Ihre Situation kurz, aber prägnant zu erläutern, wozu ich nur einen kleinen Teil meines Geistes abstellen muß, während der Rest sich gleichzeitig an die Aufgabe machen wird, eine angemessene und kostengünstige Lösung für Ihr Problem zu finden. Aber Sie müssen genau zuhören und versuchen alles beim ersten Mal gleich richtig zu verstehen, denn wir haben nicht viel Zeit, extrem wenig sogar.«

»Ich dachte, Sie hätten meine zehn Sekunden zu 25 Jahren ausgedehnt?« meinte Carmody.

»Das habe ich auch. Aber die Zeit ist eine besonders trickreiche Variable, selbst für einen wie mich. Achtzehn von Ihren 25 Jahren sind schon vorbei, und der Rest geht auch schon immer schneller. Aufgepaßt jetzt! Ihr Leben hängt davon ab.«

»Alles klar«, sagte Carmody. Er beugte sich vor und zog an seiner Zigarre. »Kann losgehen, ich bin soweit.«

»Das erste, was Sie verstehen müssen«, begann Melichrone, »ist die Natur jenes unerbittlichen Todes, der Ihnen so hartnäkkig auf den Fersen ist.«

Carmody spürte eine leichte Gänsehaut und beugte sich noch weiter vor, um alles mitzubekommen.

IX

»Eine der aller grundlegendsten Tatsachen dieses Universums«, sagte Melichrone, »besteht darin, daß eine Spezies die andere Spezies frißt. Das ist vielleicht nicht sehr hübsch, aber so ist es nun einmal. Fressen ist ein Grundgesetz, und die Beschaffung der Futtermittel die Ursache für die meisten anderen Phänomene des Lebens. Aus diesem Konzept ergibt sich das Gesetz des Gefressenwerdens, das sich wie folgt ausdrükken läßt: Jede Spezies, wie hoch oder niedrig sie entwickelt sein mag, frißt eine oder mehrere andere Spezies und wird von einer oder mehreren anderen Spezies gefressen.

Daraus ergibt sich ein Grundzustand des Universums, der von bestimmten Umständen bestärkt oder bedroht werden kann, jedenfalls aber als geschlossenes, sich selbst regulierendes System seinen eigenen Erhalt garantiert. Im Kleinen wiederholt sich dieses Prinzip. Jede Rasse schafft es unter natürlichen Umständen in ihrem gegebenen Lebensraum ein Gleichgewicht mit ihren Feinden aufrecht zu erhalten, womit der überwiegenden Mehrheit dieser Spezies erlaubt ist, ihre Lebenszeit in Ruhe auszuleben trotz der Verfolgung durch ihre Verfolger. Dieses Gleichgewicht drücken wir für gewöhnlich mit der Sieger-Besiegten-Relation aus, auch SB-Gleichung genannt. Wenn eine Spezies oder ein einzelnes Mitglied eines

Spezies sich in einen fremden und exotischen Lebensraum begibt, verändert sich ganz zwangsläufig der SB-Wert. Gelegentlich gibt es zunächst eine vorübergehende Verbesserung in der Fressen-und-Gefressenwerden-Relation (Sb frei Fg-frei 1). Weit häufiger kommt es aber zu einer Verschlechterung (Sb frei Fg frei 1), die sich langfristig immer einstellt.

Letzteres ist Ihnen passiert, Carmody. Sie haben Ihren natürlichen Lebensraum verlassen, was auch heißt, daß Sie keine natürlichen Verfolger mehr haben. Kein Auto kann sich hier an Sie heranpirschen, kein Virus in Ihr Blut schleichen, kein Polizist kann Sie hier aus Versehen niederknallen. Sie sind von den Gefahren der Erde getrennt, und gegenüber den Gefahren für die anderen galaktischen Spezies sind Sie immun.

Aber diese Verbesserung (Sb frei Fg frei 1) kann eben nur von sehr kurzer Dauer sein. Das eiserne Gesetz des Gefressenwerdens, ohne das die kosmische Natur kein Gleichgewicht bewahren könnte, sorgt für den zwangsläufigen Ausgleich. Sie können nicht aufhören zu jagen, und Sie können nicht verhindern, daß Sie gejagt werden. Ihre Verfolgung ist daher eine Notwendigkeit in sich selbst.

Nachdem Sie die Erde verlassen haben, sind Sie zu einer einzigartigen Kreatur geworden, daher ist Ihr Verfolger auch einzigartig.

Ihr Verfolger wurde als Personifikation und Erfüllungswerkzeug eines kosmischen Gesetzes geboren. Er ist ein Raubtier, daß sich einzig und allein von Ihnen ernährt – ein Carmodyfresser. Er wurde passend zu Ihren spezifischen Charakteristika erschaffen. Seine Form und seine Fähigkeiten sind ideal seiner Ernährungsweise angepaßt. Ohne ihn je gesehen zu haben, wissen wir, daß sein Gebiß dafür geschaffen ist, Carmodys zu zerreißen, seine Klauen dafür geformt sind, Carmodys zu packen, sein Magen auf die Verdauung von Carmodys eingestellt ist und seine ganze Persönlichkeit auf die optimale Ausnutzung der Schwächen der carmodyschen Persönlichkeit.

Ihre Situation hat Sie zu etwas Einzigartigem gemacht, Carmody. Also ist Ihr Verfolger auch einzigartig. Es ist Ihr ganz persönlicher Tod, der Sie verfolgt, Carmody, und er tut das mit einer Verzweiflung, die der Ihren nicht nachsteht. Wenn er Sie erwischt, sterben Sie; wenn Sie ihm zurück zu den normalen Verfolgern Ihrer natürlichen Umgebung entkommen, stirbt er aus Mangel an carmodyschem Fressen den Hungertod.

Es gibt nichts, was ich Ihnen sagen könnte, damit Sie dieser Gefahr besser ausweichen können. Ich kann die Tricks und die Verkleidung, mit denen der Verfolger sich Ihnen nähern wird, nicht voraussehen, genausowenig wie ich Ihre Tricks voraussehen kann. Ich kann Sie nur warnen, daß die Wahrscheinlichkeit in der Regel den Jäger begünstigt, obwohl man auch schon von geglückten Fluchten gehört haben soll.

Das ist Ihre Lage, Carmody. Haben Sie mich verstanden?«

Carmody fuhr hoch, wie ein Mann aus tiefem Schlaf. »Ja«, erklärte er, »ich habe nicht alles verstanden, was Sie mir gesagt haben. Aber die wichtigen Dinge habe ich mitbekommen.«

»Gut«, sagte Melichrone »Denn wir haben keine Zeit mehr übrig. Sie müssen diese Welt auf der Stelle verlassen. Nicht einmal ich auf meinem eigenen Planeten kann das kosmische Gesetz des Gefressenwerdens außer Kraft setzen.«

»Können Sie mich zur Erde zurückbringen?« fragte Carmody.

»Wenn ich ausreichend Zeit dafür hätte, könnte ich das aller Wahrscheinlichkeit nach«, behauptete Melichrone. »Aber, wenn ich ausreichend Zeit dafür habe, kann ich natürlich praktisch alles. Einfach wäre es jedenfalls nicht, Carmody. Zunächst einmal müßten die drei großen W bestimmt werden, und zwar jede dieser Variablen durch die beiden anderen. Das hieße, ich müßte erst einmal ermitteln, Wo im Raum-Zeit-Kontinuum sich Ihr Planet zur Zeit exakt befindet. Dann hieße es, herauszufinden Welche von den Alternativerden der Möglichkeitskette die Ihre ist, und endlich müßte ich die temporale Sequenz suchen, in der Sie geboren wurden, um das richtige Wenn zu bestimmen. Dazu gilt es dann noch den Skorischeffekt und den Verdopplungsfaktor zu berücksichtigen, mit denen beiden nicht zu spaßen ist. Falls all das gelänge, könnte ich Sie mit ein wenig Glück in Ihre eigene Kosmolokalität zurückverpflanzen (eine fasziniernd delikate Aufgabe), ohne dabei die ganze Raum-Zeit zu ruinieren.«

»Können Sie das für mich tun?« fragte Carmody hoffnungsvoll.

»Nein. Dazu ist keine Zeit mehr. Aber ich kann Sie zu Maudsley schicken, einem Freund von mir, der in der Lage sein sollte, Ihnen weiterzuhelfen.«

»Ein Freund von Ihnen?«

»Nun, nicht eigentlich ein *Freund*«, gestand Melichrone ein. »Mehr ein Bekannter, müßte man wohl sagen. Aber selbst das würde den Grad unserer Bekanntschaft etwas übertreiben. Sehen Sie, einmal, schon vor längerer Zeit, hätte ich meinen Planeten beinahe für eine kleine Rundreise verlassen; und wenn ich das wirklich getan hätte, dann hätte ich Maudsley getroffen. Aber aus den verschiedendsten Gründen habe ich diese Reise nie angetreten und deshalb auch Maudsley nie tatsächlich getroffen. Trotzdem, wir beide wissen, daß, wenn ich wirklich zu meinem Trip aufgebrochen wäre, wir uns *getroffen haben würden*, und unsere Ansichten und Einsichten ausgetauscht hätten, die eine oder andere Sache diskutiert, ein paar Witze erzählt und uns schließlich mit einer gewissen gegenseitigen Sympathie von einander verabschiedet hätten.«

»Das scheint mir eine doch recht vage Art von persönlicher Beziehung zu sein«, sagte Carmody. »Gibt es sonst niemand, zu dem Sie mich schicken könnten?«

»Ich fürchte, nein«, erwiderte Melichrone. »Maudsley ist mein einziger Freund. Die Möglichkeiten bestimmen eine Beziehung genauso wie die tatsächlichen Gegebenheiten, wissen Sie. Ich bin sicher, Maudsley wird sich sehr gut um Sie kümmern.«

»Tja, dann –«, meinte Carmody und schickte sich zu einem längeren Alternativvorschlag an. Aber dann entdeckte er, daß sich hinter seiner linken Schulter etwas Dunkles und und Bedrohliches aus dem Nichts zu formen begann, das immer deutlicher Gestalt annahm. Und Carmody wußte, daß seine Zeit abgelaufen war.

»Schicken Sie mich nur«, rief er. »Und vielen Dank für alles.«

»Wirklich keine Ursache«, versicherte Melichrone. »Meine Aufgabe in diesem Universum ist es, Fremden zu helfen. Viel Glück, Carmody!«

Die große bedrohliche Gestalt nahm bereits sehr feste Formen an. Aber bevor sie ihre Materialisation ganz vollendet hatte, war Carmody verschwunden.

X

Carmody fand sich auf einer grünen Wiese wieder. Es mußte mittag sein, denn eine strahlende orangefarbene Sonne stand direkt über ihm. In einiger Entfernung graste eine Herde gefleckter Kühe gemächlich im hohen Gras. Hinter ihnen konnte Carmody einen dunklen Waldrand ausmachen.

Langsam drehte Carmody sich um und blickte in die Runde. Ringsumher breitete sich Wiesenland aus. Dahinter begannen Wälder mit dichtem Unterholz. In der Ferne hörte man einen Hund bellen. Weit am Horizont erhoben sich zerklüftete Bergketten mit weißen Hängen. Weißgraue Wolken verhüllten die höchsten Gipfel.

Aus dem Augenwinkel bemerkte Carmody eine Bewegung und wandte sofort den Kopf. Es war ein Tier, das verblüffend einem Fuchs ähnelte. Das Tier warf Carmody einen neugierigen Blick zu und huschte dann in Richtung Wald davon.

»Es ist wie auf der Erde«, bemerkte Carmody. Dann erinnerte er sich an den Preis, den er zuletzt als winterschlafende grüne Schlange um den Hals hängen gehabt hatte. Er griff zum Nacken, aber der Preis war nicht da.

»Hier bin ich«, rief der Preis.

Carmody blickte sich suchend um und entdeckte einen kleinen Kupferkessel.

»Bist du das?« fragte er den Kupferkessel und hob ihn auf.

»Natürlich bin ich das«, sagte der Preis. »Kannst du nicht mal deinen eigenen Preis erkennen?«

»Na, ja . . . du hast dich ganz schön verändert.«

»Das ist mir durchaus bewußt«, erklärte der Preis. »Aber meine Essenz, mein inneres Wesen, mein wahres Selbst – das verändert sich nie. Was ist los?«

Carmody hatte einen Blick in den Kessel geworfen und ihn danach beinahe fallengelassen. Es lag der gehäutete und stark angefressene Kadaver eines kleinen Tieres darin – eines Kätzchens vielleicht

»Was ist das da in dir drin?« wollte Carmody wissen.

»Das ist mein Lunch, wenn du es unbedingt wissen willst«, antwortete der Preis. »Während des Transits habe ich mal eben kräftig zugelangt.«

»Oh.«

»Selbst Preise brauchen gelegentlich etwas zu essen«, fügte der Preis sarkastisch dazu. »Und, was ich bei dieser Gelegenheit anmerken möchte, außerdem brauchen wir noch regelmäßige Ruhepausen, ein bißchen Gymnastik, sexuelle Zuwendung, hin und wieder ein Besäufnis und geregelten Stuhlgang. Für nichts dergleichen hast du gesorgt, seit ich an dich verliehen wurde.«

»Ja, weißt du«, verteidigte sich Carmody, »ich habe ja auch nichts dergleichen in der letzten Zeit gehabt.«

»Brauchst du wirklich solche Dinge?« fragte der Preis mit erstaunter Stimme. »Ja, natürlich. Ich nehme schon an, das du so etwas brauchst. Es ist eigenartig, aber irgendwie hatte ich immer die Vorstellung, du seist ein rasendes Elementarwesen ohne jedes kreatürliche Bedürfnis.«

»Genau das habe ich auch von dir angenommen!« gab Carmody zu.

»Ich glaube, solche Eindrücke sind unausweichlich«, erklärte der Preis. »Man neigt dazu sich einen Alien als – als irgendwie solide vorzustellen, ohne Innenleben und völlig *stuhlgangslos*. Und natürlich sind auch einige Aliens so.«

»Ich werde mich um deine Bedürfnisse kümmern«, versprach Carmody, der plötzlich ein starkes Mitgefühl, ja fast Zuneigung für seinen Preis empfand. »Sobald wir aus diesen ganzen verdammten Notlagen heraus sind, werde ich das als erstes tun.«

»Natürlich, alter Junge. Komm, vergiß es. Du bist o.k., und ich bin o.k., und jetzt laß mich fertig essen, bevor 's kalt wird.«

»Nur zu«, sagte Carmody. Er war neugierig zu sehen, wie ein Kupferkessel einen gehäutetes Tier verzehren würde, aber als es dann dazu kam, war er zu zart besaitet, um genauer hinzuschauen.

»Ah, das war verdammt gut«, meinte der Preis. »Wenn du magst, ich hab' dir noch was übergelassen, mein Alter.«

»Im Augenblick habe ich keinen Hunger«, versicherte Carmody. »Was ist das denn, was du da ißt?«

»Wir nennen sie *orithi*«, sagte der Preis. »Du würdest sie wahrscheinlich für eine Art wandernde Riesenpilze halten. Ganz köstlich sind sie roh oder zart im eigenen Saft geschmort. Die fleckige weiße Art ist besser als die grüne.«

»Ich werde es mir merken«, versprach Carmody, »für den Fall, daß ich einmal einem begegnen sollte. Glaubst du, daß Erdenmenschen sie essen können – ich meine, sind sie bekömmlich für uns?«

»Bestimmt«, sagte der Preis. »Übrigens, wenn du wirklich einmal die Gelegenheit zu einem *orihi-Essen* bekommen solltest, vergiß nicht dir von ihm ein Gedicht rezitieren zu lassen, bevor du ihn anschneidest.«

»Warum?«

»Weil die meisten *orithi* große Dichter sind.«

Carmody schluckte hart. Das war die Schwierigkeit mit diesen exotischen Lebensformen; wenn man gerade meinte etwas verstanden zu haben, mußte man feststellen, daß man überhaupt nichts verstand. Und auf der anderen Seite, wenn man dachte, sie wären völlig unbegreiflich, brachten sie einem plötzlich damit aus dem Gleichgewicht, daß sie auf völlig menschliche Art und Weise reagierten. Tatsächlich, entschied Carmody, war das, was Fremdwesen so wirklich fremdartig machte, die

Tatsache, daß sie gar nicht so fremdartig waren. Diese Vertrautheit wirkte zu Anfang recht amüsant, aber nach einer Weile geht sie einem ungeheuer auf die Nerven.

»Urps«, sagte der Preis.

»Was?«

»Ich habe gerülpst«, sagte der Preis. »Verzeihung. Jedenfalls mußt du zugeben, daß ich die ganze Sache recht ordentlich hingekriegt habe.«

»Welche Sache?«

»Na, das Gespräch mit Melichrone natürlich«, erklärte der Preis.

»Du hast das hingekriegt? Wieso denn das? Du hast, verdammt noch mal, die ganze Zeit deinen Winterschlaf gehalten. *Ich* habe uns da ganz alleine rausreden müssen.«

»Ich möchte dir ja nur ungerne widersprechen«, sagte der Preis. »Aber ich glaube, du hast da einen sehr falschen Eindruck gewonnen. Ich habe mich nur in den Winterschlaf versetzt, um all meine geistigen Kräfte auf die Lösung von Melichrones Problem konzentrieren zu können.«

»Du bist verrückt! Du hast den Verstand verloren!« schrie Carmody.

»Ich sage nichts weiter, als die Wahrheit«, beharrte der Preis. »Denk doch an die lange, geschickt konstruierte Argumentation, mit Hilfe deren unwiderlegbarer Logik du Melichrones Platz und Aufgabe im Plan des Universums aufgezeigt hast.«

»Was war damit?«

»Na, hast du schon jemals vorher in deinem Leben eine solche Argumentation entwickelt? Bist du ein Philosoph oder ein Logiker?«

»Ich habe meinen Philosophie-Kurs am College mit Auszeichnung abgeschlossen«, verteidigte sich Carmody.

»Großartig«, höhnte der Preis. »Da müssen dir ja alle Geheimnisse des Kosmos zu Füßen liegen. Nein, Carmody, du hast einfach nicht den nötigen Hintergrund oder den Intellekt, um auf so etwas zu kommen. Gestehe es dir ruhig ein: das war völlig wesensfremd für einen Burschen wie dich.«

»Das war überhaupt nicht wesensfremd! Ich bin absolut in der Lage, in kosmischen Dimensionen zu denken und mit einer universellen Logik zu argumentieren.«

»Universell? Glaubst du, weil eine Logik universell ist, heißt das, sie ist jedem im Universum zugänglich?«

»Aber ich habe die Sache allein gemacht! Ich habe diese Gedanken gedacht!«

»Ganz wie du meinst«, beschwichtigte der Preis. »Ich wußte ja nicht, daß dir das soviel bedeutet. Und ich wollte dich ganz bestimmt nicht aufregen. Sag mal, hast du schon mal an Ohnmachtsanfällen gelitten oder an Ausbrüchen von unbegründetem Lachen oder Weinen?«

»Nein, habe ich nicht«, knurrte Carmody, der sich wieder in die Gewalt bekam. »Hast du schon vielleicht häufige Flugerlebnisse im Traum und Gefühle der Heiligkeit deiner Person?«

»Das habe ich ganz sicher nicht und nie gehabt!« erklärte der Preis.

»Du bist sicher?«

»Sicher, bin ich sicher!«

»Dann brauchen wir über diese Sache nicht mehr länger zu diskutieren«, verkündete Carmody mit einem absurden Triumphgefühl. »Aber ich würde gerne etwas anderes wissen.«

»Und was wäre das?«

»Was war Melichrones Mißbildung, die ich nicht erwähnen sollte? Und was war seine einzige Grenze?«

»Ich dachte, das wäre nun wirklich schmerzhaft deutlich geworden«, meinte der Preis.

»Mir nicht.«

»Ein paar Stunden ruhigen Nachdenkens müßten dich aber sofort darauf kommen lassen.«

»Zum Teufel«, sagte Carmody, »ich will es aber jetzt wissen. Erzähl es mir einfach.«

»Na gut«, sagte der Preis. »Melichrones Mißbildung besteht darin, daß er lahm ist. Es ist eine Art genetischer Defekt, der seit seinen frühsten Anfängen manifest ist. Er besteht in all seinen Verwandlungen und Ablegern in einer analogen Form.«

»Und seine einzige Grenze?«

»Das einzige, was er niemals kann, ist seine eigene Lahmheit erkennen. Als Gott ist ihm jedes vergleichende Wissen verwehrt. All seine Schöpfungen erschafft er nach seinem eigenen Bilde; was in Melichrones Fall natürlich heißt, daß sie auch alle lahm sind. Und seine Kontakte zur externen Wirklichkeit, zur galaktischen Außenwelt, sind so gering, daß er glaubt, Lahmheit wäre die Norm und die nicht lahmen Kreaturen hätten einen kuriosen Fehler. Das Fehlen von komparativem Wissen ist übrigens einer der wenigen Fehler des Gottseins. Zu den Grundvoraussetzungen eines Gottes gehört sogar seine absolute Eigenbeschränktheit, was heißt, daß sich seine Macht, in welchem Maßstab auch immer, in jedem Fall nach Innen richten muß, auf seine eigene Welt nämlich. Perfekte Kontrolle des Kontrollierbaren und perfektes Wissen alles Weißbarens sind die ersten Schritte dazu, Gott zu werden, falls du es jemals versuchen möchtest.«

»Ich? Versuchen Gott zu werden?«

»Warum nicht?« fragte der Preis ihn. »Es ist eine Beschäftigung so gut wie jede andere auch, wenn man mal von dem so großartig klingenden Titel absieht. Es ist keine leichte Sache, das kann ich dir garantieren, aber es ist auch nicht schwerer als ein erstklassiger Dichter oder Ingenieur zu werden.«

»Ich glaube, du hast komplett den Verstand verloren«, sagte Carmody mit einem Schaudern, wie es den Atheisten befällt, wenn er zu seinem Entsetzen bemerkt, das etwas seine religiösen Gefühle verletzt hat.

»Überhaupt nicht. Ich bin nur in diesen Dingen besser informiert als du. Mit mir zusammen kannst du irgendwann allmächtig werden, vorausgesetzt, du lebst lange genug. Aber jetzt machst du dich besser bereit, es geht gleich los.«

Carmody sah sich blitzschnell um und entdeckte drei kleine Gestalten, die langsam über die Wiesen kamen. In respektvollem Abstand folgten ihnen zehn andere Gestalten.

»Der in der Mitte ist Maudsley«, erklärte der Preis. »Er ist immer sehr beschäftigt, aber er könnte sich die Zeit nehmen, ein paar Worte mit dir zu wechseln, wenn du es richtig anfaßt.«

»Hat er irgendwelche Mißbildungen oder Grenzen?« fragte Carmody sarkastisch.

»Jedenfalls keine, die für dich signifikant sind«, belehrte ihn der Preis. »Mit Maudsley hat man auf eine ganz andere Weise umzugehen und sieht sich ganz anderen Problemen gegenüber.«

»Er sieht wie ein Mensch aus«, stellte Carmody fest, als die Gruppe näher kam.

»Er trägt diese Gestalt«, gab der Preis zu, »aber das besagt nicht viel, denn die menschliche Gestalt ist in diesem Teil der Galaxis sehr verbreitet.«

»Auf welche Weise muß ich denn nun an ihn herangehen?« wollte Carmody wissen.

»Das kann ich schlecht im Detail beschreiben«, erklärte der Preis vage. »Maudsley ist für mich zu fremd, als das ich ihn verstehen oder seine Reaktionen vorhersagen könnte. Aber es gibt einen Hinweis, den ich dir geben kann: Paß auf, daß du seine ungeteilte Aufmerksamkeit gewinnst, und versuche ihn mit deiner Menschlichkeit zu beeindrucken.«

»Ja, sicher«, versprach Carmody.

»Es ist nicht so einfach, wie es sich anhört«, warnte der Preis. »Maudsley ist eine extrem beschäftigte Person, die ständig bis über beide Ohren in ihrer Arbeit steckt. Er ist ein hoch talentierter Ingenieur, mußt du wissen, und einer, der in seinem Projekt aufgeht. Aber er neigt dazu, ausgesprochen geistesabwesend zu reagieren, besonders wenn er neue Materialien oder Methoden erprobt.«

»Na, das klingt nicht zu schlimm.«

»Für Maudsley ist es nicht schlimm – aber für andere. Man könnte es für eine harmlose Schrulle halten, wenn er nicht in seiner geistesabwesenden Art dazu neigen würde, alles, was ihm über den Weg läuft, als Rohmaterial für seine Projekte zu betrachten. Ein Bekannter von mir, Dewer Harding, besuchte ihn vor einiger Zeit mit einer Einladung zu einer Party. Der arme Dewer schaffte es nicht, sich ausreichend bemerkbar zu machen.«

»Und was passierte ihm?«

»Maudsley verbaute ihn in dem gerade laufenden Ingenieurprojekt. Ganz ohne böse Absicht natürlich. Jedenfalls ist der arme Dewer jetzt drei Getriebe und ein Kugellager in einer Kolbenmaschine, und man kann ihn wochentags in Maudsleys Museum der historischen Kraftmaschinenentwicklung besichtigen.«

»Das ist ganz schön schockierend«, sagte Carmody. »Kann man denn nichts mehr für ihn tun?«

»Niemand möchte Maudsley darauf aufmerksam machen«, erklärte der Preis. »Maudsley haßt es, Fehler zugeben zu müssen, und er kann ausgesprochen unangenehm werden, wenn er das Gefühl hat, jemand wollte ihm auf die Finger sehen.«

Der Preis mußte etwas aus Carmodys Gesichtsausdruck gelesen haben, denn er ergänzte: »Aber du brauchst jetzt nicht gleich in Panik zu geraten. Maudsley ist nie gemein oder hinterhältig. Er ist in Wahrheit ein richtig netter Bursche. Er hört gerne Lob, wie wir alle das ja tun, aber er verabscheut Schmeichelei. Sprich einfach frei heraus und stell dich vor, zeige deine Bewunderung, aber vermeide jede Übertreibung, sag, was dir nicht gefällt, aber sei nicht überkritisch und mäkel nicht kleinlich herum an Dingen, die du nicht verstehst. Kurz gesagt, sei zurückhaltend in allen Äußerungen außer dort, wo ein klares Wort angebracht ist.«

Carmody wollte sagen, daß dieser Rat so gut wie überhaupt kein Rat war, ja sogar noch schlechter, da er ihn noch zusätzlich nervös machte. Aber dafür war jetzt keine Zeit mehr. Maudsley war da, hochgewachsen und weißhaarig, in Rollkragenpullover und Lederjacke, von zwei Männern in Geschäftsanzügen begleitet, mit denen er sich angeregt unterhielt.

»Guten Tag, Sir«, sagte Carmody mit fester Stimme. Er trat vor und konnte gerade noch zur Seite springen, bevor das ins Gespräch vertiefte Trio ihn umgerannt hätte.

»Kein guter Anfang«, flüsterte der Preis.

»Halt's Maul«, flüsterte Carmody zurück. Mit einer gewissen grimmigen Entschlossenheit lief er hinter der Gruppe her.

XI

»Das soll es also sein, was, Orin?« fragte Maudsley.

»Ja, Sir, das soll es sein«, sagte Orin, der Mann zu Maudsleys Linken, mit zufriedenem Lächeln. »Was halten Sie davon, Sir?«

Maudsley drehte sich langsam und musterte die Wiesen, die Berge, die Sonne, den Fluß, den Wald. Sein Gesicht verriet mit keiner Miene, was er davon hielt. Dann sagte er: »Was halten Sie davon, Brookside?«

Brookside erklärte mit zittriger Stimme: »Nun, Sir, ich glaube, daß Orin und ich hier gute Arbeit geleistet haben. *Wirklich* gute Arbeit, wenn Sie berücksichtigen, daß dies unser erstes selbstständiges Projekt ist.«

»Und teilen Sie diese Einschätzung, Orin?«

»Sicher, Sir«, bestätigte Orin.

Maudsley bückte sich und riß einen Grashalm ab. Er roch daran und warf ihn weg. Er scharrte mit dem Fuß die Erde auf, dann starrte er für einige Minuten schweigend in die grelle Sonne. In sehr pointiertem Tonfall meinte er schließlich: »Ich bin erstaunt, sehr erstaunt. Aber auf eine sehr unerfreuliche Weise. Ich bat Sie darum, eine Welt für einen meiner Kunden zu bauen, und Sie kommen mit mit so einem Ergebnis! Halten Sie sich wirklich für Ingenieure?«

Die beiden Gehilfen antworteten nicht. Sie versteiften sich wie zwei kleine Jungen, die auf den Stock warten.

»Ingenieure!« sagte Maudsley und legte gut hundertfünfzig Pfund von Herzen kommender Verachtung in dieses Wort. »›Kreative, dabei praktisch denkende Wissenschaftler, die einen Planeten, wo und wann immer man ihn braucht, hinbauen können.‹ Kennt jemand von euch beiden diese Worte noch?«

»Sie sind aus der Standardbroschüre«, sagte Orin.

»Das ist korrekt«, bestätigte Maudsley. »Und? Halten Sie das hier für ein Beispiel ›kreativer, praktischer Ingenieurkunst‹?«

Die beiden Männer schwiegen. Dann brach es schließlich aus Brookside heraus: »Also, Sir, ja, ich tue das, Sir. Wir haben die Bestellung sehr gründlich durchgearbeitet. Es sollte ein Typ-34Bc4-Planet werden, mit einigen besonderen Variationen. Und genau das haben wir hier gebaut. Sie haben jetzt natürlich nur eine kleine Ecke davon vor sich, aber . . .«

»Aber ich kann daran durchaus erkennen, ob ihr Burschen anständig gearbeitet habt«, führte Maudsley den Satz zu Ende. »Orin! Was für eine Heizanlage habt ihr eingebaut?«

»Eine Typ-05-Sonne, Sir«, antwortete Orin. »Sie paßt ausgezeichnet zu den thermischen Spezifikationen des Auftrages.«

»Das will ich nicht bestreiten. Aber dies war eine Budget-Welt, wie Sie sich vielleicht erinnern werden. Wenn wir die Kosten nicht so niedrig wie möglich halten, machen wir bei der ganzen Sache keinen Gewinn. Und der größte Einzelposten bei den Kosten ist immer das Heizsystem.«

»Dessen sind wir uns bewußt, Sir«, versicherte Brookside. »Es hat uns auch überhaupt nicht gefallen, eine 05-Sonne für ein Ein-Planeten-System zu verwenden. Aber die Wärme- und Strahlungsanforderungen des Kunden . . .«

»Haben Sie denn überhaupt nichts von mir gelernt?« schrie Maudsley. »Dieser Sternentyp ist absolute Energieverschwendung. Du da!« Er winkte einem der Arbeiter hinter ihnen. »Nimm das sofort ab!«

Der Arbeiter kam mit einer Teleskop-Leiter angerannt. Zwei andere halfen ihm. Einer hielt die Leiter, und der andere zog die Verlängerungen heraus – zehn mal, hundert mal, eine Million mal, während der erste Arbeiter bereits die Leiter hinaufkletterte.

»Geh' vorsichtig damit um!« rief Maudsley zu ihm hinauf. »Und vergiß nicht, Handschuhe anzuziehen! Das Ding ist heiß!«

Mittlerweile war der Arbeiter an der Spitze der Leiter angekommen. Er nahm den Stern vom Haken, faltete ihn zusammen und legte ihn in eine Schachtel mit der Aufschrift: ›STERN – VORSICHT! NICHT STÜRZEN!‹

Als er den Deckel zufallen ließ, wurde alles dunkel.

»Bin ich denn hier nur von Idioten umgeben!« brüllte Maudsley. »Verdammt noch mal! Es werde Licht!«

Und es ward Licht – ganz prompt und ohne Rückfragen.

»Okay«, sagte Maudsley. »Die 05-Sonne kommt zurück ins Lager. Für einen Job, wie das hier, können wir auch einen Typ-G13-Stern nehmen.«

»Aber, Sir«, wandte Orin nervös ein, »der ist nicht heiß genug.«

»Das weiß ich«, sagte Maudsley. »Und genau da erwarte ich von euch, daß ihr eure Kreativität benutzt. Wenn ihr den Stern näher heran rückt, dann wird er heiß genug sein.«

»Das wird er, Sir«, sagte Brookside. »Aber er sendet dann zuviel harte Strahlung auf den Planeten. Und die könnte diese ganze Rasse, für die wir diese Welt gebaut haben, umbringen.«

Sehr langsam und sehr entschieden erwiderte Maudsley: »Wollen Sie mir damit sagen, daß G13-Sterne aus unserer eigenen Produktion *gefährlich* sind, Brookside?«

»Also, Sir, nein, nein. So hat er das wirklich nicht gemeint«, versicherte Orin schnell. »Er wollte damit nur andeuten, daß alle Dinge in diesem Universum gefährlich sein können, wenn man sie nicht mit der notwendigen Umsicht behandelt.«

»Das hört sich schon vernünftiger an«, meinte Maudsley.

»Die notwendige Umsicht«, erklärte Brookside, »besteht in diesem Fall darin, daß man etwa 25 Kilo schwere Bleischutzanzüge tragen muß. Doch das ist sehr unpraktisch, weil die Rasse des Bestellers im Durchschnitt nur 8 Kilo wiegt.«

»Man sollte niemanden wegen seiner Größe unterschätzen«, wies Maudsley ihn zurecht. »Außerdem ist es nicht unser Job, diesen Burschen zu erzählen, wie sie ihr Leben hier zu führen haben. Bin ich vielleicht dafür verantwortlich, wenn sich jemand einen Zeh an einem Stein stößt, den ich auf diesem Planeten verbaut habe? Abgesehen davon ist es wirklich nicht nötig, daß die Kerle Bleianzüge tragen. Sie können als vertraglich garantierte Extraleistung gegen einen vernünftigen Aufpreis einen meiner Sonnenschirme zum Ausblenden harter Strahlung erwerben.«

Die beiden anderen lächelten nervös. Endlich meinte Orin sehr vorsichtig: »Ich glaube, es handelt sich hier um eine etwas unterpriviligierte Rasse, Sir. Ich könnte mir vorstellen, daß sie sich keinen Sonnenschirm leisten kann.«

»Na, wenn nicht jetzt, dann vielleicht später«, sagte Maudsley. »Wie dem auch sei, die Strahlung ist ja nicht direkt tödlich. Selbst wenn sie ihr ausgesetzt sind, haben die Bewohner dieser Welt noch eine durchschnittliche Lebenserwartung von 9,3 Jahren, was für jeden reichen sollte.«

»Jawohl, Sir«, bestätigten die beiden Assistenten schnell, aber nicht sehr glücklich.

»Weiter«, fuhr Maudsley fort. »Wie hoch sind die Berge da drüben?«

»Durchschnittlich zweitausend Meter über dem Meeresspiegel.«

»Das ist mindestens tausend Meter zu hoch«, stellte Maudsley fest. »Denken Sie etwa, Berge wachsen auf den Bäumen? Tragt die halbe Höhe ab und bringt alles zurück ins Lager.«

Brookside nahm ein Notizbuch heraus und trug die gewünschten Veränderungen ein. Maudsley wanderte weiter herum, besah sich alles und runzelte die Stirn.

»Wie lange halten die Bäume da?«

»Achthundert Jahre, Sir. Es handelt sich um das verbesserte Modell Apfeleiche. Sie geben Früchte, spenden Schatten, Nüsse, Rindensaft, die Blätter lassen sich auf drei verschiedene Arten zu Textilien verarbeiten, das Holz ist ein exzellentes Baumaterial, die Wurzeln halten die Muttererde und die –«

»Wollt ihr mich ruinieren?« donnerte Maudsley. »Zweihundert Jahre reicht absolut für einen Baum! Sorgen Sie dafür, daß die Lebensenergie entsprechend reduziert wird und alles zurück in unsere Lebenskraft-Akkus kommt!«

»Dann werden sie aber nicht mehr in der Lage sein alle vorgesehenen Funktionen zu erfüllen«, wandte Orin ein.

»Dann schränken Sie eben die Funktionen ein! Schatten und Nüsse ist eine ganze Menge, wir müssen aus diesen Bäumen doch keine Supermärkte machen! Nun zu den Kühen – wer hat diese Herden hier aufgestellt?«

»Das war ich, Sir«, gestand Brookside. »Ich dachte mir, der Platz würde so . . . nun, es würde alles ein wenig einladender wirken.«

»Sie Niete!« tobte Maudsley. »Man sorgt dafür, daß eine Welt einladend aussieht, bevor man sie verkauft hat, nicht nachher! Wie oft habe ich euch das gepredigt! Dieser Platz hier wurde ohne Zubehör verkauft. Zurück mit den Kühen in die Protoplasma-Tanks!«

»Jawohl, Sir«, sagte Orin. »Tut uns furchtbar leid, Sir. Ein Mißverständnis. Gibt es sonst noch etwas?«

»Es sind noch gut zehntausend andere Dinge falsch«, erklärte Maudsley. »Aber die könnt ihr selber rausfinden, wenn ihr euere Hirne benutzt, hoffe ich jedenfalls. Was, zum Beispiel, soll das da sein?« Er deutete auf Carmody. »Eine Statue oder sowas? Kunst? Steht er etwa da herum, um ein Gedicht aufzusagen oder ein Begrüßungslied zu singen, wenn die neuen Bewohner ankommen?«

Carmody rief: »Sir, ich gehöre nicht dazu! Ein Freund von Ihnen namens Melichrone hat mich hierher geschickt. Und ich versuche zu meiner eigenen Welt zurückzufinden . . .«

Maudsley hörte eindeutig nichts von dem, was Carmody von sich gab. Denn während Carmody versuchte, sich bemerkbar zu machen, sagte Maudsley: »Was immer er sein soll, im Kaufvertrag wird er nicht verlangt. Also steckt ihn zusammen mit den Kühen zurück in die Protoplasma-Tanks.«

»He!« schrie Carmody, als zwei Arbeiter ihn an beiden Armen hochhoben. »He, wartet einen Augenblick!« brüllte er. »Ich gehöre nicht zu diesem Planeten! Melichrone hat mich geschickt! Wartet! Nicht! Hört mir doch zu!«

»Ihr solltet euch wirklich schämen«, fuhr Maudsley fort, ohne sich um Carmodys Schreie zu kümmern. »Was sollte der denn nun sein, na? Eine von Ihren dekorativen Feinheiten, Orin?«

»Oh, nein«, versicherte Orin. »Ich habe ihn nicht da aufstellen lassen, bestimmt nicht.«

»Dann war er also von Ihnen, Brookside?«

»Ich habe ihn noch nie in meinem Leben gesehen, Sir!«

»Hmmm«, sagte Maudsley. »Ihr seid alle beide Idioten, aber Lügner seid ihr eigentlich nicht. He!« rief er den Arbeitern nach. »Bringt ihn wieder hierher!«

»So«, sagte Maudsley zu Carmody, der von einem unkontrollierten Zittern befallen worden war, »nun reißen Sie sich mal zusammen. Ich kann hier nicht rumstehen, bis Sie mit Ihren hysterischen Anfällen fertig sind. Besser? Na also, und nun würden Sie mir bitte erklären, was Sie hier auf meinem Baugelände zu suchen haben und warum ich Sie nicht in Protoplasma rückverwandeln lassen soll?«

XII

»So ist das«, sagte Maudsley, nachdem Carmody alles erklärt hatte. »Es ist eine interessante Geschichte, auch wenn ich glaube, daß Sie ein wenig überdramatisiert haben. Jedenfalls sind Sie nun hier, und Sie suchen nach einem Planeten – wie war das? – Erde, nicht wahr?«

»Das ist korrekt, Sir«, sagte Carmody.

»Erde«, überlegte Maudsley laut, während er sich den Kopf kratzte. »Sie scheinen Glück zu haben. Ich glaube, ich kann mich an diesen Platz erinnern.«

»Tatsächlich, Mr. Maudsley?«

»Ja, ich bin mir ziemlich sicher«, meinte Maudsley. »Es ist ein kleiner blauer Planet, und er wird von einer monomorphen humanoiden Rasse bevölkert, nicht unähnlich Ihrem eigenen Aussehen? Habe ich recht?«

»Völlig richtig!« bestätigte Carmody strahlend.

»Ich habe für solche Dinge ein Gedächtnis«, erklärte Maudsley. »Und in diesem besonderen Fall ist es sogar so, daß ich diese Erde gebaut habe.«

»Das haben Sie, Sir?« fragte Carmody.

»Ja. Ich kann mich recht genau daran erinnern, denn im Rahmen dieses Auftrages habe ich auch die Wissenschaft erfunden. Vielleicht macht Ihnen diese Geschichte Spaß.« Er wandte sich an seine beiden Gehilfen. »Und für Sie könnte diese Geschichte sehr instruktiv sein.«

Niemand würde Maudsley daran hindern, eine Geschichte zu erzählen. Daher nahmen Carmody und die beiden Gehilfen eine Haltung gespannter Aufmerksamkeit an, und Maudsley begann:

DIE GESCHICHTE VON DER ERSCHAFFUNG DER ERDE

Ich war damals noch ein kleiner Ingenieur, der hier und da einen Planetenauftrag bekam und schon mal einen Zwergstern bauen durfte. Aber man kam nur schwer an interessante Jobs, und die Kunden gaben sich in der Regel kapriziös, mäkelten an allem herum und zahlten nur mit Verspätung. In jenen Tagen konnte man es den Kunden nie recht machen, sie hatten an den kleinsten Details etwas auszusetzen. *Ändere dies und ändere das, warum muß das Wasser nach unten fließen, warum ist die Schwerkraft so schwer, warum steigt die heiße Luft nach oben, wo ich sie doch unten haben möchte.* Und so weiter.

Damals war ich noch ein recht naiver junger Bursche. Ich versuchte die ästhetischen und praktischen Gründe für alles, was ich baute, zu erklären. Es dauerte nicht lange, und die Erklärerei nach der Arbeit war aufwendiger als der Auftrag selbst. Die Sache drohte zu einem reinem Dauergeschwätz zu werden. Ich wußte, daß ich dagegen etwas unternehmen mußte, aber mir fiel nichts Überzeugendes ein.

Dann, das war kurz vor diesem Erde-Auftrag, entwickelte ich langsam eine völlig neue Idee der Kundenbetreuung. Ich merkte, wie ich ständig vor mich hin murmelte: »Funktion ist Form.« Das hörte sich gut an und gefiel mir. Aber dann kam mir unweigerlich die Frage: »Warum ist Funktion Form?« Und der Grund, den ich mir selbst dafür nannte, war: Funktion ist

Form, weil dies ein unveränderliches Gesetz der Natur und ein Grundaxiom aller angewandten Wissenschaft ist.« Und das hörte sich noch viel besser an, auch wenn es nicht viel Sinn ergab.

Aber Sinn spielt keine große Rolle. Was zählte war, daß ich eine neue Entdeckung gemacht hatte. Ohne es zu wissen, hatte ich damals den Zugang zu den Künsten der Werbung und des Marketing gefunden. Und gleichzeitig hatte ich einen Kunstgriff entdeckt, der für mein Geschäft nahezu unbegrenzte Möglichkeiten erschloß – den sogenannten wissenschaftlichen Determinismus.

Die Erde war der erste Testfall für meine neue Verkaufsstrategie, und deshalb werde ich mich immer an sie erinnern.

Ein großer, bärtiger Alter mit stechenden Augen war zu mir gekommen und hatte einen Planeten bestellt. (So fing das mit Ihrem Planeten an, Carmody.) Na, ich habe schnelle Arbeit geliefert, sechs Tage brauchte ich nur, glaube ich. Ich dachte, damit wäre die Sache erledigt gewesen. Es war wieder einer von diesen Budget-Planeten, und ich hatte hier und da etwas abzwacken müssen, um mit den Mitteln hinzukommen. Aber wenn man sich danach den Besitzer angehört hat, hätte man meinen können, ich hätte ihm die Haare vom Kopf geklaut.

»Warum gibt es da so viele Tornados?« wollte er wissen.
»Das ist ein Teil des Atmosphären Zirkulations-Systems«, erklärte ich. (Tatsächlich war ich in Eile gewesen und hatte dabei ein Luftzirkulationsüberdruckventil vergessen.)

»Drei Viertel von der Welt sind Wasser!« jammerte er. »Und ich hatte eindeutig ein Verhältnis zwischen Land und Wasser von vier zu eins bestellt.«

»Tja, das ließ sich leider so nicht hinkriegen«, erzählte ich ihm. (Ich hatte irgendwann seine lächerlichen Spezifikationsunterlagen verlegt. Bei diesen absurden kleinen Ein-Planeten-Projekten konnte ich nie richtig bei der Sache bleiben.)

»Und das bißchen Land, was ich bekommen habe, ist mit Wüsten, Sümpfen, Dschungeln und Gebirgen überfüllt.«

»Das sind landschaftliche Schönheiten«, versuchte ich ihm klarzumachen.

»Landschaftliche Schönheit interessiert mich nicht«, donnerte er da los. »Oh, sicher, ein Ozean, ein Dutzend Seen, ein paar Flüsse, zwei oder drei Gebirgsketten, das wäre ganz nett gewesen. Aber den ganzen Planeten voll damit, das ist doch *meschugge*!«

»Es gibt einen guten Grund dafür«, versicherte ich. (Tatsache war, daß wir bei dem Auftrag nur Gewinn rausholen konnten, indem wir vorgefertigte Hochgebirge nahmen, jede Menge Flüsse und Meere als Lückenbüßer und ein halbes Dutzend Großwüsten, die ich mir billig von Urie dem Planetentrödler besorgt hatte. Aber ich hatte nicht vor, *ihm* das zu erzählen.)

»Einen Grund!« schrie er. »Was werde ich meinem Volk erzählen können? Ich will eine ganze Rasse auf diesen Planeten setzen, vielleicht auch zwei oder drei. Sie werden Menschen sein nach meinem Bilde, und Menschen sind notorische Nörgler, genau wie ich. Was, stellen Sie sich vor, soll ich denen erzählen?«

Na, ich hätte schon gewußt, was er denen am besten erzählt hätte. Aber ich wollte nicht beleidigend werden, das ist nicht gut fürs Geschäft. Also tat ich so, als würde ich eine Weile über die Sache nachdenken. Und so merkwürdig das heute klingen mag, ich geriet dabei wirklich ins Denken. Und heraus kam dabei der eine Kunstgriff des Planetenverkaufs, der heute allgemeine Geschäftsgrundlage geworden ist.

»Sie erzählen ihnen einfach die reine wissenschaftliche Wahrheit«, sagte ich. »Sie erzählen ihnen, daß alles, wissenschaftlich gesehen, das ist, auch so sein muß.«

»He?« sagte er.

»Das ist Determinismus«, sagte ich. Der Namen fiel mir gerade so dafür ein. »Es ist ganz einfach, wenn es auch ein bißchen esoterisch klingt. Um es kurz zu machen: Funktion ist Form. Wissenschaft ist invariabel, also ist alles, was nicht invariabel ist, auch nicht Wissenschaft. Und schließlich muß man beachten, daß alles festen Gesetzen gehorcht, den Naturgesetzen. Man kann nicht immer genau herauskriegen, wie diese Gesetze im einzelnen lauten, aber man kann sicher sein, daß es sie für alles gibt. Daher liegt es auf der Hand, daß niemand zu fragen hat, *warum dies anstelle von jenem*? Stattdessen gehört es sich so, daß alle fragen, *wie funktioniert das*?«

Na, er stellte mir ein paar ganz schön knifflige Fragen dazu, und er war ein cleverer alter Bursche, das mußte man ihm lassen. Aber er wußte verdammt wenig über die Arbeit eines Ingenieurs. Sein Gebiet war Ethik und Moral und Religion und dieses ganze übernatürliche Zeug. Deshalb kam er natürlich nicht auf wirklich schwer zu widerlegende Einwände. Er gehörte zu diesen Typen, die auf Abstraktionen stehen, und bald fing er an zu wiederholen: »Alles, das ist, muß auch so sein. Hmmm. Eine sehr faszinierende Formel und nicht ohne eine gewisse Patina von Stoizismus. Ich sollte einiges davon in die Lektionen aufnehmen, die ich meinem Volk erteilen werde . . . Aber sagen Sie mir eins: Wie kann ich denn diese indeterminierte Fatalität der Wissenschaft mit dem freien Willen in Einklang bringen, den ich meinem Volk geben möchte?«

Na, da hatte der alte Knabe mich fast drangekriegt. Ich lächelte und holte tief Luft, um erst mal Zeit zum Denken zu gewinnen, und dann antwortete ich: »Die Antwort liegt auf der Hand!« Was immer eine gute Antwort ist, soweit einem noch nichts besseres eingefallen ist.

»Das mag wohl so sein«, sagte er, »aber ich komm trotzdem nicht drauf.«

»Sehen Sie«, sagte ich, »dieser freie Wille, den Sie Ihrem Volk geben wollen, ist das nicht auch etwas sehr fatales?«

»Man könnte es so betrachten. Aber der Unterschied –«

»Und abgesehen davon«, unterbrach ich ihn schnell, »seit wann sind freier Wille und Fatalität unvereinbar?«

»Sie scheinen ganz sicher unvereinbar zu sein«, meinte er.

»Das scheint Ihnen nur so, weil Sie nicht verstehen, was Wissenschaft bedeutet«, machte ich ihm klar, und dann legte ich richtig los. »Sehen Sie, mein lieber Herr, eines der grundlegenden Gesetze der Wissenschaft ist, daß es überall einen beständigen Wechsel gibt. Alles verändert sich. Und Veränderlichkeit, werden Sie sicher wissen, ist das mathematische Äquivalent zu freiem Willen.«

»Aber was Sie da sagen, ist doch widersprüchlich in sich selbst«, erklärte er mir.

»Das kann auch gar nicht anders sein«, erwiderte ich. »Widersprüchlichkeit gehört zu den fundamentalen Gesetzen dieses Universums. Widersprüchlichkeit bringt Streit hervor, ohne den der Kosmos längst ein Stadium finaler Entropie erreicht haben müßte. Deshalb könnten wir gar keinen Planet und kein Universum haben, wenn die Dinge nicht durch einen scheinbar beständigen Zustand des Widerspruchs in Bewegung und auseinander gehalten würden.«

»Scheinbar?« fiel er mir blitzschnell ins Wort.

»Sonnenklar«, sagte ich. »Widersprüchlichkeit, die wir vorläufig einmal als die Existenz von in der Realtität bestehenden Gegenteilen definieren wollen, ist nicht das letzte Wort in dieser Sache. Nehmen wir uns zum Beispiel eine einzelne isolierte Tendenz vor. Was passiert, wenn man eine Tendenz bis ins Äußerste vorantreibt?«

»Ich habe nicht die geringste Vorstellung«, gab der alte Knabe zu. »Das Fehlen jeden praktischen Bezugs in dieser Diskussion –«

»Was passiert«, sagte ich ihm, »ist, daß die Tendenz in ihr Gegenteil umschlägt.«

»Tut sie das wirklich?« fragte er richtig eingeschüchtert. Diese religiösen Typen sind schon eine Nummer, wenn sie sich mit der Wissenschaft befassen.

»Das tut sie«, versicherte ich ihm. »Ich habe entsprechende Versuche in meinem Laboratorium gemacht, die ich Ihnen gerne vorführe, auch wenn solche Demonstrationen meist einen sehr üblen Geruch –«

»Aber bitte, Ihr Wort reicht mir völlig«, sagte er schnell. »Wir haben ja schließlich einen Bund geschlossen.«

Dieses Wort benutzte er immer anstelle von ›Vertrag‹. Es

bedeutete das gleiche, aber es klang wohl besser, und für Pathos hatte er viel über.

»Beständiger Widerspruch«, überlegte er. »Determinismus. Dinge, die zu ihrem Gegenteil werden. Das ist alles ein wenig verwirrend, fürchte ich.«

»Und außerdem sehr ästhetisch«, sagte ich. »Aber ich war noch nicht mit der Transformation der Extreme fertig.«

»Würden Sie dann freundlicherweise fortfahren«, bat er mich artig.

»Vielen Dank. Nun, wir haben also die Entropie, was bedeutet, daß sich die Dinge in zunehmender Bewegung befinden, solange es keinen äußeren Einfluß gibt. (Manchmal auch, wenn es einen äußeren Einfluß gibt, meiner Erfahrung nach jedenfalls.) Die Entropie treibt also die Dinge beständig soweit, bis sie in ihr Gegenteil umschlagen. Wenn eine Sache zu ihrem Gegenteil getrieben wird, dann werden alle Sachen zu ihrem Gegenteil getrieben, weil die Wissenschaft konsistent ist in ihren Gesetzen. Begreifen Sie jetzt, wie es um uns aussieht? Wir haben all diese Gegenteile, die nichts besseres zu tun haben, als sich wie verrückt ständig in ihre Gegenteile zu transformieren. Auf einem höheren Niveau der kosmischen Organisation haben wir Gruppen von Gegenteilen, die sich genauso verhalten. Das setzt sich höher und höher hinauf fort. Soweit, so gut?«

»Ich glaube schon«, meinte der alte Herr.

»Schön. Nun stellt sich natürlich die Frage, ist das *alles*? Ich meine, diese Gegenteile, die sich da von morgens bis abends von außen nach innen und von innen nach außen kehren, ist das schon das ganze Spiel? Und um jetzt zum Schönsten an der ganzen Sache zu kommen, es ist nicht! Nein, mein Herr. Diese Gegenteile, die da herumflippen wie trainierte Seehunde sind nur ein Aspekt von dem, was wirklich geschieht. Weil –« Und hier machte ich eine bedeutsame Pause und sprach dann mit gesenkter Stimme weiter. »– weil es eine Weisheit gibt, die hinter das Toben und Wirbeln der Welt mit ihren äußeren Phänomenen blickt. Diese Weisheit durchschaut die illusionäre

Qualität der realen Dinge und erblickt dahinter das geheime Wirken des Universums, das sich in einem Zustand großartiger und wunderbarer Harmonie befindet.«

»Wie können Dinge zugleich Realität und Illusion sein«, hakte der alte Bursche ruckzuck nach.

»Es steht mir nicht zu, eine solche Frage zu beantworten«, erklärte ich ihm. »Ich bin nur ein einfacher wissenschaftlich arbeitender Ingenieur, und ich sehe, was ich sehe, und handele danach. Aber es könnte doch sein, daß hinter all dem ein ethischer Grund steht.«

Der alte Knabe dachte eine ganze Weile darüber nach, und ich konnte ihm ansehen, daß er kräftig daran zu kauen hatte. Er konnte einen logischen Widerspruch so gut entdecken, wie jeder andere auch, und meine Argumentation war völlig durchsetzt mit solchen Widersprüchen. Aber wie alle philosophischen Eierköpfe faszinierten ihn Widersprüchlichkeiten, und er hatte das starke Bedürfnis sie in sein eigenes System einzubringen. Und all diese Behauptungen, die ich da aufgestellt hatte, nun, sein gesunder Menschenverstand mußte ihm sagen, daß die Dinge nicht wirklich *so* verwickelt sein konnten. Aber seine Intellektualität, die sagte ihm wahrscheinlich, daß die Dinge möglicherweise doch so kompliziert aussehen könnten, dahinter aber dann ein hübsches einfaches vereinendes Prinzip stand. Oder, wenn schon kein vereinendes Prinzip, so doch wenigstens eine gute solide Moral. Und schließlich hatte ich ihn mir geangelt, indem ich von Ethik sprach. Denn dieser alte Gentleman war verrückt nach Ethik, er ging richtig in ethischen Problemen auf. Um es deutlich zu sagen, man hätte ihn ohne Übertreibung zum Mister Ethik des Universums ausrufen können, oder zum Mister Universum der Ethik. Jedenfalls hatte ich ihm so ganz zufällig die Idee eingegeben, das ganze verdammte Universum wäre eine Serie von Gardinenpredigten und Widersprüchlichkeiten, von Gesetzen und Ausnahmen, alles zu einer sehr exquisiten und seltenen ethischen Ordnung führend.

»Dies hat eine größere Tiefe, als ich zunächst den Eindruck hatte«, gestand er schließlich. »Ich hatte vorgehabt, mein Volk nur in Ethik zu unterweisen und seine Aufmerksamkeit auf moralische Fragen zu lenken – Fragen, wie ›warum und wie der Mensch leben soll‹, nicht Fragen danach, woraus die lebende Materie entstanden sein könnte. Ich wollte meine Kinder die Tiefen der Freude, der Furcht, der Frömmigkeit, des Glaubens und der Hoffnung erforschen lassen, und sie nicht zu Wissenschaftlern machen, die Sterne vermessen und Regentropfen und großartige und unpraktische Hypothesen aufstellen, auf der Basis dessen was sie dabei herausfinden. Ich war mir des Universums wohl bewußt, aber ich hielt es für überflüssig. Sie haben mich in dieser Ansicht korrigiert.«

»Ja, sehen Sie«, sagte ich, »ich wollte Ihnen keinen Ärger machen, müssen Sie mir glauben. Ich dachte nur, man sollte Sie vielleicht auf solche Sachen hinweisen . . .«

Der alte Herr lächelte. »Indem Sie mir Ärger bereitet haben«, sagte er, »haben Sie mir größeren Ärger erspart. Ich kann nach meinem eigenen Bilde erschaffen, aber ich werde keine Welt erschaffen, die von Miniaturversionen meiner selbst bevölkert wird. Freier Wille ist wichtig für mich. Meine Geschöpfe sollen ihn haben, zu ihrem Ruhm und ihrem Leid. Sie werden dieses glitzernde, verführerische nutzlose Spielzeug, die Wissenschaft, ergreifen, und sie werden es zu einer Gottheit erheben. Physikalische Widersprüche und Abstraktionen werden sie faszinieren. Sie werden dem Wissen über solche Dinge nachlaufen und darüber vergessen, das Wissen in ihrem Herzen zu erforschen. Sie haben mich davon überzeugt, daß es so kommen wird, und für diese Warnung bin ich Ihnen dankbar.«

Ich gebe ganz offen zu, daß er mich mit solchen Worten damals doch irgendwie nervös gemacht hat. Ich meine, er war ein Niemand. Er kannte keinerlei wichtige Leute, hatte nirgendwo Einfluß. Aber er hatte diesen gewissen Stil, dieses großartige Benehmen. Und ich bekam das Gefühl, er könnte mir eine Menge Ärger machen einfach mit ein paar Worten, einem Satz, der sich wie ein vergifteter Dolch in meine Gedanken bohren würde und niemals wieder loszuwerden wäre. Um die Wahrheit zu sagen, das machte mir richtig ein bißchen Angst.

Na, der alte Gauner mußte meine Gedanken gelesen haben. Denn er sagte: »Fürchte dich nicht. Ich werde die Welt, die du für mich erschaffen hast, so nehmen wie sie ist. Und die Fehler und die Mängel werde ich auch so nehmen, wie sie sind. Und dies alles nehme ich an, und ich bin dir dankbar dafür, und du sollst deinen gerechten Lohn erhalten – auch für die Fehler.«

»Wie?« fragte ich. »Wie zahlen Sie für Fehler?«

»Indem ich sie ohne Einspruch nehme, wie sie sind«, sagte er. »Und indem ich mich nun abwende von dir und mich meinen eigenen Dingen und den Dingen meines Volkes zuwende und dich in Frieden lasse.«

Und der alte Herr ging ohne jedes weitere Wort.

So schloß Maudsley seine Erzählung, aber nach einer kurzen Pause ergriff er noch einmal das Wort. »Nun, der Alte ließ mich ganz schön nachdenklich zurück«, erzählte er weiter. »Ich hatte die guten Argumente alle auf meiner Seite gehabt, aber der alte Knabe hatte irgendwie das letzte Wort behalten. Ich wußte, was er meinte. Er hatte seinen Vertrag mit mir erfüllt, und damit war die Sache erledigt. Er verließ mich, ohne ein persönliches Wort für mich. Aus seiner Sicht war das eine Art Strafe.

Aber das war natürlich nur aus seiner Sicht so. Was hätte ich schon von einem Wort gehabt, das er mir noch dagelassen hätte? Ich hätte natürlich gerne so etwas gehört, so eine persönliche Botschaft eben, das kann man ja verstehen. Und eine Zeitlang versuchte ich ihn noch einmal zu sprechen. Aber er ging mir aus dem Weg, und es kam kein Termin zustande.

Alles in allem machte es mir nicht viel aus. Ich hatte bei der Welt einen hübschen Profit herausgeschlagen, und selbst wenn ich den Vertrag an der ein oder anderen Stelle sehr frei ausgelegt habe, so habe ich ihn doch nirgendwo wirklich gebrochen. So stehen die Dinge nun einmal. Man ist es sich ja schließlich schuldig in seinem eigenen Geschäft mit Gewinn zu arbeiten, sonst bricht das Unternehmen irgendwann zusammen. Und mit den Konsequenzen kann man sich nicht lange aufhalten, sonst fängt man besser gar nicht erst mit unserem Job an.

Aber ich habe das alles nicht ohne Grund erzählt. Und ich will, daß ihr Jungs mir deshalb jetzt mal genau zuhört und etwas daraus lernt. Wissenschaft besteht aus einer Unmenge von Gesetzmäßigkeiten, weil ich es so erfunden habe. Warum habe ich das so erfunden? Weil Gesetzmäßigkeiten eine große Hilfe für einen cleveren Ingenieur sind, genau wie Gesetze eben eine große Hilfe für Rechtsanwälte sind. Die Gesetzmäßigkeiten, Doktrinen, Axiomen, Gesetze und Prinzipien der Wissenschaft sind dazu da euch zu helfen, nicht euch zu behindern in euerer Arbeit. Sie sind dazu da, damit ihr begründen könnt, was ihr tut. Die meisten von ihnen sind außerdem wahr, mehr oder weniger jedenfalls, und das ist eine große Hilfe.«

Aber vergeßt nie – diese Gesetze sind dazu da, damit ihr dem Kunden erklären könnt, was ihr tut, *nachdem* ihr es getan habt, nicht vorher. Wenn ihr ein Projekt vorhabt, dann gestaltet es genau so, wie es am besten und kostengünstigsten nach euren Vorstellungen möglich ist. Dann paßt die Tatsachen dieser Schöpfung an, aber niemals andersherum!

Denkt daran – diese Gesetze sind als eine sprachliche Barriere gedacht gegen alle Leute, die dumme Fragen stellen. Aber keinesfalls sollten sie eine Barriere für euere Arbeit sein. Wenn ihr überhaupt irgend etwas von mir gelernt habt, dann wißt ihr, daß unsere Arbeit absolut unerklärlich ist. Wir machen sie einfach, und damit basta. Manchmal kommt etwas Gutes dabei heraus, und manchmal haut es nicht so gut hin.

Aber versucht niemals euch selber erklären zu wollen, warum bestimmte Dinge passieren und andere Dinge nicht passieren. Fragt nicht, und stellt euch auch nicht vor, es könnte eine Erklärung dafür geben! Verstanden?«

Die beiden Assistenten nickten heftig. Sie sahen erleuchtet aus wie Menschen, die eine neue Religion entdeckt haben. Carmody hätte jede Wette darauf abgeschlossen, daß diese beiden ernsten jungen Männer sich jedes Wort des Baumeisters unauslöschlich ins Gedächtnis geprägt hatten und nun daran gehen würden diese Worte weiterzuentwickeln zu – einem Naturgesetz.

XIII

Nachdem er nun wirklich mit seiner Geschichte fertig zu sein schien, blieb Maudsley für eine ganze Weile schweigsam. Er schien gedankenverloren und abweisend, von unangenehmen Erinnerungen geplagt. Aber nach einiger Zeit straffte er sich und sagte: »Carmody, eine Person in meiner Position wird ständig zu irgendwelchen Wohltätigkeiten aufgefordert. Ich spende jedes Jahr großzügig für den Sauerstoff-Fond der überalterten Hominiden-Welten. Ich leiste dazu erhebliche Beiträge zur Interstellaren Wohlfahrtsstiftung, dem Kosmischen Heimstättenprogramm und der Gesellschaft zum Schutz unreifer Rassen. Das scheint mir alles zusammen durchaus ausreichend, und außerdem ist es eine erhebliche Steuerersparnis.«

»Schon klar«, sagte Carmody in einer plötzlichen Anwandlung persönlichen Stolzes. »Ich möchte nicht an Ihre Wohltätigkeit appellieren.«

»Bitte unterbrechen Sie mich nicht«, sagte Maudsley. »Ich sagte, das meine Wohltätigkeitsspenden durchaus genug sind, um meine humanitären Instinkte zu befriedigen. Ich mag mich nicht um individuelle Notlagen kümmern, weil sowas nur Ärger gibt und persönlich wird.«

»Ich habe schon verstanden«, unterbrach Carmody. »Ich gehe dann jetzt wohl besser«, fügte er hinzu. Obwohl er nicht die geringste Ahnung hatte, wo er hinging und wie er dort hin kommen sollte.

»Ich habe Ihnen gesagt, Sie sollen mich nicht unterbrechen«, belehrte ihn Maudsley. »Also, ich nehme mich nicht gerne persönlicher Angelegenheiten an, wie ich gerade erklärt habe. Aber ich habe vor, diesmal eine Ausnahme zu machen und Ihnen zu helfen, zu Ihrem Planeten zurückzufinden.«

»Warum?« fragte Carmody.

»Eine Laune«, meinte Maudsley leise. »Einfach eine Idee mit vielleicht einem winzigen Anflug Altruismus dabei. Also –«

»Ja?«

»Nun, wenn Sie es jemals bis nach Hause schaffen – was

trotz meiner Hilfe sehr zweifelhaft sein dürfte – würde ich mich freuen, wenn Sie eine Botschaft von mir überbringen könnten.«

»Sicher«, versprach Carmody. »Für wen soll diese Botschaft sein?«

»Na, sie ist natürlich für diesen bärtigen alten Herrn, für den ich damals den Planeten gebaut habe. Ich nehme doch an, er ist noch immer auf seinem Posten?«

»Ich weiß nicht«, sagte Carmody. »Es ist gerade über diese Frage in der letzten Zeit bei uns viel diskutiert worden. Einige Leute sagen, er wäre noch immer da, wie er es immer gewesen ist. Aber andere behaupten, er wäre tot (obwohl ich glaube, das ist mehr metaphorisch gemeint), und noch andere erklären sogar, daß es ihn nie gegeben hätte.

»Er ist noch da«, versicherte Maudsley überzeugt. »Einen Burschen, wie den, bringt man nicht mit einer Heugabel um. Und was seine scheinbare Abwesenheit angeht, das paßt ganz genau zu ihm. Er ist melancholisch, wissen Sie, aber dabei von hohen Moralvorstellungen erfüllt, die er erwartet, in anderen wiederzufinden. Er kann launig sein und einfach für eine Weile verschwinden, wenn ihm nicht gefällt, wie die Sache läuft. Und er kann sehr subtil vorgehen. Er weiß, daß die Leute von nichts zu viel mögen, ob es nun Roastbeef, schöne Frauen oder Gott ist. Es würde deshalb gut zu ihm passen, wenn er sich selbst, bildlich gesprochen, für einige Zeit von der Speisekarte gestrichen hätte, bis sich wieder ausreichender Appetit auf ihn entwickelt hat.«

»Sie scheinen eine Menge über ihn zu wissen«, sagte Carmody.

»Je, nun. Ich hatte auch eine Menge Zeit, über ihn nachzudenken.«

»Und außerdem muß ich doch darauf hinweisen«, wies Carmody darauf hin, »daß die Art, wie Sie ihn sehen, sich mit keiner theologischen Betrachtungsweise deckt, von der ich je gehört habe. Die Idee, daß Gott melancholisch, launig . . .«

»Aber er muß so sein«, unterbrach Maudsley. »Und noch einiges andere! Er muß ein Wesen von ganz extremer Emotionalität sein. Denn *Sie* sind ja schließlich auch so, und ich nehme an, daß sich Ihre Artgenossen darin nicht von Ihnen unterscheiden.«

Carmody nickte.

»Na also! Er sagte mir damals ganz eindeutig, daß er nach seinem eigenen Bilde erschaffen wollte. Und offensichtlich hat er das auch getan. Im ersten Augenblick, als ich mir Sie näher angesehen habe, fiel mir gleich die Ähnlichkeit auf. In Ihnen steckt ein kleiner Gott, Carmody, auch wenn Ihnen das nicht gleich zu Kopf steigen sollte.«

»Ich habe nie irgendwelchen Kontakt zu ihm gehabt«, gab Carmody zu. »Ich weiß überhaupt nicht, wie ich ihm eine Botschaft übermitteln sollte.«

»Das ist doch einfach, ganz einfach!« rief Maudsley ein wenig gequält. »Wenn Sie nach Hause kommen, müssen Sie mit fester, klarer Stimme zu ihm sprechen.«

»Wie kommen Sie darauf, daß er mich hören könnte?« fragte Carmody.

»Er kann gar nicht anders, als Sie hören«, versicherte Maudsley. »Es ist doch sein Planet, wissen Sie. Und er hat gezeigt, wie sehr er an seinem Volk interessiert ist. Wenn er wollte, daß seine Mieter auf irgendeine andere Art mit ihm kommunizieren, hätte er das längst bekanntgegeben.«

»In Ordnung«, sagte Carmody. »Ich mach's. Was soll ich Ihm erzählen?«

»Nun«, meinte Maudsley, den plötzlich gewisse Zweifel zu beschleichen schienen, »es ist eigentlich nicht viel, was ich ihm gerne mitgeteilt hätte. Aber er war so ein würdiger älterer Herr, ein richtiger Gentleman eben, und ich habe irgendwie ein kleines bißchen ein ungutes Gefühl wegen des Planeten, den ich damals für ihn gebaut habe. Nicht, daß mit dem Planeten irgend etwas nicht in Ordnung wäre, wenn man es genauer betrachtet. Er ist ganz brauchbar und was man so von einem Planeten verlangen kann. Aber der alte Knabe war jemand, der Stil hatte, wenn Sie verstehen, was ich damit meine. Und so etwas gibt es wirklich selten, solche Burschen von der alten

Schule. Nun, ich würde ihm gern anbieten, den Planeten zu renovieren, ganz kostenlos. Er brauchte keinen Pfennig dafür zu bezahlen. Wenn er zustimmt, würde ich aus dem Planeten ein kleines Paradies machen, ein richtiges Schaustück. Ich bin ein wirklich guter Ingenieur, das muß ich Ihnen einmal sagen. Es ist ganz unfair, mich nach dem Schund zu beurteilen, den ich immer wieder produzieren muß, um mich am Leben zu erhalten.«

»Ich werde ihm das sagen«, versprach Carmody. »Aber, um mal ganz offen zu sein, ich glaube nicht, daß er so ein Angebot annimmt.«

»Ich glaube das auch nicht«, bestätigte Maudsley mit einem schwermütigen Lächeln. »Er ist ein eigensinniger alter Bursche, und er läßt sich von niemandem einen Gefallen tun. Trotzdem möchte ich dieses Angebot machen, und ich meine es völlig ernst und aufrichtig.« Maudsley zögerte kurz, dann fügte er hinzu: »Sie könnten ihn außerdem fragen, ob er nicht mal für ein Schwätzchen vorbeischaut.«

»Warum gehen Sie nicht einfach mal bei ihm vorbei?«

»Ich habe das schon ein paar Mal versucht, aber er ging mir aus dem Weg. Er wollte mich einfach nicht sehen. Er kann ziemlich schwierig sein, Ihr alter Herr, Carmody. Wissen Sie, er ist einer von den Typen, die nicht mit jedem reden, das müßte Ihnen doch auch schon aufgefallen sein.«

»Kann schon sein«, pflichtete Carmody bei. »Aber, wenn Sie unbedingt mit einem Gott reden wollen, warum besuchen Sie dann nicht Melichrone?«

Maudsley warf den Kopf zurück und lachte laut los. »Melichrone? Diesen Mistkerl? Er ist ein lächerlicher, egozentrischer Stubenhocker ohne den geringsten Charakter, mit dem es sich zu befassen lohnen würde. Lieber würde ich dann schon mit einem Hund über Metaphysik diskutieren! Nein. Melichrone ist ein Spinner. Wenn man es mal technisch ausdrücken will, dann ist das Gott sein eine Frage der Macht und der Kontrolle, sonst nichts. Es ist überhaupt nichts Übernatürliches dabei, und es ist auch keinesfalls eine besondere Auszeichnung. Keine zwei Götter sind gleich. Wußten Sie das nicht?«

»Nein, wußte ich nicht.«

»Merken Sie es sich gut. Man kann nie wissen, wann ein Stückchen Information, wie dieses hier, sich als nützlich erweist.«

»Danke«, sagte Carmody. »Ich muß gestehen, daß ich vor dieser ganzen Sache hier überhaupt an gar keinen Gott geglaubt habe.«

Maudsley blickte nachdenklich drein und meinte dann: »So wie ich es sehe, ist die Existenz von Gott oder von Göttern offensichtlich und bedarf keines Beweises. Und der Glaube an einen Gott ist so einfach und so natürlich, wie der Glaube an einen Apfel, und genauso viel oder wenig von Bedeutung. Wenn man es mal ganz genau betrachtet, gibt es eigentlich nur eine einzige Sache, die diesem Glauben im Weg steht.«

»Und welche wäre das?« wollte Carmody wissen.

»Das allgemeine Geschäftsprinzip, das wesentlich fundamentaler ist als das Gravitationsgesetz. Wo immer Sie in der Galaxis hingehen, können Sie ein Lebensmittelgeschäft finden, ein Baugeschäft, ein Regierungsgeschäft und so weiter. Und natürliich auch ein Gottgeschäft, das man allerdings meist ›Religion‹ nennt, und das für mich ein recht anrüchiger Erwerbszweig ist. Ich könnte jahrelang von den perversen und widerwärtigen Dingen erzählen, die diese Religionen versuchen im Namen eines Gottes an das Volk zu bringen, aber ich bin sicher, Sie haben selbst schon genug Derartiges gehört. Aber eins will ich doch besonders erwähnen, weil es fast allem, was Religionen predigen, beigemengt ist und eine so ganz besonders augenfällige Perversion des Denkens darstellt.«

»Und?« fragte Carmody neugierig.

»Es ist der tiefverwurzelte, fundamentale Berg von Pharisäertum, auf dem sich jede Religion begründet. Schauen Sie: Es heißt doch, daß ein Wesen Gott nur dienen kann, wenn es einen freien Willen besitzt, was logisch ist. Besäße es keinen, könnte es sich eben nicht dafür entscheiden. Freier Wille aber, ist *frei*. Und gerade durch seine Freiheit ein einzigartiges und wirklich göttliches Geschenk, auf das sich alle Selbstentfaltung der Kreatur gründet. In Freiheit existieren ist eine wilde, seltsame Sache, und war ganz klar auch beabsichtigt so zu sein. Aber was machen die Religionen daraus? Sie sagen: ›Sehr schön, du hast einen freien Willen, aber nun mußt du deinen freien Willen benutzen, um dich einem Gott zu unterwerfen, dich zum Sklaven seiner Religion zu machen.‹ Diese ungeheuerliche Zumutung! Gott, der jeder Fliege ihren freien Willen läßt, wird als der oberste Sklavenhalter hingestellt! Angesichts einer solchen Unverschämtheit muß sich einfach jede Kreatur, die Geist besitzt, dagegen auflehnen, muß dagegen rebellieren. Sie muß Gott entweder ganz aus ihrem eigenen Willen und ihrer Laune dienen oder jeden Dienst an ihm völlig ablehnen, wenn sie sich selbst und dem göttlichen Geschenk ihrer Freiheit treu bleiben will.«

»Ich denke, ich verstehe, was Sie meinen«, sagte Carmody.

»Ich habe es zu sehr verkompliziert«, sagte Maudsley. »Es gibt einen viel einfacheren Grund, nichts von Religion zu halten.«

»Welchen?«

»Sehen Sie sich doch nur den Stil der Religionen an – bombastisch, aufgeblasen, überheblich, sauertöpfisch, herablassend oder anbiedernd, langweilig, mit Schreckensbildern oder mit billigen Slogans um sich werfend, ein Lebensinhalt für senile alte Weiber und verängstigte kleine Kinder, aber für niemanden sonst. Ich kann mir nicht vorstellen, daß ein Gott, wie sie in mein Büro kommen, jemals eine Kirche betreten würde. Ihr Gott, Carmody, hätte viel zu viel Geschmack und Temperament, zu viel Stolz und Zorn dazu. Ich kann es mir einfach nicht vorstellen. Warum also sollte ich einen Ort aufsuchen, den ein Gott niemals betreten würde?«

XIV

Während Maudsley sich daran machte, eine Maschine für die Rückkehr zur Erde zu konstruieren, blieb Carmody sich selbst überlassen. Er langweilte sich bald furchtbar. Maudsley konnte nur bei völliger Ruhe arbeiten, und der Preis war offenbar wieder in seinen Winterschlaf verfallen. Orin und Brookside, die beiden Nachwuchsingenieure, erwiesen sich als trockene Wissenschaftlertypen, die völlig in ihrer Arbeit aufgingen und an nichts anderem Interesse zeigten.

So blieb für Carmody niemand, mit dem er sich unterhalten konnte.

Er vertrieb sich die Zeit, so gut er konnte. Er besichtigte eine Fabrik, in der Atome hergestellt wurden, und hörte sich pflichtbewußt an, was ein rotgesichtiger Vorarbeiter ihm über die Herstellungsprozesse zu sagen hatte.

»Früher war das hier alles Handarbeit«, berichtete der Vorarbeiter. »Jetzt gibt es Maschinen dafür, aber der Herstellungsvorgang ist im wesentlichen der gleiche geblieben. Zuerst suchen wir uns ein Proton heraus und verbinden es dann mit einem Neutron, wozu wir Mr. Maudsleys patentierten Energiekleber verwenden. Dann verspinnen wir die Elektronen mit einer mikrokosmischen Standardzentrifuge an den richtigen Stellen. Danach wird dann alles, was jeweils gebraucht wird, dazu gemischt – Mu-Mesonen, Positronen, die ganze Teilchensuppe. Und das war's dann schon.«

»Bekommen Sie viele Bestellungen für Gold- oder Uranatome?« erkundigte sich Carmody.

»Nicht zu viele. Sind zu teuer. In der Hauptsache produzieren wir hier Wasserstoff.«

»Wie steht es mit Antimaterie?«

»Ich selbst halte da nicht viel von«, bemerkte der Vorarbeiter. »Ist 'ne überflüssige Sache. Aber Mr. Maudsley macht das so als eine Art Nebengeschäft. Dafür gibt es aber natürlich eine getrennte Fabrik.«

»Natürlich«, sagte Carmody.

»Das Zeug explodiert, wenn es mit normalen Atomen zusammenkommt.«

»Davon habe ich gehört. Das Zeug muß schwer zu verpacken sein, nicht wahr?«

»Nein, eigentlich nicht«, erklärte der Vorarbeiter. »Es kommt einfach in neutrale Kartons.«

Sie gingen weiter um die riesigen Maschinenanlagen herum, und Carmody überlegte, was er wohl sonst noch sagen könnte. Schließlich fragte er: »Machen Sie Ihre eigenen Protonen und Elektronen?«

»Nein. Mit dem wirklich kleinen Zeug wollte Mr. Maudsley nie etwas zu tun haben. Unsere subatomaren Teilchen bekommen wir von verschiedenen Zulieferern, meist Heimarbeitern.«

Carmody lachte, und der Vorarbeiter sah ihn ein wenig mißtrauisch von der Seite an. Sie setzten ihren Rundgang fort, bis Carmody die Füße wehzutun begannen.

Er fühlte sich müde und gelangweilt, und das verdarb ihm die Laune. Er fühlte, daß er fasziniert hätte sein müssen an einem Ort, wo Atome hergestellt wurden. Dort drüben stand eine Maschine, die dem unbehandelten Raum die kosmische Hintergrundstrahlung entzog und sie in kleine grüne Behälter abfüllte. Dahinter befand sich ein Großthermometer für die Therapie altersschwacher Sterne, die in der nächsten Abteilung eine Verjüngungskur erhielten. Und links davon . . .

Es hatte keinen Zweck. Der Besichtigungsgang durch Maudsleys Fabrik erweckte in Carmody eine unerträgliche Langeweile, wie er sie zuvor nur als Student bei einer Führung durch ein Hüttenwerk in Indiana erlebt hatte. Und dieses Gefühl dumpfen Widerwillens, diese Woge angeekelter Erschöpfung – genauso hatte er sich immer bei den endlosen Museumsrundgängen mit seiner Frau gefühlt, in den gedämpften, endlosen Korridoren des Louvre, des Prado oder des Britischen Museums. Das Gefühl des Wunderbaren, stellte Carmody fest, verträgt immer nur sehr wenig Wunder auf einmal. Der Mensch bleibt im Grunde überall nur sich selbst und seinen eigenen Interessen treu. Er ist der Gefangene seines Charakters, selbst wenn man diesen Charakter plötzlich nach Timbuktu oder nach Alpha Centauri transportiert. Und mit schamloser Ehrlichkeit gestand Carmody sich ein, daß er lieber auf Ski die Nosdive-Abfahrt bei Stowe herunter wedeln würde oder mit einem Einhandsegler in der Frisco-Bay kreuzen, als sich die größten Wunder des Universums anzusehen. Irgendwie schämte er sich dafür, aber er konnte nichts dagegen tun.

»Es scheint mir, ich habe nichts besonders Faustisches an mir«, sagte er zu sich selbst. »Hier liegen die Geheimnisse des Universums vor mir ausgebreitet wie alte Zeitungen, und ich träume von einem schönen Wintermorgen in Vermont, bevor der Schnee verharscht ist.«

Eine Zeitlang fühlte er sich regelrecht elend, aber dann begann sich etwas in ihm zur Wehr zu setzen: »Jedenfalls mußte selbst Faust nicht durch dieses ganze Erkenntniszeug spazieren, als wäre es eine Ausstellung alter Meister. Er mußte sich verdammt dafür anstrengen und hat sich richtig die Seele aus dem Leib gearbeitet, wenn ich mich recht erinnere. Wenn es ihm der Teufel so einfach gemacht hätte, dann hätte Faust das ganze Streben nach Erkenntnis hingeschmissen und sich etwas wirklich Anstrengendem zugewandt, Bergsteigen vielleicht oder etwas ähnlichem.«

Er dachte noch eine Weile nach. Dann sagte er sich: »Egal. Was ist schon Großes dran an den Geheimnissen des Universums? Man hat sie eben überschätzt, wie man alles sonst ja auch immer viel großartiger darstellt, als es sich nachher entpuppt. Wenn man es erst mal wirklich vor sich hat, ist nichts so toll, wie man es sich vorher immer vorgestellt hat.«

Das alles, selbst wenn es nicht unbedingt stimmen mußte, half Carmody jedenfalls sich erheblich besser zu fühlen. Aber er langweilte sich noch immer, und Maudsley ließ sich weiterhin nicht außerhalb seiner Werkstatt blicken.

Die Zeit verging endlos langsam, zumindest erschien es Carmody so. Natürlich war es unmöglich, darüber irgendwelche objektiven Feststellungen zu treffen, aber für Carmody reihte sich Tag an Tag und Woche an Woche, nach seinem subjektiven Lebensrhythmus beurteilt. Es kam ihm auch so vor, als hätte Maudsley seine Schwierigkeiten, dem schnell gegebenen Versprechen nun wirklich nachzukommen. Offenbar war es schwieriger einen neuen Stern zu bauen, als einen alten zu finden. Da er soviel Zeit hatte, darüber nachzudenken, erschien Carmody diese Aufgabe immer komplexer und unlösbarer. Er begann allen Mut zu verlieren.

Eines Tages (um es etwas konventionell auszudrücken) sah er Orin und Brookside bei der Konstruktion eines Waldes zu. Die Primaten von Coeth II hatten diesen Hain bestellt, weil ihr alter von einem Meteor getroffen worden war. Der neue hatte vollständig aus einer Schulkindersammlung finanziert werden müssen, aber es war eine ausreichende Summe für eine erstklassige Bestellung zusammengekommen.

Als die Ingenieure und Arbeiter fertig waren und den Bauplatz verlassen hatten, wanderte Carmody allein unter den Bäumen her. Er bewunderte, welche großartige Arbeit Maudsleys Leute leisten konnten, wenn sie die nötigen Mittel zur Verfügung gestellt bekamen, denn dieser Wald erwies sich als Prunkstück kreativer und durchdachter Planung.

Die Bäume sahen alle recht erdähnlich aus, und Carmody benannte sie für sich selbst einfach nach ihren irdischen Gegenstücken. Es gab breite ästhetisch schön geschlungene Pfade mit einem weichen Moosteppich für die Füße und einem hoch gewölbten Blätterdach darüber, das gerade angenehmen Schutz vor zuviel direkter Sonneneinstrahlung bot, ohne das es am Boden zu dunkel gewesen wäre. Seichte kleine Flüsse, keiner tiefer als fünfzig Zentimeter, sodaß auch kleine Kinder gefahrlos darin baden konnten, und lauschige Seen, ebenfalls völlig kindersicher, rundeten das Bild ab.

Aber es gab noch mehr als das, wie Carmody bemerkte. Selbst jemandem so ungeschulten wie ihm fiel auf, mit welcher Sorgfalt dem Wald eine kleine, einfache, freundliche und sinnvolle Ökologie beigegeben worden war. Es gab Vögel, Waldtiere und allerlei Kreaturen, zu denen Carmody kein rechter Vergleich einfiel, weil sie auf der Erde kein Äquivalent besaßen.

Blumen blühten überall, und Bienen, selbstverständlich ohne Stachel, summten fleißig umher, um die Bestäubung vorzunehmen. Und durch das nicht zu hohe und nirgendwo verfilzte Unterholz tapsten drollige kleine Bären, die ständig unterwegs waren, um den Bienen den Honig abzujagen. Es gab Raupen in den schönsten Farben, die an den Blumen fraßen, und leuchtend gefiederte Vögel, die von den Raupen lebten, und schnelle rote Füchse, die den Vögeln nachstellten, und Bären, die die Füchse fraßen, und Primaten, die die Bären aßen.

Aber auch die Primaten von Coeth II starben irgendwann, und dann wurden sie im Wald in ein schattiges, weiches Grab ohne Sarg gelegt, taktvoll, aber ohne jede überflüssige Zeremonie, und die Maden fressen von ihnen, und die Vögel, die Füchse, die Bären und selbst einige besondere Blumenarten. Auf diesem Wege waren auch die Coethianer ein fester Bestandteil des Waldzyklus von Leben und Tod. Und das gefiel den Primaten sehr gut, denn sie hatten nie etwas anderes als ein Bestandteil ihrer Ökossphäre sein wollen.

Carmody beobachtete dies alles, während er mit dem Preis unter dem Arm (er war noch immer ein Kupferkessel) durch den Wald wanderte und dabei düsteren Gedanken an seine eigene verlorene irdische Heimat nachhing. Dann hörte er hinter sich das Rascheln eines Zweiges.

Es gab keinen Wind, und die Bären badeten alle gerade in einem der Teiche. Carmody drehte sich langsam herum, weil er wußte, daß etwas hinter ihm sein mußte, und wünschte sich dabei, es wäre nicht dort.

Es war tatsächlich etwas dort. Eine Kreatur in einem unförmigen, grauen Plastikraumanzug, grauen unförmigen Schuhen Modell Frankenstein, einem transparenten Bubblegum-Raumhelm und einem breiten Gürtel, von dem über ein Dutzend Werkzeuge, Instrumente und Waffen baumelten.

Carmody erkannte diese Erscheinung auf Anhieb als einen Erdenmenschen; kein anderes Wesen würde sich so anziehen.

Etwas hinter der Gestalt zu ihrer Rechten stand eine schlankere, ähnlich gekleidete Figur. Carmody sah auf Anhieb, das dies eine Erdenfrau war, und zwar ein sehr attraktives Modell.

»Großer Gott!« sagte Carmody. »Wie, um alles in der Welt, kommt ihr denn hierher, Leute?«

»Nicht so laut«, erwiderte der Erdenmann. »Ich danke Gott, daß wir gerade noch rechtzeitig gekommen sind. Aber ich fürchte, daß der wirklich gefährliche Teil des Unternehmens jetzt erst anfängt.«

»Haben wir überhaupt eine Chance, Vater?« fragte das Mädchen.

»Es gibt immer eine Chance«, sagte der Mann mit einem grimmigen Lächeln. »Aber ich würde auf unsere kein Geld verwetten. Trotzdem, Kopf hoch. Vielleicht kann Dr. Maddox die Lösung finden.«

»In solchen Lagen ist er wirklich großartig, nicht wahr, Vater?« sagte das Mädchen.

»Das ist er, Mary«, antwortete der Mann mit beruhigendem Tonfall. »Doc Maddox ist der beste, den wir je hatten. Aber er – wir alle – könnten bei diesem Unternehmen an unsere Grenzen gestoßen sein.«

»Ich bin sicher, er wird einen Weg finden«, meinte das Mädchen mit herzzerreißender Verzweiflung in der Stimme.

»Er wird alles versuchen«, sagte der Mann. »Wir werden ihnen schon zeigen, daß wir von der Erde nicht auf den Kopf gefallen sind. Noch weiß hier keiner, was es heißt, sich mit Terranern anzulegen, und das ist unsere große Chance.« Er wandte sich an Carmody, und sein Gesicht wurde hart. »Ich hoffe nur, Sie sind das alles wert, mein Junge«, verkündete er. »Drei Menschen haben für Sie das äußerste gewagt.«

Dies war eine Mitteilung, auf die eine angemessene Erwiderung, besonders wenn sie so überraschend verlangt wird, nicht gerade einfach ist. Carmody versuchte es gar nicht erst.

»Dann alles auf dem schnellsten Weg zurück zum Schiff«, befahl der Mann. »Jede Sekunde zählt. Lassen wir uns überraschen, was Doc Maddox inzwischen herausgefunden hat.«

Er zog eine klobige Strahlwaffe aus dem Gürtel und wandte sich dem Wald zu. Das Mädchen reihte sich hinter ihm ein und warf Carmody einen aufmunternden Blick zu. Carmody lief hinter ihr her.

XV

»He, wartet doch mal eine Minute!« rief Carmody, während er hinter den raumbeanzugten Terranern durch den Wald lief. »Was hat das alles zu bedeuten? Wer seid ihr? Was macht ihr hier?«

»Meine Güte!« antwortete das Mädchen. Sie wurde fast ein wenig rot vor Verlegenheit, als sie sich zu ihm umwandte. »Wir sind vielleicht gut. Da kommen wir angerannt und schleppen Sie mit, ohne uns auch nur vorzustellen. Sie müssen ja einen richtig schlechten Eindruck von uns bekommen, Mr. Carmody.«

»Überhaupt nicht«, versicherte Carmody höflich. »Aber ich hätte gerne gewußt – na, Sie verstehen mich sicher. Etwas mehr gewußt eben, wenn Sie wissen, was ich meine.«

»Oh, natürlich. Ich weiß, was Sie meinen«, sagte das Mädchen. »Ich bin Aviva Christiansen, und dies ist mein Vater, Professor Lars Christiansen.«

»Auf dieses Professor-Gerede können wir ruhig verzichten«, knurrte Christiansen. »Nenenn Sie mich einfach Lars, oder Chris, oder wie es Ihnen sonst gefällt.«

»Alles klar, Daddy«, sagte Aviva mit einem liebevollen, leicht genervten Blick. »Jedenfalls, Mr. Carmody . . .«

»Tom ist mein Name.«

»Tom, also dann«, fuhr Aviva fort, wobei sie auf hinreißende Art ein ganz klein wenig errötete über diese plötzliche Intimität. »Wo war ich stehengeblieben? Ach, ja. Dad und ich arbeiten für den Interstellaren Terranischen Rettungsdienst (ITR), der Büros in Stockholm, Genf und Washington hat.«

»Ich fürchte, ich habe noch nie von diesem ITR gehört«, gestand Carmody.

»Das ist nicht weiter verwunderlich«, erklärte Aviva. »Die Erde hat sich ja gerade erst auf die Schwelle der interstellaren Forschung gewagt. Gerade jetzt erst sind überall in den Laboratorien Terras Versuche mit neuen Energieformen im Gange, die alles in den Schatten stellen werden, was es bisher an notdürftiger Atomtechnologie gab, wie Sie sie kennen. In aller nächster Zukunft werden bereits die ersten Raumschiffe mit menschlicher Besatzung zu den fernsten Ecken unserer Galaxis vorstoßen. Und daraus wird dann natürlich eine neue Periode des Friedens und des Wohlstandes für unseren erschöpften alten Planeten entstehen.«

»Wird sie?« fragte Carmody. »Warum?«

»Weil es nichts mehr geben wird, um das man kämpfen müßte«, erklärte ihm Aviva etwas außer Atem, denn sie rannten während des Gesprächs alle drei weiter durch das Unterholz. »Hier draußen gibt es zahllose Welten für uns«, fuhr sie fort. »Das dürften Sie ja schon bemerkt haben, Tom. Hier gibt es genug Platz für alle Gesellschaftsformen, für alle sozialen und psychologischen Experimente, für Abenteuer, für alles, was man sich vorstellen kann. Deshalb werden sich die Energien der Menschheit von nun an nach außen richten, anstatt sich wie bisher in selbstzerstörerischen innerrassischen Kriegen zu verzehren.«

»Mädchen, du verpaßt ihm da aus dem Handgelenk eine geballte Ladung«, meinte Lars Christiansen in seiner tiefen, freundlich-knurrigen Stimme dazu. »Sie hört sich an wie eine SF-Schreiberin, Tom, aber sie hat ein halbes Dutzend Doktortitel und doppelt soviel Diplome nachgeworfen bekommen. Deshalb muß man davon ausgehen, daß sie weiß, was sie redet.«

»Und mein Paps mag sich anhören, wie ein alter Kneipenbruder«, konterte Aviva lächelnd, »aber er hat zu Hause drei Nobel-Preise über dem Schuhschränkchen hängen.«

Vater und Tochter wechselten einen schnellen Blick, der sowohl leichte Verärgerung als auch tiefe gegenseitige Sympathie bezeugte.

»Jedenfalls«, nahm Aviva den Faden wieder auf, »so sieht es zur Zeit aus, oder wird es, genauer gesagt, in ein paar Jahren aussehen. Wir sind dieser Entwicklung dank Doc Maddox um eine Nasenlänge voraus, und deshalb sind wir bereits hier.

Maddox werden Sie ja gleich kennenlernen, Tom.« Sie zögerte einen Augenblick, und sagte dann etwas leiser. »Ich glaube, es ist kein Vertrauensbruch, wenn ich Ihnen schon einmal zur Vorbereitung sage, Doktor Maddox ist ein – ein – *ein Mutant*!«

»Verdammt noch mal, das kann man ruhig laut sagen«, fuhr Christiansen dazwischen. »Gibt gar keinen Grund, sich da was vorzumachen. Ein Mutant kann genauso gut sein, wie jeder von uns. Und im Fall von Doc Maddox ist er sogar noch tausendmal besser.«

»Es war Dr. Maddox, der dieses Projekt eigentlich in den Orbit geschossen hat«, erklärte Aviva. »Sehen Sie, er berechnete die Zukunft und machte eine exakte Extrapolation (wie das im Detail ging, kann ich Ihnen jetzt nicht erläutern), und deshalb kam er schon so früh darauf, daß es nach der Entdekkung billiger, unbegrenzter Energie in fast jeder gewünschten Form bald eine Unmenge von Raumschiffen geben würde. Und viele Leute würden einfach ins All hinaus jagen, ohne die entsprechende Ausrüstung oder die nötigen Navigationsinstrumente oder . . .«

»Eben diese Vollidioten, wie wir sie schon immer bei irgendeiner neuen Sache dabei haben«, kommentierte Christiansen trocken.

»Paps! Jedenfalls würden diese Leute Hilfe brauchen. Aber es würde keinen organisierten galaktischen Rettungsdienst (das hat er ganz besonders genau vorausberechnet) in den nächsten 87 238 874 Jahren geben. Begreifen Sie jetzt?«

»Doch, doch«, versicherte Carmody. »Ihr drei erkanntet das Problem und – und ihr nahmt euch der Sache an.«

»Ja«, sagte sie einfach. »Wir nahmen uns der Sache an. Daddy hat sich immer schon gerne bemüht, anderen zu helfen, auch wenn man es seiner knurrigen Art nicht gleich anmerkt. Und was für meinen Daddy eine wichtige Sache ist, ist für mich auch gut genug. Und was Dr. Maddox angeht – also er ist die maximale Realisierung allen menschlichen Potentials. Einem größeren Menschen bin ich nie begegnet. Er ist der genialste aus meinem ganzen Bekanntenkreis, müssen Sie wissen.«

»So ist es, nur daß er mindestens das Doppelte von dem ist, als was Sie ihn sich jetzt vorstellen, Tom«, ergänzte Lars Christiansen ruhig. »Der Mann hat eine bemerkenswerte Geschichte. Sie wissen ja, daß Mutationen in der Regel negativen biologischen Wert haben. Die Evolution siebt sich da bloß alle paar Tonnen Sand ein Körnchen Gold aus ihrer Pfanne. Aber in Dr. Maddoxs Fall gibt es eine Familiengeschichte sich wiederholender Mutationen, die meistens positiv und alle völlig unerklärlich.«

»Wir vermuten daß ein außerirdischer Einfluß dahinter stehen könnte«, sagte Aviva, fast flüsternd. »Die Maddox-Familie läßt sich nur etwa zweihundert Jahre zurückverfolgen. Es ist eine seltsame Geschichte. Aelill Maddox, ein Ur-Urgroßvater, war ein walisischer Bergarbeiter. Über zwanzig Jahre lang schuftete in der berüchtigten Auld Gringie-Mine und gehörte zu den wenigen Arbeitern, die das gesund überstanden. Das war Anfang des 18. Jahrhunderts. Als die Mine vor einigen Jahren wieder geöffnet wurde, entdeckte man darunter das berühmte Scatterwail-Uranlager.«

»Damals muß es angefangen haben«, erzählte Christiansen weiter. »Die nächste Spur der Familie findet sich 1801 in Oaxca, Mexiko. Thomas Maddoxxe (wie er sich selbst schrieb) heiratet dort die schöne und mächtige Teresita de Valdez, Gräfin von Arragon und Besitzerin der größten Hazienda im südlichen Mexiko. Thomas war auf den Weiden unterwegs, als am Morgen des 6. April 1801 der Estrella Roja de Muerto – der rote Stern des Todes (inzwischen als großer radioaktiver Meteor identifiziert) – im Abstand zweier Meilen von der Ranch niederging. Thomas und Theresita gehörten zu den wenigen Überlebenden.«

»Danach müssen wir in die dreißiger Jahre dieses Jahrhunderts springen«, übernahm Aviva wieder den Erzählfaden. »Eine der nächsten Generationen, der inzwischen verarmten Maddox-Familie war nach Los Angeles gezogen. Dort tat sich Ernest Maddox, der Großvater unseres Doktors, damit hervor, daß er Ärzten und Zahnärzten eine Maschine verkaufte, die er

Röntgenapperat nannte. Maddox demonstrierte die Maschine über zwanzig Jahre lang mindestens zweimal täglich am eigenen Leib. Trotz der Überdosis an Strahlung, die er dabei abbekommen haben muß, oder vielleicht gerade deswegen, erreichte er ein respektables Alter.«

»Sein Sohn«, sagte Lars, »reiste aus uns unerforschlichen Gründen plötzlich halsüberkopf nach Japan und wurde fort 1935 Zen-Mönch. Er lebte in einem *tsuktsuri,* einer Kellerecke, die ganzen Kriegsjahre hindurch, ohne jemals ein einziges Wort zu sagen. Die Leute ließen ihn in Ruhe, weil sie ihn für einen exzentrischen Pakistani hielten. Maddox' Keller lag bei Hiroshima, genau 7,9 Kilometer vom Epizentrum des ersten Atombombenabwurfs entfernt. *Direkt nach der Explosion* verließ Maddox Japan und reiste zum Kloster von Hui-Shen, das auf einem der unzugänglichsten Berge des nördlichen Tibet liegt. Wenn man der Geschichte des englischen Touristen glaubt, der sich zur gleichen Zeit dort aufhielt, *wurde Maddox von den Lamas erwartet!* Er ließ sich dort nieder und verschrieb sich ganz dem Studium gewisser Tantras. Er heiratete eine Frau aus dem kaschmirischen Königshaus, von der er einen Sohn bekam: Owen, unseren Doktor Maddox. Die Familie reiste aus Tibet in die Vereinigten Staaten ab, einen Monat bevor die Chinesen einmarschierten. Owen wurde in Havard, Yale, UCLA, Oxford, Cambridge, an der Sorbonne und in Heidelberg ausgebildet. Wie er mit uns zusammenkam ist eine fast noch seltsamere Geschichte, die Sie bei einer etwas passenderen Gelegenheit hören sollen. Denn jetzt sind wir gleich beim Schiff, und ich glaube, wir sollten keine weitere Zeit verquatschen.«

Carmody sah auf einer kleinen Lichtung ein majestätisches Raumschiff vor sich, daß sich wie ein gigantischer Wolkenkratzer hoch über die Bäume in den Himmel reckte. Es besaß Antennen, Düsen, Schleusen, Teleskope und jede Menge anderer hochtechnischer Verzierungen. Vor dem Schiff saß auf einem Klappstuhl ein Mann mittleren Alters mit gutmütigem, faltenreichem Gesicht. Er konnte kein anderer als Maddox der

Mutant sein, wie sich sofort zeigte, denn er besaß sieben Finger an jeder Hand und seine Stirn wölbte sich gewaltig vor, um Platz zu schaffen für sein Extrahirn.

Maddox erhob sich elegant (auf fünf Beinen!) und nickte ihnen zur Begrüßung zu. »Ihr seid gerade noch rechtzeitig gekommen«, sagte er. »Die Projektionslinien der zukünftigen Wahrscheinlichkeiten stehen dicht vor einem unausweichlichen Kreuzungspunkt höchster Gefahr. Kommt alle schnell ins Schiff! Wir müssen ohne jede weitere Verzögerung unseren Schutzschirm errichten und den Notstart vorbereiten!«

Lars Christiansen schritt schneller aus, offenbar zu stolz, einfach loszurennen. Aviva ergriff Carmodys Arm, und Carmody bemerkte, daß sie zitterte und daß der formlose graue Raumanzug die mädchenhaften Formen dem genaueren Blick nicht verbergen konnte, Formen, die sich jetzt schutzsuchend an Carmody drängten.

»Eine widerwärtige Situation, in die wir da geraten sind«, murmelte Maddox, faltete den Stuhl zusammen und trug ihn zur Schleuse. »Meine Kalkulationen haben diesen Krisenpunkt natürlich berücksichtigt, aber die Natur der Krise besteht eben gerade darin, daß sich von diesem Augenblick an nicht mehr genau sagen läßt, was weiter passieren wird. Nun, wir werden unser Bestes tun.«

Vor der weit offenen Hauptschleuse zögerte Carmody kurz. »Ich glaube wirklich, daß ich mich noch bei Mr. Maudsley verabschieden sollte«, erzählte er Maddox. »Vielleicht sollte ich ihn sogar um Rat fragen. Er ist sehr hilfsbereit, wissen Sie. Und er arbeitet gerade an einer Maschine, die mich zurück zur Erde bringen sollte.«

»Maudsley!« rief Maddox und tauschte mit Christiansen einen bezeichnenden Blick aus. »Ich habe bereits vermutet, daß er dahinter steckt.«

»Es sah ganz nach seiner verdammten Handschrift aus«, knurrte Christiansen.

»Was soll das heißen?« fragte Carmody.

»Das soll heißen«, sagte Maddox, »daß Sie zum Opfer und

zur Schachfigur in einer gigantischen Verschwörung geworden sind, bei der es um nicht weniger als siebzehn Sonnensysteme geht. Ich kann jetzt nicht alles erklären. Aber Sie müssen mir glauben, es geht hier nicht nur um Ihres und unsere Leben, nein, das Leben von mehreren Dutzend Milliarden Humanoiden steht auf dem Spiel, die meisten davon blauäugig und hellhäutig.«

»Oh, Tom, schnell, schnell!« schrie Aviva und zog ihn am Arm.

»Nun gut«, sagte Carmody, »aber ich will eine vollständige und befriedigende Erklärung für das alles.«

»Die sollen Sie haben«, sagte Maddox, als Carmody in die Schleuse trat. »Und zwar gleich jetzt und hier.«

Carmody wandte sich blitzschnell um, denn er hörte einen drohenden Unterton aus Maddox Stimme heraus. Er sah den Mutanten scharf an und erlebte einen plötzlichen Schock. Er sah noch einmal hin, besah sich seine drei Retter, und sah sie zum ersten Mal wirklich.

Der menschliche Geist ist so konstruiert, daß er optische Wahrnehmungen in seinem Gehirn zu einer Gestalt des beobachteten Objektes umsetzt. Ein paar Kurven ergeben in der Umsetzung das Bild eines Berges mit allen dazu gehörenden Assoziationen, ein halbes Dutzend gebrochener Linien produzieren eine passable Welle, lehrt uns die Gestaltpsychologie.

Unter Carmodys forschendem, mißtrauischem Blick brach die Gestalt nun zusammen. Er erkannte, daß Avivas wunderschöne Augen nur stilisiert waren wie die eines Schmetterlingsflügels. Lars hatte ein dunkelrotes Oval im unteren Drittel seines Gesichtes, von einer dunkleren Querlinie unterbrochen. Das sollte der Mund sein. Maddox Finger, alle sieben, waren in Hüfthöhe auf den Körper aufgemalt.

Die Gestaltwahrnehmung löste sich jetzt vollständig auf. Carmody entdeckte die dünnen schwarzen Linien, die jede der Figuren mit dem Schiff verband – wie Risse im Boden. Er stand völlig erstarrt da und sah, wie die drei auf ihn zukamen. Sie hatten keine Hände, die sie heben konnten, keine Füße, sich zu bewegen, keine Münder, damit zu erklären. Sie waren nichts anderes als halbrunde, glatte Zylinder, kunstvoll, aber nur oberflächlich als menschliche Wesen verkleidet. Sie hatten keine Glieder, mit denen sie irgend etwas tun konnten, sie waren selber Glieder, und diese Glieder taten jetzt das einzige, was sie zu tun hatten. Sie waren die Fingerglieder einer riesigen Hand. Und die Hand näherte sich mit knochenloser Geschmeidigkeit, um ihn tiefer in den dunklen Schlund des Schiffes hinein zu stoßen.

Das Schiff? Carmody wich den dreien aus und rannte um sie herum dorthin zurück, woher er gekommen war. Aber die Schleuse fuhr spitze Zähne aus, reckte sich ein wenig auseinander und begann sich dann zu schließen. Wie konnte er das nur für Metall gehalten haben? Die dunklen, schimmernden Wände des Schiffes wellten sich und begannen sich zusammenzuziehen. Carmodys Füße verfingen sich in einem schwammigen, kleberigen Dreck, und die drei Finger legten sich vor ihn, um ihn von dem kleiner werdenden Spalt des Tageslichts abzuschneiden.

Carmody kämpfte mit der zappelnden Verzweiflung einer Fliege, die in ein Spinnennetz geraten ist (der Vergleich paßte recht genau, aber diese Einsicht kam zu spät). Er wehrte sich wie ein Wahnsinniger, aber ohne Erfolg. Der Lichtspalt war kaum noch größer als ein Fußball, die Öffnung schimmerte nun rot und feucht. Die drei Zylinder hielten ihn fest, und Carmody konnte keinen mehr vom anderen unterscheiden.

Das war das ultimative Grauen, der Höhepunkt des Schrekkens. Das, und die Beobachtung, daß die Wände und die Decke des Raumschiffes (oder was immer es sein mochte) eine tropfnasse, fleischige Röte angenommen hatten und sich langsam zusammenzogen, um ihn zu verschlingen.

Es gab kein Entkommen. Carmody war hilflos, unfähig sich zu bewegen oder zu schreien, unfähig überhaupt irgend etwas anderes zu tun, als das Bewußtsein zu verlieren.

XVI

Wie aus weiter Entfernung hörte Carmody eine Stimme sagen: »Was meinen Sie, Doktor? Können Sie ihm irgendwie helfen?«

Er erkannte die Stimme, es war der Preis.

»Ich komme für alle Kosten auf«, sagte eine andere Stimme. Er erkannte sie als die von Maudsley. »Glauben Sie, man kann noch etwas für ihn tun?«

»Er kann gerettet werden«, sagte eine dritte Stimme, vermutlich die des Arztes. »Die Medizin erkennt keine Grenzen des Machbaren an, nur die Grenzen des Erträglichen, und das sind bekanntlich die Grenzen des Patienten, nicht die unseren.«

Carmody kämpfte, die Augen zu öffnen oder den Mund, aber er mußte feststellen, daß er völlig gelähmt dalag.

»Scheint also doch was Ernstes zu sein, nicht?« fragte der Preis.

»Es ist schwierig auf eine solche Frage, eine präzise Antwort zu geben«, sagte der Arzt. »Zunächst einmal, um damit anzufangen, muß ich darauf hinweisen, daß es einen Unterschied zwischen medizinischer Wissenschaft und medizinischer Ethik gibt. Wir, als Angehöriger des Galaktischen Ärztebundes, haben unseren Eid geschworen, das Leben zu erhalten. Man erwartet von uns, daß wir im besten Interesse der jeweiligen Lebensform handeln, die wir behandeln. Aber was sollen wir tun, wenn diese beiden Grundsätze ärztlichen Handelns miteinander in Widerspruch geraten? Da sind zum Beispiel die Uiichi von Devin V, die einen Arzt aufsuchen, um sich von ihm von der Krankheit des Lebens heilen zu lassen, damit sie endlich ihre ersehnte Erfüllung im Tod finden. Damit werden wir vor ein verdammt verzwicktes Problem gestellt, will ich ganz offen zugeben. Die ganze Sache ist sowieso nur möglich, wenn ein Uiichi alt und kraftlos geworden ist, denn sonst sind die Burschen zum Sterben einfach zu zäh, nicht todzukriegen. Und was sagt nun die Ethik zu dieser seltsamen Verkehrung des Patientenwunsches? Sollen wir tun, was die Uiichi von uns verlangen, und was in fast jeder anderen Ecke der Galaxis völlig verwerflich ist? Oder sollen wir nach den Grundsätzen unserer eigenen Ethik handeln und die armen Uiichi so zu einem Schicksal verurteilen, das im wahrsten Sinne des Wortes schlimmer als der Tod ist?«

»Was hat das alles denn mit Carmody zu tun?« wollte Maudsley wissen.

»Nicht sehr viel«, gab der Doktor zu. »Aber ich dachte, Sie würden es interessant finden und es würde Ihnen helfen zu verstehen, warum wir solche hohen Honorare verlangen müssen.«

»Ist sein Zustand ernst?« forschte der Preis eindringlich.

»Nur der Tod kann als wirklich ernster Zustand betrachtet werden«, stellte der Doktor fest. »Und selbst da gibt es Ausnahmen. Pentathanaluna, zum Beispiel, vom Laien auch oft einfach der Fünf-Tage-Tod genannt, ist tatsächlich nicht schlimmer als ein Schnupfen, auch wenn man sich im Volksmund schreckliche Dinge darüber erzählt.«

»Aber was ist nun mit Carmody?« fragte Maudsley.

»Er ist definitiv nicht tot«, sagte der Doktor beruhigend. »Er befindet sich vielmehr in einem Zustand – oder einer Phase – tiefen Schocks, der Katalepsie nicht unähnlich, aber doch von oberflächlicherer Beschaffenheit. Um es einmal etwas einfacher auszudrücken, er ist, wie der Volksmund zu sagen pflegt, in Ohnmacht gefallen.«

»Können Sie ihn da rauskriegen?« erkundigte sich der Preis drängend.

»Ihre Art, sich auszudrücken, ist unklar«, erklärte der Arzt. »Meine Arbeit ist auch schon so schwer genug, ohne daß . . .«

»Ich wollte damit sagen, können Sie ihn wieder in seinen normalen Zustand zurückversetzen?« faßte der Preis schnell nach.

»Also! Das ist nun ein ziemlicher Aufwand, den Sie da wünschen. Ich vermute, Sie sind sich nicht darüber im klaren, was Sie von mir verlangen, Was *war*, bitte, sein *normaler* Zustand? Weiß einer von Ihnen das? Würde er selbst das wissen, wenn man ihn, wunderbarerweise, zu seiner eigenen

Behandlung befragen könnte? Wie sollen wir wissen, welche von den Millionen subtilen Veränderungen der Persönlichkeit, von denen manche nur kaum einen Herzschlag dauert, welche von diesen unzähligen Carmody-Zuständen sein ganz charakteristischer eigener war? Ist eine verlorene Persönlichkeit nicht so etwas wie eine verlorene Sekunde – etwas, daß wir annähernd aber eben niemals wirklich wiederholen können? Dies sind Fragen, meine Herren, schwere Fragen, denen wir uns zunächst zu stellen haben.«

»Verdammt schwere«, knurrte Maudsley. »Schlage vor, Sie bringen ihn einfach in einen Zustand zurück, der seinem früheren am nächsten kommt. Wäre das möglich?«

»Für mich schon«, verkündete der Doktor. »Ich habe schon beträchtliche Zeit in diesem schweren Beruf gearbeitet und meine Erfahrungen gesammelt. Ich bin an die gräßlichen Anblicke gewöhnt und an die furchtbarsten Behandlungsweisen. Das soll natürlich nicht heißen, daß ich etwas gleichgültig geworden wäre. Ich habe lediglich gelernt, mich der traurigen Notwendigkeit zu beugen, mein Herz vor den schrecklichen Dingen zu verschließen, die meine ärztliche Pflicht von mir verlangt, und nicht aus falsch verstandenem Mitleid vor unangenehmen Behandlungsmethoden zurückzuschrecken.

»Oh, Mann!« stöhnte der Preis. »Doktor, was ham' se mit meinem armen Kumpel vor?«

»Ich muß operieren«, erklärte der Arzt. »Es ist der einzige erfolgversprechende Weg. Ich werde an Carmody eine Dissektion vornehmen (etwas laienhaft ausgedrückt) und seine Glieder und Organe zunächst einmal in Konservierungsflüssigkeit legen. Dann werde ich ihn in einer hochprozentigen K-5-Lösung ein wenig aufweichen. Mit Hilfe besonderer Instrumente werde ich anschließend seine Nervenfasern und sein Gehirn aus Kopf und Rumpf lösen. Der weitere Fortgang sieht vor Hirn und Nervensystem an einen Simulator anzuschließen, über den die Synapsen mit diversen heftigen Reizungen beschickt werden. Durch diese, salopp ›Befeuerung‹ genannte Verfahrensweise können wir feststellen, ob es im Nervensystem irgendwelche Unterbrechungen, Knoten, Schwachstellen oder ähnliches gibt. Davon ausgehend, es wird nichts Schwerwiegendes gefunden, kommen wir sodann zur Sektion des Hirns selbst, das bis auf den Nervenknoten, der die Verbindung zum Körper herstellt, abgetragen wird. Wenn bis dahin alles in Ordnung ist, wird der Knoten geöffnet, auf Schäden untersucht und die einzelnen Bewußtseinsebenen ausgebreitet und durchgecheckt. Um es anzuregen, das Gesamtbewußtsein meine ich, da es sich in dieser Phase zumeist recht unansprechbar zeigt, stimulieren wir mit heftigen Energieschocks, die bisher immer zur vollständigen Wiederbelebung der Denkvorgänge geführt haben. Danach werden alle Teile des Körpers wieder zusammengesetzt und der Patient kann nach einer kurzen Rekonvaleszenz noch im Simulator wiederbelebt werden, woran sich eine mehrjährige Rehabilitationsbehandlung anschließt. Das wäre im Großen und Ganzen alles.«

»Uaaahhh«, keuchte der Preis. »So würde ich nicht mal einen Hund behandeln.«

»Ich auch nicht«, versicherte der Arzt, »solange sich diese Gattung nicht weiter entwickelt hat. Wollen Sie, daß ich die beschriebene Operation vornehme?«

»Ja, wissen Sie . . .«, meinte der Preis vorsichtig. »Ich nehm doch an, man kann ihn hier nich' weiter einfach so rumliegen lassen. Was meinen Sie, Mr. Maudsley?«

»Natürlich kann man das nicht«, bestätigte Maudsley. »Der arme Kerl zählt auf uns. Wir sind ihm das schuldig. Doktor, tun Sie Ihre Pflicht.«

Carmody hatte während des ganzen Gesprächs mit der Fehlfunktion seiner Körperfunktionen heftig gekämpft. Er hatte mit ständig wachsendem Entsetzen zugehört und mit der sich ständig verfestigenden Überzeugung, daß einem die eigenen Freunde schlimmeres antun können, als alle Feinde es sich auch nur vorstellen können. Nun sprengte er mit einer titanischen Anstrengung seinen Mund auf und zerrte seine verklebte Zunge vom Gaumen frei.

»Keine Operation«, krächzte er. »Ich schlage euch die gottverdammten Schädel ein, wenn ihr die gottverdammte Operation zulaßt!«

»Er hat seinen Verstand zurückerlangt«, sagte der Doktor und klang dabei recht zufrieden. »Oft ist es nämlich so, müssen Sie wissen, daß eine ausführliche Beschreibung des Operationsvorganges in Gegenwart des zu operierenden Patienten bereits besseren therapeutischen Effekt zeigt als die Operation selbst erbringen könnte. Es ist natürlich nur ein Placebo-Effekt, aber man sollte solche Methoden in jedem Fall ernst nehmen.«

Carmody kämpfte sich auf die Füße, und Maudsley half ihm aufzustehen. Er sah sich den Doktor nun zum erstenmal richtig an und entdeckte, daß er ein dünnes, hochgewachsenes Individuum in schwarzem Anzug vor sich hatte, Abraham Lincoln wie aus dem Gesicht geschnitten. Der Preis war kein Kessel mehr, sondern hatte sich möglicherweise wegen des Stresses in einen Zwerg verwandelt.

»Rufen Sie mich, wenn ich gebraucht werde«, sagte der Doktor und verabschiedete sich.

»Was ist passiert?« fragte Carmody. »Das Raumschiff, diese Leute –«

»Wir haben dich gerade noch rechtzeitig da raus gezogen«, erklärte der Preis. »Aber das war kein Raumschiff, Alter!«

»Ich weiß. Was war es wirklich?«

»Das«, sagte Maudsley, »war Ihr Jäger. Sie sind ihm direkt ins offene Maul hinein spaziert – dem Verfolger.«

»So kam es mir auch vor«, meinte Carmody.

»Und auf diesem Weg hätten Sie beinahe Ihre einzige Chance verspielt, jemals zur Erde zurückzufinden«, fuhr Maudsley fort. »Ich glaube, Sie setzen sich besser erst einmal etwas hin, Carmody. Sie haben jetzt nur noch wenige Möglichkeiten, und keine davon ist besonders – nun, es wird sie nicht gerade besonders begeistern.«

Carmody setzte sich.

XVII

Zuforderst und allererst klärte Maudsley Carmody über Jäger und Verfolger auf, ihre Folklore und Sitten, Angewohnheiten und Reaktionen, ihre Stärken und Schwächen. Es war wichtig für Carmody genau zu verstehen, was eigentlich mit ihm passiert war, auch jetzt noch, nachdem eigentlich schon alles vorbei war, und das Wissen erst nach dem Zwischenfall kam.

»*Besonders* weil es nach dem Vorfall kommt«, erläuterte der Preis.

Maudsley fuhr fort zu erklären, daß es genau wie es für jeden Mann eine Frau gibt, für jeden lebenden Organismus einen Jäger gibt, der sich von diesem Organismus ernährt. Die Große Kette des Fressens (ein poetisches Bild für die Totalität des Lebens als Zustandes einer kosmischen Dynamik) mußte weiter gehen, aus Gründen der inneren Notwendigkeit, wenn es nicht noch wichtigere geben sollte. Leben, wie wir es kennen, verlangt Fortpflanzung, und Fortpflanzung ist nicht vorstellbar ohne Tod. Daher –

»»Warum ist Fortpflanzung nicht vorstellbar ohne Tod?« wollte Carmody wissen.

»Stellen Sie keine dummen Fragen. Wo war ich stehengeblieben? Ach, ja. Daher ist Mord eine gerechtfertigte Sache, wenn auch einige der Täter sich weniger hoher Wertschätzung erfreuen mögen. Eine Kreatur in ihrem natürlichen Lebensraum überlebt gewisse andere Kreaturen und wird wiederum selbst von anderen überlebt. Dieser Prozeß ist für gewöhnlich so natürlich und einfach und befindet sich in einer so stabilen ökologischen Balance, daß Jäger und Gejagte gemeinsam dazu neigen, ihn für die meiste Zeit einfach zu ignorieren und ihre Aufmerksamkeit statt dessen der Erschaffung von Kunst, dem Sammeln von Nüssen oder Komtemplation des Absoluten zuwenden, oder woran auch immer die Spezies gerade den meisten Spaß haben. Und genauso soll es auch sein, denn Mutter Natur (die wir uns einmal personifiziert als ältere Dame mit schwarzem Rock und Rüschenbluse vorstellen wollen) liebt es nicht, wenn ihre Gesetze und Regeln zum Stoff des Klatsches auf Cocktailpartys werden, im frisch ausgebrüteten Nest, der Konklave, dem Kongreß, der Kurie oder wo sonst noch immer herumgeschwätzt wird. Aber Sie, Carmody, der den Jägern und der Ökosphäre des Heimatplaneten entkommen sind, müssen sich damit in ganz besonderer Weise wieder dem Gesetz des Gefressenwerdens stellen. Wenn es also in den Weiten des Raumes nirgendwo einen Jäger für Sie gibt, dann muß einer gefunden werden. Und wenn keiner gefunden werden kann, dann muß eben einer erschaffen werden.«

»Ja, schön und gut«, sagte Carmody. »Aber das Raumschiff, diese Leute . . .«

». . . waren nicht das, was sie zu sein schienen«, beendete Maudsley den Satz. »Das muß doch jetzt für Sie klar sein.«

»Jetzt schon.«

»*Sie* waren in Wahrheit *es*, ein einziges Wesen, eine Kreatur, nur dazu erschaffen, um Sie zu jagen, Carmody. Ganz für Sie allein. Es war Ihr Jäger, Carmody. Und er folgte ganz den klassischen Gesetzen der Jagd.«

»Die sind?« fragte Carmody.

»Ja, die sind«, seufzte der Preis. »Wie schön du das auf den Punkt gebracht hast, mein Alter. Wir mögen gegen das Schicksal und die Welt anrennen, aber am Ende bleiben wir doch mit immer der gleichen Botschaft auf der Strecke: *Das sind die Dinge, die sind!*«

»Ich wollte keinen Kommentar dazu abgeben«, korrigierte Carmody. »Ich habe gefragt. Was sind die Gesetze der Jagd?«

»Oh, 'tschuldige«, meinte der Preis. »Kleines Mißverständnis.«

»Das ist schon in Ordnung«, sagte Carmody.

»Danke«, erwiderte der Preis.

»Es macht nichts«, versicherte Carmody. »Ich habe es nicht so gemeint . . . Nein, verdammt, ich habe es doch so gemeint. Ich meinte, was sind diese einfachen Gesetze der Jagd?«

»Die Gesetze des Fressens und Gefressenwerdens.«

»Ja, aber wie lauten diese Gesetze?«

»Müssen Sie das wirklich fragen?« fragte Maudsley.

»Ja, ich fürchte ich muß das.«

»Wenn Sie eine Frage daraus machen«, erklärte Maudsley ein wenig verletzt, »hört die Jagd auf, eine einfache Sache zu sein, und selbst das besagte Gesetz wird zu einer dubiosen Sache. Das Wissen um die Jagd, um das Verfolgtwerden ist allen Organismen von Anbeginn mitgegeben, genau wie Arme und Beine und Köpfe, aber wesentlich sicherer. Es ist wesentlich grundlegender als die Gesetze der Wissenschaft, wissen Sie, und es verträgt deshalb keine simplen Reduktionen. Je mehr eine solche Frage gestellt wird, wie Sie gerade gestellt haben, desto unmöglicher wird es sie verständlich zu beantworten.«

»Trotzdem meine ich schon, daß ich alles über Jagd wissen sollte, was es zu wissen gibt«, beharrte Carmody. »Besonders über die auf mich.«

»Ja, das sollen Sie wirklich wissen«, sagte Maudsley. »Oder, besser, Sie *sollten* es wissen. Nun, ich will versuchen, was ich Ihnen vermitteln kann.«

Maudsley rieb sich nachdenklich über die Stirn und stellte dann fest: »Man ißt, also wird man gegessen. Soviel sollten Sie bereits wissen. Aber wie *genau* werden Sie nun gegessen? Wie werden Sie in die Falle gelockt, gefangen, erlegt und zubereitet? Wird man Sie ofenheiß auftragen oder eisgekühlt oder gar mit Zimmertemperatur? Ganz offensichtlich wird das alles vom Geschmack dessen abhängen, der Jagd auf Sie macht. Soll Ihr Jäger Ihnen aus einer bestimmten Höhe auf den Rücken springen? Soll er eine Grube für Sie graben, ein Netz spinnen, Sie zum Zweikampf herausfordern oder Sie mit gefletschten Zähnen anspringen? Das hängt von der Natur Ihres Jägers ab, die sich wiederum aus dessen Funktion ergibt, die die Form bestimmt. Diese Natur spiegelt aber in erster Linie Ihre eigene Natur wieder, Carmody, die aber, wie die des Jägers, aus Ihrem freien Willen in bestimmtem Rahmen veränderlich ist und so letztendlich für immer unvorhersehbar. Nicht anders mit der des Jägers.

Nun zu den Einzelheiten. Anspringen, graben oder spinnen

sind einfache, geradelinige Jagdmethoden, aber sie sind gegen ein Wesen, das logisches Denk- und Erinnerungsvermögen besitzt, nicht sehr erfolgversprechend. Ein Wesen wie Sie, Carmody, würde, nachdem ihm einmal geglückt ist der Falle zu entkommen, nie wieder auf den gleichen Trick hereinfallen.

Die Wege der Natur sind auch selten gerade. Man sagt, daß die Natur besonderen Gefallen an allen Spielarten der Tarnung und der Täuschung findet. Ich werde das nicht in Frage stellen. Gehen wir einmal von diesem Konzept aus, dann muß Ihr Jäger sich recht komplexer Methoden bedienen, um eine so komplexe Kreatur wie Sie in die Falle zu locken.

Das Problem hat aber noch eine andere Seite. Ihr Jäger wurde ja nicht nur für die alleinige Funktion erschaffen Ihnen nachzustellen. Sie sind das einzige Ding, das ihm für sein ganzes Leben am wichtigsten sein wird, aber er besitzt freien Willen, und ist deshalb nicht allein der strikten Logik seiner Freßbegierde unterworfen. Feldmäuse mögen davon überzeugt sein, daß die Eule nur zu dem einzigen Zweck existiert, Mäuse zu jagen, und keine andere Funktion besitzt. Aber wir wissen, daß eine Eule auch einmal andere Dinge im Kopf haben kann. So steht es mit allen Jägern, auch mit Ihrem. Daraus können wir eine wichtige Schlußfolgerung ableiten: das alle Jäger ihre Funktion nur unvollkommen erfüllen in Folge ihres freien Willens.«

»So habe ich noch nie darüber nachgedacht«, gestand Carmody ein. »Hilft mir das irgendwie?«

»Nun, eigentlich nicht richtig. Aber ich dachte Sie sollten es jedenfalls wissen. Wenn man es von den praktischen Möglichkeiten her sieht, werden Sie wahrscheinlich nie in der Lage sein, aus den Schwächen Ihres Jägers irgendwelchen Nutzen zu ziehen. Tatsächlich werden Sie wahrscheinlich nicht einmal erfahren, worin diese Schwächen bestehen könnten. Sie befinden sich da in der gleichen Situation wie die Mäuse. Sie hören das Schwirren der Flügel und finden schnell ein Loch, wenn Sie Glück haben, aber Sie werden niemals die Gelegenheit bekommen, die Natur, die Fähigkeiten und die Grenzen einer Eule zu analysieren.«

»Na, das ist ja wirklich großartig«, rief Carmody sarkastisch. »Ich bin schon vor dem Start so gut wie aus dem Rennen. Oder, um in Ihrem Bilde zu bleiben, ich bin schon so gut wie gegessen, auch wenn mir noch keiner die Gabel in den Bauch gestochen hat.«

»Auf dem Teppich bleiben, Alter«, beschwichtigte ihn der Preis. »Ist alles nicht so heiß gegessen, wie es gekocht wird.«

»Wie heiß ist es denn dann? Kann mir einer von euch eigentlich auch etwas sagen, von dem ich ein bißchen was habe?«

»Genau das versuchen wir die ganze Zeit«, sagte Maudsley.

»Dann sagt mir, wie der Jäger aussieht.«

Maudsley schüttelte den Kopf. »Das ist ganz unmöglich. Glauben Sie jedes Opfer könnte herausbekommen, wie sein Jäger aussieht? Wenn es das gäbe, wäre das Opfer bald unsterblich!«

»Und das wäre gegen die Regeln«, warf der Preis ein.

»Dann geben Sie mir doch wenigstens einen Hinweis, einen Tip«, bettelte Carmody. »Läuft er immer als Raumschiff verkleidet durch die Gegend?«

»Natürlich nicht«, erklärte Maudsley. »Aus Ihrer Sicht müßte man ihn wohl als einen Gestaltwandler bezeichnen. Keine Maus rennt der Schlange in den Rachen, keine Fliege geht der Spinne ins Netz, wenn sie diese Gefahr vorher als solche erkennen kann. Deshalb müssen Sie sich selbst fragen, was Sie gesehen haben und was Sie nicht gesehen haben, als Sie hinter drei Fingern Ihres Jägers hergelaufen sind.«

»Sie sahen wie Menschen aus«, sagte Carmody. »Aber ich weiß noch immer nicht wie der Jäger aussehen könnte.«

»Es gibt keinen Weg, wie ich Sie da erleuchten könnte«, erklärte Maudsley. »Informationen über Jäger sind nicht leicht zu beschaffen. Sie sind einem selbst meist zu ähnlich, um sie deutlich erkennen zu können. Sie haben etwas Komplementäres zum Wesen ihres Opfers an sich. Ihre Fallen und Tarnungen beruhen auf den Träumen, den Erinnerungen und den Phantasien ihres Opfers. Sie sind der Grundstoff für das

Psychodrama, das der Jäger zu seiner Täuschung aufführt, wie Sie selbst ja gerade erlebt haben, Carmody. Um Ihren Jäger zu kennen, müssen Sie sich selbst kennen. Und es ist einfacher das ganze Universum zu kennen als sich selbst.«

»Was kann ich tun?« fragte Carmody.

»Lernen!« rief Maudsley. »Seien Sie auf ewig wachsam, trauen Sie nichts und niemandem, bleiben Sie immer in Bewegung. Denken Sie nie daran, sich zu entspannen, bevor Sie nicht wieder zu Hause sind.«

»Zu Hause!« seufzte Carmody.

»Ja. Auf Ihrem eigenen Planeten werden Sie sicher sein. Diese Höhle kann der Jäger nicht betreten. Vor ihm ist es die sicherste Zuflucht, allerdings sind Sie dort wieder allen natürlichen Gefahren und Katastrophen ihrer normalen Umwelt ausgesetzt.«

»Können Sie mich nach Hause schicken?« fragte Carmody. »Sie sagten, Sie würden an einer Maschine arbeiten.«

»Ich habe diese Maschine fertiggestellt«, erklärte Maudsley. »Aber Sie müssen sich darauf einstellen, daß diese Maschine ihre Grenzen hat. Mehr Zeit habe ich nicht, diese Grenzen auszuweiten. Die Maschine kann Sie dorthin befördern, wo die Erde jetzt gerade ist, aber nicht mehr.«

»Aber das ist alles, was ich brauche«, freute sich Carmody.

»Nein, das ist es keinesfalls. ›Wo‹ ist ja, wie Sie vergessen haben, nur die erste der drei Lokationen. Es fehlen ›Wann‹ und ›Welche‹. Nehmen Sie sich die in der richtigen Reihenfolge vor, so wie ich sie genannt habe. Sie müssen sofort von hier aufbrechen, denn Ihr Jäger, dem Sie so leichtsinnig Appetit gemacht haben, kann jeden Augenblick zurückkehren. Und bei meinem nächsten Rettungsversuch könnte ich weniger Glück haben.«

»Wie haben Sie es eigentlich geschafft, mich aus dem Maul herauszukriegen?« wollte Carmody wissen.

»Ich fabrizierte schnell einen Köder«, erklärte Maudsley. »Er sah genauso aus wie Sie, aber ich baute ihn ein wenig überlebensgroß und gab ihm etwas mehr Vitalität. Der Jäger ließ Sie fallen und beugte sich, Speichel tropfend, über den leckereren

Köder. Aber das können wir nicht noch einmal versuchen.«

Carmody zog es vor, nicht danach zu fragen, ob der Köder irgend etwas gespürt hatte. »Ich bin fertig«, sagte er. »Aber wohin werde ich jetzt befördert, und was passiert dann weiter.«

»Sie werden zur Erde transportiert, ganz ohne Zweifel der falschen Erde. Aber ich werde einen Brief an einen mir bekannten Herrn schreiben, der in der Lösung temporaler Probleme ganz besonderes Geschick besitzt. Er setzt sich mit Ihnen in Verbindung, wenn er Ihren Fall übernimmt, und dann . . . nun, wer will das schon wissen, Carmody? Nehmen Sie es, wie es kommt, und sind Sie dankbar, wenn überhaupt etwas kommt.«

»Ich bin dankbar«, versicherte Carmody. »Ganz egal was dabei herauskommt, ich möchte Ihnen von Herzen danken.«

»Das ist schon ganz in Ordnung«, sagte Maudsley. »Vergessen Sie meine Botschaft an den alten Herrn zu Hause nicht, wenn Sie es jemals bis dorthin schaffen. Alles fertig? Die Maschine steht hier direkt neben mir. Ich habe keine Zeit mehr dafür gehabt, sie sichtbar zu machen, aber sie sieht ziemlich so aus wie ein alter Volksempfänger, wenn Sie die Dinger kennen. Wo ist sie denn? Ah, hier, zum Teufel! Haben Sie Ihren Preis?«

»Ich habe ihn«, rief der Preis und klammerte sich an Carmodys rechte Hand.

»Dann sind wir soweit. Ich nehme diese Schaltung hier vor, dann diese Einstellung hier und dann dort die zwei Tasten . . . Sie werden froh sein, aus dem ganzen Makroskosmos rauszukommen, Carmody, und endlich wieder zurück auf Ihrem eigenen Planeten zu sein, selbst wenn es nicht exakt Ihrer ist. Es gibt natürlich keinen wirklich qualitativen Unterschied zwischen Atomen, Planeten, Galaxien oder Universen. Es ist alles eine Frage davon, in welchem Maßstab Sie gerne leben wollen. Und nun drücke ich dies –«

Bums! Zong! Huiiiihhhh! Schnelle Auflösung, langsame Auflösung, sich überlappende Auflösung. Elektronische Musik aus dem Weltraum, Weltraum aus elektronischer Musik. Blätter wirbeln von einem Abreißkalender, Carmody stürzt Hals über

Kopf in den freien Fall. Kesselpauken dröhnen fern und bedrohlich, helle Farbblitze, Frauengelächter, Kinderstimmen in einer Echokammer, Montagen von Jaffa-Orangen, die wie Planeten aussehen, Collage des Sonnensystems auf zerlaufendem Acryl . . .

Es war ein Hammer von einem Trip, aber nichts was Carmody sich vorgestellt hatte.

DRITTER TEIL

WANN IST DIE ERDE?

XVIII

Nachdem die Transition abgeschlossen war, sammelte Carmody sich erst einmal. Eine kurze Bestandsaufnahme überzeugte ihn davon, daß er noch immer vier Gliedmaßen, einen Rumpf, einen Kopf und ein Hirn hatte. So wie es aussah, hätte er zwar in jedem Fall mit dem vorliebnehmen müssen, was angekommen war, aber er fühlte sich komplett doch wohler. Er stellte außerdem fest, daß der Preis noch bei ihm war, den er inzwischen irgendwie immer wiedererkennen konnte, auch wenn es natürlich die übliche Metamorphose gegeben hatte. Diesmal hatte der Preis sich von einem Zwerg in eine schlecht geschnitzte Flöte verwandelt.

»So weit, so gut«, sagte Carmody zu niemandem besonderen. Dann besah er sich seine Umgebung.

»So gut nicht«, stellte er sofort fest. Er hatte sich innerlich darauf vorbereitet, auf der falschen Erde anzukommen, aber nicht auf einer so falschen.

Er stand im Schlamm am Rande eines weiten Sumpfes. Aus den braunen Pfützen vor ihm stiegen unangenehme Gerüche auf. Es gab breitblätterige Farne und niedrigen Mangroven ähnelnde Büsche und in der Ferne riesige Palmen. Die Luft wirkte schwül, drückend und mit einem Aroma von Fruchtbarkeit und Fäulnis überladen.

»Könnte ja sein, daß ich in Florida bin«, sagte Carmody hoffnungsvoll.

»Ich fürchte nicht«, erwiderte der Preis, oder die Flöte, mit einer tiefen melodiösen Stimme, die aber ein wenig zu viel Vibrato besaß.

Carmody starrte den Preis an. »Wie kommt es eigentlich, daß du so sprechen kannst?«

»Wie kommt es eigentlich, daß du mich das nicht gefragt

hast, als ich ein Kupferkessel war?« fragte der Preis zurück. »Aber ich werde es dir erzählen, wenn du es wirklich wissen möchtest. Hier oben, direkt in meinem Mundstück, ist eine kleine CO2-Patrone angebracht, die mir als Lungenersatz dient. Allerdings nur für begrenzte Zeit. Der Rest dürfte damit klar sein.«

Für Carmody war er nicht klar. Aber er hatte wichtigere Dinge im Kopf. »Wo bin ich hier?« fragte er.

»Wir«, sagte der Preis, »befinden uns auf dem Planeten Erde. Das sumpfige Gelände, in das wir hier gerade langsam einsinken, wird in deiner Zeit ein Parkplatz von Scarsdale, New York, werden.« Er kicherte. »Ich schlage vor, du kaufst das Gelände jetzt. Die Grundstückspreise scheinen gerade einen Tiefststand erreicht zu haben.«

»Das sieht ganz verdammt nicht nach Scarsdale aus«, sagte Carmody.

»Natürlich nicht. Wenn wir im Augenblick mal die Frage Welche beiseite lassen, können wir jedenfalls mit Sicherheit sagen, daß das Wann absolut falsch sein muß«

»Ja . . . und wann sind wir?«

»Eine gute Frage«, lobte der Preis. »Aber eine, auf die ich nur eine hochqualifizierte Nährungsantwort geben kann. Ganz offensichtlich befinden wir uns im Paläozoikum oder im Mesozoikum. Vom Klima her könnte es allerdings nur das Ende des Paläozoikums sein, das Perm vielleicht. Aber, Moment, das können wir auch ausschließen. Guck, da oben, rechts von dir!«

Carmody guckte nach rechts oben und sah einen komisch flatternden Vogel in einiger Entfernung vorbeiziehen.

»Das ist ganz definitiv ein Archäopterix«, verkündete der Preis. »Du kannst es deutlich an der Art erkennen, wie seine Federn vom Flügel abgespreizt sind. Die meisten Paläontologen ordnen ihn in der oberen Jura ein, aber er kann keinesfalls vor dem Trias aufgetreten sein. Wir können also das Paläozoikum getrost ausschließen und davon ausgehen, daß wir uns im Mesozoikum befinden.«

»Das ist ziemlich weit hinten, was?« brach es aus Carmody heraus.

»Es geht so«, stimmte der Preis zu. »Aber wir können sogar noch mehr herausfinden. Ich denke, es sollte uns gelingen, die genaue Zeit des Mesozoikums festzumachen, in der wir uns hier befinden.« Er dachte eine Weile nach. »Ja, ich glaube, ich hab's. *Nicht* im Trias! Der Sumpf ist irreführend. Aber die Pflanzen hier, das ist signifikant. Besonders die weniger imposanten. Das ist Gras da drüben, Carmody, richtiges Gras. Und damit ist die Sache entschieden. Bis in das Jura gab es kein Gras! Ich würde meine ganzen Sparverträge darauf verwetten! Wir sind in der Kreidezeit, und wahrscheinlich ziemlich an ihrem oberen Ende!«

Carmody hatte nur sehr vage Vorstellungen von den geologischen Epochen der Erde. »Die Kreide«, sagte er, »wie weit ist das denn von meiner Zeit entfernt?«

»Oh, so um hundert Millionen Jahre, würde ich sagen«, erwiderte der Preis. »Auf ein paar Millionen mehr oder weniger dürfte es nicht ankommen. Die Kreide dauerte etwa siebzig Millionen Jahre.«

Carmody hatte keine Schwierigkeiten sich diese Zeiträume vorzustellen, weil er es gar nicht erst versuchte. Er sagte zum Preis: »Woher hast du eigentlich dieses ganze geologische Zeug gelernt?«

»Was meinst du wohl?« meinte der Preis überlegen. »Ich habe es studiert. Ich dachte mir, da wir nun einmal zur Erde wollen, ist es wohl besser, wenn ich etwas über diesen Ort in Erfahrung bringe und mich mit seiner Geschichte befasse. Und das war ein verdammt guter Gedanke, wie du ja gerade selbst feststellen konntest. Wenn ich nicht gewesen wäre, würdest du hier durch die Gegend stolpern und nach Miami Beach Ausschau halten, bis dich wahrscheinlich ein Allosaurus zum Nachtisch gefressen hätte.«

»Wer hätte mich gefressen?«

»Ich nahm Bezug«, erläuterte der Preis ein wenig gespreizt, »auf eines der weniger angenehmen Mitglieder der Gattung

Saurier, der sich aus der Familie der Sauropoden entwickelt hat, von der uns besonders die bemerkenswerte Art Brontosaurus bekannt geworden ist.«

»Du willst mir damit sagen, es gibt hier Dinosaurier?« fragte Carmody.

»Ich will dir damit sagen«, erklärte der Preis mit besonderem Nachdruck in der Stimme, »du befindest dich hier regelrecht im geologischen Saurierhausen, und ich darf die Gelegenheit benutzen, dich herzlich willkommen zu heißen im Zeitalter der Riesenechsen!«

Carmody machte ein Geräusch, das nicht sehr zu dieser Verkündigung paßte. Er nahm eine Bewegung zu seiner Rechten wahr und fuhr herum. Er sah einen Saurier. Der Saurier war etwa sechs Meter hoch und mochte von der Schwanzspitze bis Nase gut zwanzig Meter lang sein. Er stand aufrecht auf den Hinterbeinen. Er schimmerte schieferblau und kam direkt auf Carmody zu.

»Ist das ein Tyrannosaurus?« wollte Carmody wissen.

»Jawohl, das ist einer«, bestätigte ihm der Preis. »*Tyrannosaurus Rex,* eine der bemerkenswertesten Arten der ganzen Kreidezeit. Schon das Gebiß und die verkümmerten Vorderbeine zeigen die weit fortgeschrittene Spezialisierung. Achte auch darauf, wie er sich geschickt beim Laufen mit dem kräftigen Schwanz abstützt.«

»Und er frißt Fleisch«, sagte Carmoy.

»Selbstverständlich. Ich persönlich vermute, daß die Tyrannosaurier und die anderen fleischfressenden Arten dieser Epoche sich fast ausschließlich von den Hadrosaurier ernährten, einem weit verbreiteten und schutzlosen Pflanzenfresser. Aber das ist nur so eine Theorie von mir.«

Das gigantische Tier war jetzt weniger als fünfzig Meter entfernt. Es gab keine Fluchtmöglichkeit in diesem flachen Sumpfland, keine Deckung, nichts zum Hinaufklettern oder Darunterschlüpfen. »Was soll ich machen?« rief Carmody.

»Du mußt dich sofort in eine Pflanze verwandeln!« drängte der Preis.

»Aber das kann ich nicht!«

»Das kannst du nicht? Dann befindest du dich in der Tat in einer sehr ernsten Lage. Laß mal überlegen, du kannst nicht fliegen oder dir eine Höhle graben, und ich wette zehn zu eins, daß er schnellelr läuft als du. Hmm, das scheint eine schwierige Sache zu werden.«

»Was mach ich denn nun?«

»Tja, unter diesen Umständen würde ich dir raten, du nimmst die Sache am besten ganz stoisch auf. Ich könnte dir auch ein wenig Epikur zitieren, oder wir können zusammen eine Hymne singen.«

»Zum Teufel mit den Hymnen! Ich will hier heil raus!«

Die Flöte hatte bereits begonnen ›Näher, mein Gott, zu dir‹ zu spielen. Carmody ballte die Fäuste. Der Tyrannosaurus stand jetzt direkt vor ihm, ein riesiges Ungeheuer ganz wie von Rex Harrishausen. Es öffnete sein furchtbares Maul.

XIX

»Guten Tag«, sagte der Tyrannosaurus. »Ich heiße Emmi, und ich bin sechs Jahre alt. Wie heißt du?«

»Carmody«, sagte Carmody.

»Und ich bin sein Preis«, sagte der Preis.

»Ja, also, ihr beide seht schon etwas komisch aus«, sagte Emmi. »Ihr seht ganz anders aus als alle Leute, die ich bis jetzt gesehen habe. Und ich habe schon ein Dimetrodon und einen Struthiomimus getroffen, und sogar einen Socolosaurus und viele andere. Ganz viele. Seid ihr hier aus der Gegend?«

»Irgendwie schon«, antwortete Carmody. Dann fiel ihm aber die ganze Dimensionsgeschichte ein, und er fügte hinzu. »Aber eigentlich nicht wirklich.«

»Oh«, sagte Emmi. Nach Kinderart starrte er sie einfach an und schwieg lange. Carmody starrte zurück, fasziniert von dem riesigen, grimmigen Echsenkopf und den nadelspitzen Zähnen, mit denen man einen Mähdrescher hätte bestücken können. Wirklich furchterregend! Nur die Augen – rund, sanft, blau und vertrauensvoll – standen im Widerspruch zu der bedrohlichen Erscheinung.

»Ja, dann«, sagte Emmi schließlich, »was macht ihr denn dann hier im Park?«

»Ist das ein Park hier?« fragte Carmody.

»Sicher ist das ein Park!« erwiderte Emmi. »Es ist ein Park für Kinder, zum Spielen, und ich glaube nicht, daß ihr Kinder seid, auch wenn ihr so klein ausseht.«

»Du hast recht, ich bin kein Kind«, sagte Carmody. »Ich bin aus Versehen in deinen Park geraten. Ich glaube, ich sollte mal mit deinem Vater reden.«

»Das machst du mal besser«, sagte Emmi. »Kletter auf meinen Rücken, dann bringe ich dich zu ihm. Und vergiß nicht, daß ich euch gefunden habe. Und nimm deinen Freund mit. Der ist *wirklich* komisch!«

Carmody steckte die Flöte ein und bestieg den Saurier. Mit den Händen suchte er in den Rissen und Spalten von Emmis eisenhartem Panzer Halt. Sobald er in Emmis Nacken einen halbwegs sicheren Sitzplatz gefunden hatte, machte der Saurier kehrt und eilte in weiten Schritten nach Südwesten.

»Wohin sind wir unterwegs?« fragte Carmody.

»Zu meinem Vater, natürlich«, antwortete Emmi.

»Ja, aber wo ist dein Vater?«

»Er ist in der Stadt, im Büro. Wo sollte er sonst sein?«

»Ja, klar, wo sollte er sonst sein«, bestätigte Carmody dumpf und suchte sich einen festeren Halt, als Emmi in den Galopp überging.

Aus Carmodys Hosentasche sagte der Preis mit gedämpfter Stimme: »Das ist alles äußerst merkwürdig.«

»Du bist hier das merkwürdige«, erinnerte Carmody ihn etwas unwirsch. Dann machte er es sich bequem, um den Ritt zu genießen.

Sie nannten es zwar nicht Saurierhausen, aber Carmody konnte sich keinen besseren Namen dafür vorstellen. Es lag etwa zehn Meilen vom Park entfernt. Zuerst kamen sie auf eine Straße, einen breiten Pfad, wenn man es genau nahm, den unzählige Saurierfüße festgestampft hatten. Sie folgten ihm und kamen an vielen Hadrosauriern vorbei, die unter großen Weidenbäumen dösten und sich gelegentlich mit weichen, harmonischen Stimmen etwas vorsangen. Carmody fragte nach ihnen, aber Emmi wollte dazu nur sagen, daß sein Vater sie für ein echtes Problem hielt.

Die Straße wand sich an Farnen, Ahorn und Stechpalmen vorbei, die alle sorgfältig zu kleinen Hainen gruppiert waren. Jeder Hain hatte ein Dutzend oder mehr Saurier, die sich geschickt zwischen den Stämmen umherbewegten, am Boden gruben und Abfall aufräumten. Carmody fragte, was sie taten.

»Sie machen sauber«, sagte Emmi angewidert. »Mütter müssen immer aufräumen, den ganzen Tag.«

Sie näherten sich schließlich einem erhöhten Plateau. Der letzte einzelne Hain blieb hinter ihnen zurück und hier oben kamen sie abrupt in einen dichten großen Wald.

Sofort fiel auf, daß es sich um eine sorgfältig angelegte Bepflanzung handelte. Zunächst passierten sie einen dichten Ring aus Affenbrot-, Haselnuß- und Walnußbäumen. Dahinter kamen einige Reihen lichter, weiträumig verteilter Gingkos, alle gut gepflegt und beschnitten. Und noch weiter innen gab es nur noch geometrisch angeordnete Koniferenarten.

Während sie immer tiefer in den Wald vordrangen, kamen sie in immer dichter von Sauriern bevölkerte Gegenden. Die meisten von ihnen waren Theropoden – fleischfressende, aufrecht gehende Saurier wie Emmi. Aber der Preis machte auch einige Ornithopoden aus, und daneben stießen sie hin und wieder auf große Herden von Triceratops. Fast alle bewegten sich im zügigen Trab zwischen den Bäumen umher. Der Boden bebte unter ihren Füßen, die Bäume zitterten, und die Luft war von Staubwolken erfüllt. Immer wieder knirschte Panzer gegen Panzer, wenn eine Kollision gerade noch durch ein geschicktes Ausweichmanöver vermieden worden war, und zwei der Giganten aneinander vorbei schrammten. Es gab plötzliche Stops und abrupte Beschleunigungen. Von überall her dröhnte ein Gebrüll nach Platz da! Und Vorsicht! Der Anblick von mehreren Tausend durcheinander wimmelnder Saurier war fast so furchtbar wie der Gestank, den sie dabei ausströmten.

»Da sind wir«, sagte Emmi und hielt so schnell an, daß Carmody fast abgeworfen worden wäre. »Da arbeitet mein Vati.«

Carmody sah sich um und bemerkte, daß Emmi ihn zu einem kleineren Sequoia-Hain gebracht hatte. Die großen Stämme formten eine Art geschützter Oase in der Mitte des Waldes. Zwei oder drei Saurier wanderten mit bedächtigen Schritten zwischen den Bäumen umher und ignorierten das Gedränge, das sich ringsum im Abstand von kaum fünfzig Metern nach allen Richtungen ausbreitete. Carmody entschied, daß er hier riskieren konnte abzusteigen ohne gleich in den Boden getrampelt zu werden. Erschöpft glitt er von Emmis Nacken herunter.

»Vati!« rief Emmi. »He, Vati, guck doch mal, was ich gefunden habe, Vati!«

Einer der Saurier sah auf. Es war ein Tyrannosaurus, ein wenig größer als Emmi, mit weißen Streifen auf seinem blauen Rückenpanzer. Seine Augen waren grau und blutunterlaufen. Er wandte sich mit schwerfälliger Anstrengung herum.

»Wie oft habe ich dir schon gesagt«, dröhnte er, »du sollst hier nicht so angerannt kommen?«

»Es tut mir leid, Vati, aber guck mal, ich habe . . .«

»Es tut dir immer ›leid‹«, sagte der alte Tyrannosaurus, »aber du entschließt dich trotzdem nie, dein Verhalten entsprechend zu ändern. Dir fehlt es am Willen, mein Sohn. Ich habe mit deiner Mutter darüber gesprochen, Emmi, und wir sind uns beide darüber einig, daß in dieser Sache etwas geschehen muß. Keiner von uns möchte einen unhöflichen, rumbrüllenden Urwaldtrampler großziehen, der nicht einmal das Benehmen eines Brontosaurus besitzt. Ich liebe dich, mein Sohn, aber trotzdem mußt du lernen . . .«

»Vati! Warte doch bitte mit der Schimpfe bis gleich und schau einmal, bitte nur einmal, was ich hier gefunden habe!«

Der alte Tyrannosaurus verzog das Maul und wedelte bedrohlich mit dem Schwanz, während sich seine Nüstern ungeduldig blähten. Aber er senkte den Kopf, folgte mit den

Augen der Richtung, in die Emmis Vordertatze wies, und sah Carmody.

»Das gibt es doch gar nicht!« brüllte er.

»Guten Tag, Sir«, sagte Carmody. »Mein Name ist Thomas Carmody. Ich bin ein Mensch. Ich glaube nicht, daß es noch andere Menschen auf der Erde gibt, jedenfalls nicht zur Zeit, wahrscheinlich nicht einmal Primaten. Wie ich hierher gekommen bin, ist ein wenig schwierig zu erklären. Aber ich komme in Frieden und – und all das«, endete er etwas lahm.

»Fantastisch!« rief Emmis Vater. Er wandte den Kopf. »Baxley? Siehst du, was ich sehe? Hörst du, was ich höre?«

Baxley war ein Tyrannosaurus etwa im Alter von Emmis Vater. Er sagte: »Ich sehe es, Borg, aber ich kann es nicht glauben.«

»Ein sprechendes Säugetier!« verkündete Borg.

»Ich kann es noch immer nicht glauben«, sagte Baxley.

XX

Borg brauchte länger dafür, die Vorstellung von sprechenden Säugetieren zu akzeptieren, als Carmody gebraucht hatte, sich an die von sprechenden Reptilien zu gewöhnen. Aber schließlich akzeptierte Borg sie ebenfalls. Wie der Preis später dazu bemerkte, gibt es nichts, was einem mehr an eine Tatsache glauben läßt, als diese Tatsache ständig vor sich zu haben.

Sie zogen sich in Borgs Büro zurück, das sich unter dem schattigen Blätterdach einer Riesenweide befand. Dort saßen sie dann, räusperten sich abwechselnd und versuchten sich einfallen zu lassen, was man sagen könnte. Am Ende sagte Borg: »Also Sie sind ein fremdes Säugetier aus der Zukunft, nicht wahr?«

»Ich nehme an, das bin ich«, sagte Carmody. »Und Sie sind ein einheimisches Reptil aus der Vergangenheit.«

»So habe ich mich noch nie betrachtet«, gab Borg zu. »Aber ich nehme an, das kann man wohl so sehen. Wie weit aus der Zukunft sagten Sie, kommen Sie?«

»Etwa hundert Millionen Jahre.«

»Aha, ja. Ziemlich lange Zeit, nicht wahr? Kommt mir jedenfalls so vor.«

»Es ist ziemlich viel Zeit weit entfernt«, stimmte Carmody zu.

Borg nickte und begann tonlos vor sich hin zu summen. Carmody konnte nicht übersehen, daß der Saurier nicht recht wußte, was er als nächstes sagen sollte. Borg machte den Eindruck einer sehr gesetzten Persönlichkeit; gastfreundlich, höflich, aber auch sehr auf Konventionen bedacht. Ein Familienvater, kein großer Unterhalter, einfach ein ordentlicher, langweiliger, gutbürgerlicher Tyrannosaurier aus der Mittelschicht.

»Und nun«, sagte Borg, als das Schweigen peinlich zu werden drohte. »Ich meine, und wie ist sie, die Zukunft?«

»Entschuldigen Sie bitte, wie meinen Sie das?«

»Ich meine, was für ein Ort ist das, die Zukunft? Wie sieht es in der Zukunft aus?«

»Sehr viel los dort«, erklärte Carmody. »Viel Industrie und Handel. Viele neue Erfindungen. Und natürlich auch viel Ärger und Durcheinander.«

»Ja, ja, ja«, sagte Borg. »Das ist ganz so, wie sie sich unsere besonders phantasiebegabten Kollegen vorstellen. Einige von ihnen haben sogar einen Evolutionssprung bei den Säugetieren vorausgesagt, der diese Arten zu dominierenden Spezies der Erde machen soll. Aber mir kommt so etwas doch etwas weithergeholt und grotesk vor.«

»Ich glaube schon, daß es für Sie so klingen muß«, sagte Carmody.

»Dann sind Sie die dominierende Spezies?«

»Nun . . . eine von den dominierenden.«

»Aber was ist mit den Reptilien? Oder, ganz genau gefragt, wie geht es dem Tyrannosaurus in der Zukunft?«

Carmody hatte weder die Nerven noch die Herzlosigkeit, ihm zu erklären, daß in seiner eigenen Zeit die Saurier seit über sechzig Millionen Jahren ausgestorben waren, und daß die Reptilien auf der Erde bestenfalls noch eine recht untergeordnete Rolle spielten, etwa als Handtaschenlieferanten.

»Ihre Rasse hat sich so optimal gehalten, wie man es sich unter den gegebenen Umständen vorstellen kann«, antwortete Carmody, wobei er sich ausgesprochen phytisch und irgendwie hinterhältig vorkam.

»Gut! Ich dachte mir, daß es so sein wird!« sagte Borg. »Wir sind eine vernünftige Rasse, wissen Sie, und die meisten von uns haben Willenskraft und Gemeinsinn. Haben Menschen und Reptilien große Schwierigkeiten mit einer friedlichen Koexistenz?«

»Nein, eigentlich überhaupt keine«, verkündete Carmody wahrheitsgemäß. »Höchstens einmal ein paar Unfälle.«

»Freut mich, das zu hören. Ich hatte schon gefürchtet, den Dinosauriern wäre ihre Größe irgendwann zu Kopf gestiegen.«

»Nein, nein«, wehrte Carmody ab. »Für die Säugetiere der fernen Zukunft kann ich versichern, daß sie eigentlich alle den Dinosaurier mögen. Besonders die Kinder.«

»Es ist sehr freundlich von Ihnen, das so zu sagen«, bedankte sich Borg.

Carmody murmelte etwas Unverständliches. Er schämte sich plötzlich fast unerträglich.

»Die Zukunft ist nichts, was einem Saurier große Sorgen macht«, meinte Borg, der jetzt in den zufriedenen Tonfall eines Dinnergesprächs verfiel. »Früher mag das anders gewesen sein. Unser ausgestorbener Vorfahr, der Allosaurus, muß ein übellauniger Bursche mit grauenvollen Freßmanieren gewesen sein. Und sein Vorfahr, der Ceratosaurus, war ein fleischfressender Zwergsaurier. Nach der Größe seines Schädels zu urteilen, muß er unglaublich blöde gewesen sein. Es gab natürlich andere Fleischfresser in der Vorzeit, und irgendwo dort in der Urzeit muß es auch das Missing Link gegeben haben – einen fernen Urahn von dem beide abstammen, die zweibeinigen und die vierbeinigen Saurier.«

»Die zweibeinigen Saurier sind natürlich die dominierenden, nicht wahr?« fragte Carmody.

»Natürlich. Der Triceratops ist ein schwachsinniges Geschöpf mit einer Neigung zu Wutausbrüchen. Wir halten ihn in kleinen Herden. Sein Fleisch ist eine gute Vorspeise zu Brontosaurus-Steaks. Es gibt natürlich auch noch eine ganze Reihe anderer Arten. Sie werden einige Hadrosaurier gesehen haben, auf dem Weg in die Stadt.«

»Ja, habe ich«, sagte Carmody. »Sie sangen.«

»Diese Kerle singen immer«, sagte Borg geringschätzig.

»Essen Sie sie?«

»Gütiger Himmel, nein! Hadrosaurier sind eine intelligente Rasse, die einzige intelligente Spezies auf diesem ganzen Planeten neben dem Tyrannosaurus.«

»Ihr Sohn sagte, sie seien ein echtes Problem.«

»Ja, das sind sie«, sagte Borg ein wenig zu aufgeregt.

»Wieso?«

»Sie sind faul. Sie liegen rum und tun nichts. Ich weiß, wovon ich rede. Ich habe Hadrosaurier als Hauspersonal eingestellt gehabt. Sie haben keine Ambitionen, keinen Schwung, keine Selbstdisziplin. Die Hälfte der Zeit vergessen sie, wer für ihren Lebensunterhalt sorgt, und sonst scheint es sie auch nicht besonders zu interessieren. Aber, wenn man mit ihnen spricht, können sie einem nicht mal gerade in die Augen sehen.«

»Singen können sie trotzdem gut«, sagte Carmody.

»Oh, ja. Sie singen schön. Einige unserer besten Entertainer sind Hadrosaurier. Wenn man sie anleitet, sind sie auch bei allen schweren Konstruktionsarbeiten gut zu gebrauchen, aber es muß immer jemand aufpassen. Ich gebe zu, daß ihr Äußeres leicht Vorurteile weckt . . . dieses Ding auf dem Kopf und der watschelnde Gang. Aber dafür können sie nichts. Ist das Hadrosaurier-Problem in der Zukunft irgendwann gelöst worden?«

»Es hat sich erübrigt«, erklärte Carmody. »Die Rasse ist ausgestorben.«

»Vielleicht ist das der beste Weg«, sagte Borg. »Ja, ich glaube, so wird es wirklich das beste sein.«

*

Carmody und Borg unterhielten sich noch einige Stunden lang. Carmody erfuhr von dem Problem des städtischen Reptilienlebens. Die Waldstädte erlebten einen dramatischen Bevölkerungsanstieg, weil zur Zeit immer mehr Tyrannosaurier und Hadrosaurier dem Landleben den Rücken zuwandten und ihr Glück in der Stadt suchten. In den letzten Jahren hatten sich daraus schwere Verkehrsprobleme ergeben. Großreptilien reisen gerne schnell und sind stolz auf ihre schnellen Reflexe. Aber wenn mehrere Tausend von ihnen zur selben Zeit durch einen relativ kleinen Wald donnern, sind Unfälle unausweichlich. Oft waren diese Unfälle schwer und mit fatalen Folgen. Wenn zwei Reptilien, beide vierzig Tonnen schwer und fünfzig Kilometer in der Stunde schnell, frontal gegeneinander rasen, sind in der Regel Genickbrüche das Resultat. Seit über fünfzig Jahren kletterte daher die Zahl der Verkehrstoten unaufhaltsam.

Das waren aber natürlich nicht die einzigen Probleme. Überbevölkerte Städte waren das Symptom für eine Geburtenexplosion. In vielen Teilen der Welt lebten Saurier am Rande des Existenzminimums. Hungersnöte waren an der Tagesordnung. Krankheiten und Kriege dezimierten die Bevölkerung, aber keineswegs im ausreichenden Maße.

»Wir haben diese und viele andere Probleme«, sagte Borg. »Einige unserer größten Denker haben bereits verzweifelt, aber ich sehe die Dinge etwas gelassener. Wir Reptilien haben schon früher schwere Zeiten erlebt, und wir haben uns hindurchgearbeitet. Wir werden diese Probleme lösen, wie wir unsere Probleme bisher immer gelöst haben. Selbst wenn es einmal zu den drastischen Klimaschwankungen kommen sollte, die unsere Wissenschaftler ständig prophezeien. Wissen Sie, ich habe immer an unserer Rasse eine innere Größe erkannt, einen Funken des kosmischen Bewußtseins, eine Unzwingbarkeit des Geistes. Ich kann nicht glauben, daß dieses Feuer einmal erlöschen wird.«

Carmody nickte und sagte: »Ihr Volk wird fortdauern.« Es blieb ihm wirklich nichts anderes übrig, als zu lügen wie ein Gentleman.

»Ich wußte es«, sagte Borg. »Trotzdem ist es gut, einmal eine Bestätigung für den eigenen Glauben zu erhalten. Ich danke Ihnen dafür. Und nun, nehme ich an, möchten Sie sich gerne mit Ihren Freunden unterhalten.«

»Welchen Freunden?« fragte Carmody.

»Ich meine das Säugetier, das gerade direkt hinter Ihnen erschienen ist«, erklärte Borg.

Carmody wandte sich um und sah einen kleinen, dicken Mann mit Brille in einem dunklen Geschäftsanzug, einem Schirm unter dem Arm und einem Aktenkoffer in der Hand.
»Mr. Carmody?« fragte der Mann.

»Ja, ich bin Carmody«, sagte Carmody.

»Ich bin Mr. Surtees von der Steuerfahndung. Sie haben uns ganz schön in Atem gehalten, Mr. Carmody, aber die Steuer hat noch jeden erwischt.«

Borg sagte: »Das geht mich wohl nichts an.« Er ging und machte dabei für einen so großen Tyrannosaurus sehr wenig Lärm. Richtig leise war er.

»Sie haben ungewöhnliche Bekannte«, sagte Mr. Surtees und warf dem verschwindenden Borg einen scharfen Blick nach. »Aber das geht mich nichts an, auch wenn ich vermute, daß das FBI sich dafür interessieren dürfte. Ich bin hier einzig und allein wegen Ihrer Einkommenssteuererklärungen von 1965 und 1966. Ich habe in meiner Aktentasche eine außerordentliche Nacherklärung bei mir, die Sie in Ordnung finden dürften. Meine Zeitmaschine steht gleich dort hinter dem Baum. Ich würde vorschlagen, daß Sie, ohne Aufsehen zu erregen, mit mir kommen.«

»Nein«, sagte Carmody.

»Ich bitte Sie, das noch einmal zu überlegen«, drängte der Steuerfahnder. »Die Sache gegen Sie kann zur beiderseitigen Zufriedenheit beigelegt werden, wenn Sie unsere Ihnen gegenüber sehr großzügige Nachschätzung anerkennen. Aber dazu müssen Sie jetzt sofort mit mir kommen. Eine Steuerbehörde der Vereinigten Staaten läßt man nicht warten. Wenn Sie sich aber einer vernünftigen Lösung widersetzen sollten, bin ich vom Bundesgerichtshof bevollmächtigt –«

»Ich sagte bereits nein!« beharrte Carmody. »Sie können verschwinden. Ich weiß, wer Sie sind!«

Denn dies war ganz ohne jeden Zweifel der Jäger. Seine Tarnung als Steuerfahnder war unglaublich schlecht. Die Aktentasche und der Schirm hingen beide direkt aus dem rechten Arm. Das Gesicht wirkte zwar recht gelungen, aber es fehlte das rechte Ohr. Und, das schlimmste von allem, die Knie waren falschherum eingesetzt.

Carmody drehte sich um und ging davon. Der Jäger stand da, folgte ihm nicht, war offenbar gar nicht in der Lage ihm zu folgen. Er gab einen einzigen Schrei des Hungers und der Wut von sich. Dann war er verschwunden.

Carmody hatte wenig Zeit, sich selbst zu gratulieren, denn einen Augenblick später verschwand er selbst ebenfalls.

XXI

»So kommen Sie doch herein, nur herein mit Ihnen.«

Carmody blinzelte. Er tauschte nicht länger Ansichten mit einem Dinosaurier in der Kreidezeit aus. Er stand in einem kleinen, zugigen Zimmer. Durch die Schuhsohlen spürte er die Kälte des Steinbodens. Die Fenster waren rußgeschwärzt. Hohe Kerzen brannten mit unsicherem Flackern in einem runden Wandleuchter.

Ein Mann saß hinter einem hohen Jalousie-Schreibtisch. Aus einem langen, knochigen Gesicht ragte eine traurige, gebogene Riesennase. Die Augen darüber lagen tief in den Höhlen. Auf der linken Wange hatte er eine große, haarige Warze. Seine Lippen waren dünn und blutleer.

Der Mann sagte: »Ich darf mich als den ehrenwerten Clyde Beedle Seethwright vorstellen. Und Sie sind natürlich jener Mr. Carmody, der mir von Mr. Maudsley in seinem Schreiben so nachdrücklich anempfohlen wurde. Nehmen Sie doch bitte Platz, Sir. Ich will doch sehr vermuten, daß die Reise von Mr. Maudsleys Planet aus recht angenehm war und es Ihnen an nichts fehlt?«

»Es war ganz nett«, sagte Carmody und setzte sich. Er wußte, daß er es an taktvollem Benehmen mangeln ließ, aber die abrupten Transitionen begannen an seinen Nerven zu zehren.

»Und Mr. Maudsley ist wohlauf?« erkundigte sich Seethwright und hüstelte leise.

»Es geht ihm gut«, sagte Carmody. »Wo bin ich hier?«

»Sagte Ihnen denn das der Sekretär nicht, der Sie hereingeführt hat?«

»Ich habe keinen Sekretär gesehen. Ich habe mich nicht mal selbst reinkommen gesehen.«

»Na, na«, sagte Seethwright und schüttelte mild den Kopf. »Da wird doch wohl nicht wieder das Empfangszimmer aus der Phase gefallen sein. Ich habe es schon dutzendmal neu eingestellt, aber es desynchronisiert sich immer von selbst. Wie unangenehm für meine Klienten! Aber, denken Sie nur, für meinen armen Sekretär ist es noch viel schlimmer. Er fällt jedesmal mit aus der Phase und kann manchmal so für über eine Woche nicht nach Hause zu seiner Familie gehen.«

»Das ist ja wirklich böse«, sagte Carmody, der deutlich spürte, daß er dicht vor einem hysterischen Anfall stand. »Wenn es Ihnen nichts ausmacht«, fuhr er fort, seine Stimme gewaltsam unter Kontrolle haltend, »dann erzählen Sie mir doch bitte einfach, was dieser Ort hier sein soll, und wie ich von hier nach Hause komme.«

»Beruhigen Sie sich doch bitte, lieber Mr. Carmody«, sagte Mr. Seethwright. »Darf ich Ihnen vielleicht eine Tasse Tee anbieten? Nein? Dieser ›Ort‹, wie Sie es zu bezeichnen belieben, ist das Galaktische Seinsbestimmungsbüro. Unsere Geschäftsbedingungen finden Sie dort eingerahmt an der Wand, wenn Sie einen Blick darauf werfen möchten.«

»Wie bin ich hierher gekommen?« wollte Carmody wissen.

Mr. Seethwright lächelte und legte die Fingerspitzen gegeneinander. »Sehr einfach, Sir. Nachdem wir Mr. Maudsleys Brief erhalten hatten, ordnete ich unverzüglich eine Suche an. Einer meiner Angestellten fand Sie auf Erde B3444123C22. Dies war ganz offensichtlich nicht der richtige Platz für Sie. Ich möchte damit sagen, daß Mr. Maudsley wirklich sein bestes für Sie getan hat, aber er ist eben nicht das Galaktische Seinsbestimmungsbüro. Deshalb nahm ich mir die Freiheit, Sie hierher transportieren zu lassen. Sollten Sie allerdings wünschen, auf die vorgenannte Erde zurückzukehren –«

»Nein, nein«, sagte Carmody. »Ich habe mich nur gerade darüber gewundert . . . Ich meine, Sie sagten dies ist ein galaktisches Seinsbestimmungsbüro, richtig?«

»*Das* Galaktische Seinsbestimmungsbüro«, korrigierte Seethwright freundlich.

»Okay! Dann bin ich also nicht auf der Erde.«

»Das sind Sie in der Tat mitnichten. Oder, um es noch deutlicher zu erläutern, Sie befinden sich auf keiner der möglichen, wahrscheinlichen, potentiellen und temporalen Welten der Konfiguration Erde.«

»Okay! Schön!« sagte Carmody schwer atmend. Er holte tief Luft. »Nun, Mr. Seethwright, sind Sie jemals auf einer dieser Erden gewesen?«

»Ich fürchte, ich muß eingestehen, daß ich bisher noch nicht das Vergnügen hatte. Meine Arbeit bindet mich sehr an mein Büro, sehen Sie, und die Wochenenden verbringe ich mit meiner Familie in unserem Cottage auf . . .«

»Das reicht!« brüllte Carmody abrupt los. »Sie behaupten also, noch nie auf der Erde gewesen zu sein. In diesem Fall, warum in Gottes Namen, sitzen Sie hier in einem Zimmer herum, das direkt aus einem Roman von *Dickens* stammt? Mit Kerzen und einem altmodischen Zylinderhut? He? Geben Sie mir da doch mal eine Antwort drauf, auch wenn ich die Antwort schon kenne. Denn die kann nur sein, daß irgendwo ein verdammter Scheißkerl mir LSD in den Tee getan hat, und ich diese verdammte Sache bloß zusammenspinne, Sie eingeschlossen, Sie grinsender bartloser Weihnachtsmann!«

Carmody sackte in seinem Stuhl zusammen, atmete wie eine Dampfmaschine und starrte triumphierend auf Seethwright. Er wartete darauf, daß sich vor seinen Augen alles auflösen würde, daß seltsame Schatten tanzen würden, und daß er selbst endlich zu Hause im Bett aufwachen würde, oder meinetwegen bei einer Freundin oder wenigstens in einem Krankenhaus.

Nichts geschah. Carmodys Triumphgefühl schmolz dahin. Er fühlte sich völlig verwirrt, aber er war plötzlich viel zu müde, um sich noch Gedanken darüber zu machen.

»Haben Sie Ihren Anfall jetzt hinter sich?« fragte Mr. Seethwright endlich frostig.

»Ja, ich bin fertig damit«, bestätigte Carmody. »Es tut mir leid.«

»Keine Umstände«, sagte Seetwright ruhig. »Sie stehen unter erheblichem Druck, man kann das verstehen. Aber ich kann nichts für Sie tun, solange Sie sich nicht selbst unter Kontrolle halten können. Mit Intelligenz finden Sie vielleicht einen Weg nach Hause; mit wilden Gefühlsausbrüchen kommen sie nirgendwo hin.«

»Es tut mir wirklich leid«, sagte Carmody.

»Was dieses Zimmer hier angeht, dessen Dekoration Sie so aufgeregt zu haben scheint, es wurde eigens für Sie entsprechend eingerichtet. Die dargestellte Epoche ist natürlich nur eine ungefähre zeitliche Annäherung. Das beste, was ich aus Mr. Maudsleys kurzem Hinweis machen konnte. Es wurde alles so vorbereitet, damit Sie sich hier ein wenig zu Hause fühlen können.«

»Das war sehr rücksichtsvoll von Ihnen«, bedankte sich Carmody. »Ich vermute Ihre äußere Erscheinung –«

»Ja, präzise«, bestätigte Mr. Seethwright lächelnd. »Ich habe mich selbst genauso dekoriert wie das Zimmer. Das war wirklich keine besondere Arbeit für mich. Es ist die besondere Note meines Geschäfts, sich so weit wie möglich auf den Kunden einzustellen, und meine Kundschaft weiß das zu schätzen.«

»Ich weiß es auch zu schätzen«, sagte Carmody schnell. »Nachdem ich mich jetzt erstmal daran gewöhnt habe, ist es sehr erholsam.«

»Ich habe gehofft, daß es einen beruhigenden Einfluß auf sie haben würde«, sagte Seethwright. »Und ich bin hocherfreut, daß derselbe sich nun einzustellen beginnt. Was Ihre Vermutung angeht, dies alles widerfahre Ihnen nur im Traum – nun, diese Vermutung hat einiges für sich.«

»Was hat sie?«

Mr. Seethwright nickte heftig. »Ja, ja. Sie hat als Vermutung ganz unübersehbare Vorzüge, aber sie besitzt natürlich keinerlei Wert als Tatsachenbeobachtung.«

»Oh«, sagte Carmody und sank in seinem Stuhl zurück.

»Wenn man es genau nimmt«, fuhr Seethwright fort, »gibt es keinen sehr wichtigen Unterschied zwischen imaginären und realen Ereignissen. Die ihnen zugeschriebene Gegensätzlichkeit ist rein verbal konstruiert. Sie träumen dies hier nicht, Mr. Carmody. Aber ich weise darauf nur als nebensächliche Information hin, die Ihnen keinerlei Nutzen bringt. Denn selbst wenn Sie das alles hier nur träumen würden, würden Sie genauso handeln müssen wie jetzt.«

»Ich verstehe das nicht ganz«, erwiderte Carmody, »aber ich will Ihnen glauben, daß dies alles real ist.« Er zögerte, dann meinte er: »Aber, was ich *wirklich* nicht verstehe, warum *ist* hier alles so? Ich meine, das Galactic Center sah aus wie von einem Analog-Cover, und Borg, der Saurier, redete nicht wie ein Saurier, selbst ein sprechender Saurier sollte anders reden, und . . .«

»Bitte, regen Sie sich nicht wieder auf, lieber Mr. Carmody«, beschwichtigte Seethwright.

»Entschuldigung«, sagte Carmody.

»Sie wollen von mir erklärt bekommen, warum die Realität so ist, wie sie ist«, erklärte Seethwright. »Aber dafür gibt es keine Erklärung. Sie müssen einfach lernen, Ihre Vorstellungen dem anzupassen, was Sie vorfinden. Sie können nicht erwarten, daß sich die Realität Ihren Vorstellungen anpaßt, also müssen Sie sich der Realität anpassen. Es gibt keine Hilfe, wenn die Dinge sehr fremd sind, aber Sie können auch nichts machen, wenn die Dinge sehr vertraut sind. Sie müssen nehmen, was kommt. Habe ich mich verständlich ausgedrückt?«

»Ich glaube schon«, antwortete Carmody.

»Wunderbar! Sie sind sicher, daß Sie keine Tasse Tee mögen?«

»Nein, vielen Dank!«

»Dann müssen wir uns nun darum kümmern, wie wir Sie nach Hause bekommen«, sagte Seethwright. »Nichts richtet einen wieder so auf wie die Heimat, die gute alte Mutter Erde, nicht wahr?«

»Nichts!« versicherte Carmody. »Wird es sehr schwierig werden, Mr. Seethwright?«

»Nein, ich würde es eigentlich nicht als *schwierig* bezeichnen«, erläuterte Seethwright. »Es wird natürlich ein wenig kompliziert sein, rigerose Maßnahmen verlangen und sogar gewisse Risiken bergen. Aber ich würde das alles nicht schwierig nennen.«

»Was würden Sie denn schwierig nennen, Mr. Seethwright?«

»Die Lösung von quadratischen Gleichungen«, erwiderte Seethwright. »Ich komme einfach nicht damit klar, obwohl ich es schon eine Million oder mehr Male versucht habe. Das, Sir, ist wirklich etwas *Schwieriges*. Aber nun zu Ihrem Fall zurück.«

»Wissen Sie wo die Erde ist?« fragte Carmody.

»›Wo‹ ist in Ihrem Fall nicht das Problem«, erklärte Seethwright. »Beim ›Wo‹ sind Sie bereits gewesen, aber das hat Ihnen nicht viel geholfen, da Sie das richtige ›Wann‹ so weit verfehlt haben. Aber, ich glaube sagen zu dürfen, daß wir auch das ›Wann‹ jetzt ohne allzu große Ungenauigkeiten bestimmen können. Das ›Welche‹ ist es, was die Sache so verwickelt macht.«

»Kann uns das aufhalten?«

»Überhaupt nicht natürlich«, versicherte Seethwright. »Wir müssen einfach systematisch alles durchgehen und heraus sortieren, zu ›Welcher‹ Sie ganz genau gehören. Dieser Vorgang ist absolut simpel und geradelinig; kinderleicht, wie Sie es ausdrücken würden.«

»Hört sich gut an«, meinte Carmody. »Aber was ist, wenn man kein Kind mehr ist?«

»Sie müssen schon entschuldigen, aber die Metapher habe

ich bei Ihnen entliehen. Die Fähigkeiten menschlicher Kinder sind mir im einzelnen nicht so vertraut, aber ich vermute, was einem durchschnittlich begabten Kind Ihrer Rasse gelingt, sollte Ihnen nicht schwer fallen. Obwohl Kinder Ihnen in vielen imaginativen Dingen überlegen sein dürften. Nein, Sie werden sofort erkennen, daß dieses Projekt eine zutiefst simple Vorgehensweise verlangt.«

»Das hoffe ich«, sagte Carmody. »Ich kann schon verstehen, daß die Suche nach meiner bestimmten Erde unter den verschiedenen alternativen Erden des ›Welche‹ im Prinzip einfach ist, aber ein Erfolg könnte in Folge der zu großen Zahl der Auswahlmöglichkeiten trotzdem problematisch sein.«

»Das ist zwar nicht ganz die Wahrheit, aber doch sehr schön ausgedrückt«, lobte Seethwright strahlend. »Komplikationen können etwas sehr Nützliches sein, helfen Sie uns doch ein Problem abzugrenzen und zu spezifizieren, wie auch in diesem Falle.«

»Ja . . . und was passiert nun?«

»Nun machen wir uns an die Arbeit«, sagte Seethwright und rieb sich die Hände. »Meine Mitarbeiter haben eine Auswahl der verschiedenen Alternativwelten zusammengestellt. Wir sind zuversichtlich, daß sich die richtige darunter befinden wird. Aber letztgültig können das natürlich Sie selbst feststellen.«

»Also werfe ich einen Blick auf die Auwahl und treffe dann meine persönliche Entscheidung«, vermutete Carmody.

»In etwa« erwiderte Seethwright. »Tatsächlich geht es so vor sich, daß Sie diese Welten durchleben werden. Sobald Sie dann sicher sind, ob wir Ihre richtige Heimat getroffen haben, geben Sie uns ein Signal, und die Sache ist erledigt. War es die falsche, geben Sie uns ein Signal, und wir versetzen Sie auf die nächste.«

»Das klingt vernünftig«, bestätigte Carmody. »Gibt es viele von diesen möglichen Welten?«

»Eine unbestimmbare Anzahl, wie Sie schon vorhin vermutet haben. Aber wir haben berechtigte Hoffnung, daß unsere Vorauswahl einen raschen Erfolg ermöglichen wird, falls . . .«

»Falls, was?«

»Falls Ihr Jäger Sie nicht vorher zu fassen bekommt.«

»Mein Jäger!«

»Er ist Ihnen noch immer auf den Fersen«, erklärte Mr. Seethwright. »Und wie Sie inzwischen wissen dürften, besitzt er die Fähigkeit, relativ raffinierte Fallen zu stellen. Diese Fallen entwickelt er aus Ihren eigenen Erinnerungen. Man könnte sie eine Art ›terraformes Bühnenbild‹ nennen, alles so inszeniert, daß Sie verlockt werden sollen, ihm direkt ins offene Maul zu laufen.«

»Kann er auf Ihre Welten Einfluß nehmen?« fragte Carmody. »Könnte er dort auf mich warten?«

»Das wird er bestimmt«, antwortete Seethwright. »Es gibt während des Suchvorganges keine sichere Zukunft für Sie. Im Gegenteil – je besser und gezielter die Suche ist, je näher sie dem Ziel kommt, desto gefährlicher wird es für Sie. Er wird dicht vor Ihrer Haustür lauern, nicht irgendwo am anderen Ende der Wahrscheinlichkeitsskala, wo Sie wahrscheinlich nie vorbeikommen. Sie haben mich vorhin nach Träumen gefragt und nach Realem und Imaginären. Nun, jetzt sollen Sie eine Antwort bekommen. Alles, was Ihnen helfen wird, tut das offen. Alles, was Ihnen an den Kragen geht, bedient sich Illusionen, Verkleidungen und Träumen.«

»Gibt es denn nichts, was Sie gegen diesen Jäger tun können?« wollte Carmody wissen.

»Nichts. Und selbst wenn ich könnte, dürfte ich es nicht. Die Jagd ist eine kosmische Notwendigkeit. Selbst die Götter werden irgendwann vom Schicksal gefressen. Sie werden keine Ausnahme von diesem universalen Gesetz verlangen können.«

»Ich dachte mir schon, daß Sie so etwas antworten würden«, sagte Carmody. »Aber können Sie mir nicht irgendeinen Hinweis geben? Einen Tip, worin sich die Welten, zu denen Sie mich schicken werden, von denen des Jägers unterscheiden werden?«

»Für mich wären solche Unterschiede offensichtlich«, antwortete Seethwright. »Aber wir haben beide unterschiedliche

Wahrnehmungsapperate. Meine Erkenntnisse können Ihnen nichts nützen, Mr. Carmody. Ihre würden mir übrigens genausowenig helfen. Bisher ist es Ihnen ja doch auch gelungen, dem Jäger zu entkommen.«

»Ich hatte Glück.«

»Da haben wir es! Ich besitze große persönliche und technische Fähigkeiten, Geschicklichkeit, aber besonderes Glück habe ich nie gehabt. Wer kann sagen, welche dieser Gaben in der nächsten Zeit am meisten von Nutzen sein wird? Ich nicht, Sir, und sicher auch nicht Sie. Nehmen Sie sich ein Herz, Mr. Carmody, vertrauen Sie auf sich selbst und auf Ihr Glück; wie Sie gemerkt haben, ist das nicht wenig. Seien Sie vorsichtig, wenn alles zu gut aussieht, aber auch nicht übervorsichtig, sodaß Sie Ihrer eigenen Welt nicht trauen, wenn Sie die gefunden haben.«

»Was passiert denn, wenn ich meine Welt nun versehentlich verpasse, wenn ich sie nicht erkenne?« fragte Carmody.

»Dann wird Ihre Suche niemals mehr enden«, erzählte Seethwright ihm mit dumpfer Stimme. »Nur Sie allein, können uns sagen, wo Sie wirklich hingehören. Sollten Sie aus irgendeinem Grund Ihre Welt unter den wahrscheinlichsten nicht finden, dann müssen wir die Suche bei den weniger wahrscheinlichen fortsetzen, den kaum wahrscheinlichen und zuletzt bei den unwahrscheinlichen. Die Zahl der Möglichkeitserden ist nicht unbegrenzt, aber aus Ihrer Perspektive dürfte sie Ihnen so erscheinen. Sie selbst sind einfach nicht von der ausreichenden Dauer, um alle durchzusuchen und dann noch einmal von vorne zu beginnen.«

»Alles klar«, sagte Carmody, klang aber nicht sehr überzeugt. »Ich nehme an, es gibt keinen anderen Weg.«

»Es gibt keinen anderen Weg, wie ich Ihnen helfen kann«, bestätigte Seethwright. »Und ich bezweifele, ob es überhaupt irgendeinen möglichen Weg gibt, der nicht genauso Ihre aktive Mitarbeit verlangt, wie meine Methode. Aber wenn Sie es wünschen, werde ich gerne eine Untersuchung über alternative galaktische Lokalisationstechnologie in Auftrag geben. Es wird eine Weile dauern, aber . . .«

»Ich glaube, ich habe keine Weile mehr Zeit«, sagte Carmody. »Ich nehme an, mein Jäger ist mir schon dicht auf der Fährte. Mr. Seethwright, bitte senden Sie mich zu den Möglichkeitserden, und seien Sie meiner Dankbarkeit für Ihre Geduld und Ihre Anteilnahme versichert.«

»Herzlichen Dank«, sagte Seethwright, angenehm berührt. »Ich wünsche Ihnen, daß schon die erste Welt, die von Ihnen gesuchte sein wird, und falls nicht, alles Gute für die weitere Suche.«

Seethwright drückte auf einen Knopf an seinem Schreibtisch. Nichts passierte, bis Carmody blinzelte. Dann passierte es sehr schnell, denn als sich Carmody's Augen wieder öffneten, befand er sich auf der Erde oder einer ihrer möglichen Alternativen.

VIERTER TEIL

WELCHE IST DIE ERDE?

XXII

Carmody stand auf einer sorgfältig planierten Ebene unter einem blauen Himmel, an dem fast im Zenit eine warme gelbe Sonne stand. Er sah sich langsam um. In etwa einem Kilometer Entfernung erblickte er eine kleine Stadt. Die Stadt war nicht so konstruiert, wie kleine amerikanische Städte es sonst an sich haben – mit einem Verteidigungsgürtel aus Tankstellen, Motels und weit vorgeschobenen Hamburger-Bastionen. Statt dessen glich sie mehr dem Erscheinungsbild gewisser schweizerischer Dörfer oder italienischer Hügelstädte. Sie erhob sich ganz abrupt aus der Ebene, ganz ohne Vorbauten oder Eingewöhnung, nur der Stadtkern und nichts darumherum.

Trotz dieses fremdländischen Äußeren war Carmody aber sicher, daß er eine amerikanische Stadt vor sich hatte. Deshalb näherte er sich, langsam und aufmerksam schauend, um sofort die Flucht zu ergreifen, falls irgend etwas fehlen sollte.

Doch alles schien in Ordnung zu sein. Die Stadt wirkte offen und einladend. Die Straßen waren breit und sauber, alles strahlte in freundlichen Farben. In der Mitte der Stadt stieß Carmody plötzlich auf eine hinreißende kleine Piazza mit Bogengängen. In der Mitte der Piazza stand ein Springbrunnen, und in der Mitte des Springbrunnens stand ein marmorner Delphin, auf dem ein kleiner Junge saß und aus dessen Maul Wasser floß.

»Ich hoffe, es gefällt dir«, sagte eine Stimme hinter Carmodys linker Schulter.

Carmody fuhr nicht herum. Er sprang nicht in die Höhe. Er hatte sich daran gewöhnt, daß ihn Stimmen von hinten ansprachen. Manchmal erschien es ihm sogar, als sei das bei den meisten Lebensformen der Galaxis die bevorzugte Art, zu einem Fremden Kontakt aufzunehmen.

»Es ist sehr hübsch«, sagte Carmody.

»Ich habe ihn selbst entworfen und dort aufgestellt«, sagte die Stimme. »Es schien mir, daß ein Springbrunnen, trotz des überalterten architektonischen Konzepts dahinter, eine funktionale Schönheit besitzt. Und diese Piazza hier, mit ihren Bogengängen und ihre Kastanien, habe ich nach einem Bologneser Vorbild errichtet. Auch dabei hat mir der Gedanke, man könnte mich altmodisch finden, nicht weiter zu schaffen gemacht. Der wahre Künstler gestaltet, wie er es für notwendig erachtet, ob seine Konzeptionen dabei nun tausend Jahre alt sind oder ultramodern.«

»Ich bewundere Ihren Geschmack«, versicherte Carmody. »Erlauben Sie mir, daß ich mich Ihnen vorstelle? Ich bin Thomas Carmody.« Er wandte sich lächend um, die Hand ausgestreckt. Aber da war niemand hinter seiner linken Schulter, und hinter seiner rechten war auch keiner. Niemand war auf der Piazza, überhaupt nirgendwo ließ sich jemand blicken.

»Verzeih mir«, sagte die Stimme. »Ich wollte dich nicht erschrecken. Ich dachte, du wüßtest Bescheid.«

»Über was?« fragte Carmody.

»Über mich natürlich.«

»Also, ich weiß nichts«, sagte Carmody. »Wer bist du und von wo redest du mit mir?«

»Ich bin die Stimme der Stadt«, erklärte die Stimme. »Oder, etwas sinnvoller ausgedrückt, ich bin die Stadt selbst, die mit dir redet, die wunderschöne Stadt hier.«

»Tatsächlich?« meinte Carmody sardonisch. »Ja«, antwortete er sich selbst. »Ich nehme an, es ist tatsächlich so. Also, alles klar, du bist eine Stadt. Muß wohl so sein. Toll von dir.«

Tatsächlich war Carmody die ganze Sache über. Er war zu vielen Wesenheiten mit gewaltigen und wunderbaren Fähigkeiten begegnet. Kräfte, Wesen und Personifikationen waren ihm entgegengetreten, unglaublich fremdartig und in nie abreißender Kette, bis es ihm auf den Nerv zu fallen begann. Carmody war ein einsichtiger Mensch. Er wußte, daß es eine interstellare Hackordnung gab, und daß Menschen in dieser Hackordnung ziemlich weit unten standen. Aber er war auch ein stolzer Mensch. Er glaubte, daß ein Mann etwas darzustellen hatte, und wenn schon nichts anderes, dann eben sich selbst. Ein Mann konnte nicht ständig durch die Gegend laufen und die Augen aufreißen und ›Ah‹ und ›Oh!‹ und ›Du meine Güte!‹ rufen. Jedenfalls nicht solange er einen gewissen Respekt vor sich selbst behalten wollte. Und Carmody besaß sehr viel Selbstrespekt. Es gehörte zu den wenigen Dingen, die er auch jetzt noch immer besaß.

Deshalb wandte Carmody sich von dem Springbrunnen ab und spazierte über die Piazza wie ein Mann, der sein Leben lang mit Städten gesprochen hat und dem solche Gespräche schon ein wenig langweilig zu werden beginnen. Er wanderte mehrere Straßen entlang und bog in eine breite Avenue ein. Er besah sich ein Haus nach dem anderen, spähte hin und wieder in die Fenster und blieb manchmal kurz vor einer schönen Fassade stehen.

»Na?« sagte die Stadt nach einiger Zeit.

»Was, na?« antwortete Carmody sofort.

»Was hältst du von mir?«

»Du bist o.k.«, sagte Carmody.

»Nur okay?«

»Sieh mal«, erklärte Carmody, »eine Stadt ist eine Stadt. Wenn man eine kennt, kennt man auch alle anderen.«

»Das ist nicht wahr!« behauptete die Stadt ein wenig pikiert. »Ich bin ganz ausgesprochen anders als andere Städte. Ich bin einzigartig.«

»Bist du das?« fragte Carmody unwirsch. »Für mich siehst du wie ein Kongolomerat geschmacklos zusammengewürfelter Stilrichtungen und Epochen aus. Du hast eine italienische Piazza, griechische Statuen, eine Straße mit Tudor-Häusern, einen californischen Hamburgerstand in der Form einer Dschunke und Gott weiß was sonst noch. Was soll daran so einzigartig sein?«

»Die Kombination all dieser Formen zu einer wohlabgestimmten Einheit in Harmonie und Funktionalität ist das einzigartige«, sagte die Stadt. »Die alten Stile sind keine Anachronismen, sondern sie sind repräsentative Lebensangebote.«

»*Deiner* Meinung nach jedenfalls«, stellte Carmody fest. »Bei dieser Gelegenheit, hast du eigentlich einen Namen?«

»Aber natürlich«, sagte die Stadt. »Mein Name ist Schönwetter. Ich bin eine kreisfreie Stadt im Staate New Jersey. Darf ich dir ein paar Sandwichs oder einen Kaffee anbieten?«

»Kaffee klingt gut«, bedankte sich Carmody. Er erlaubte der Stimme von Schönwetter ihn um die nächste Ecke zu einem Straßencafé zu geleiten. Das Café hieß ›O You Kid‹ und war die Kopie eines Saloons der Jahrhundertwende mit Tiffany-Lampen und Jugendstil-Mobiliar. Wie alles andere, was Carmody bisher in der Stadt gesehen hatte, war es fleckenlos sauber, aber ohne Menschen.

»Schöne Atmosphäre, was meinst du?« fragte Schönwetter.

»Bißchen wenig los für meinen Geschmack«, erwiderte Carmody. »Aber wenn man sowas mag, ist es sicher ganz nett.« Vor ihm erschien ein fahrbarer silberner Serviertisch, auf dem eine dampfende Tasse Cappucino stand. »Aber der Service scheint wenigstens gut zu sein«, fügte Carmody hinzu. Er schlürfte seinen Kaffee.

»Gut?« wollte Schönwetter wissen.

»Ja, sehr gut.«

»Ich bin ziemlich stolz auf meinen Kaffee«, erklärte Schönwetter leise. »Und auf meine Küche. Möchtest du nicht auch eine Kleinigkeit essen? Ein Omlette vielleicht, oder ein Soufflé?«

»Nichts«, sagte Carmody entschieden. Er lehnte sich in seinem Stuhl zurück und meinte: »Du bist also sozusagen eine Modellstadt, nicht wahr?«

»Ja, das ist es, was ich die Ehre habe darzustellen«, antwortete Schönwetter. »Ich bin die neuste aller Modellstädte, und ich bin, wie mir selbst scheinen will, auch die erfolgreichste. Zwei europäische Designer, fünfzehn amerikanische Architekten, die RAND-Corporation, drei Havard-Studiengruppen, die Universität Chikago und das Pentagon haben an mir zusammengearbeitet.«

»Das ist schon was«, sagte Carmody und schlug mit einer gewissen Nochalance die Beine übereinander. »Soll das da drüben eine gotische Kathedrale sein?«

»Ja, ganz gotisch«, bestätigte Schönwetter. »Sie ist übrigens ökumenisch und hat dreihundert Sitzplätze und zwei transportable Beichtstühle.«

»Das hört sich nicht sehr viel an für ein Gebäude dieser Größe.«

»Nein, das ist ja auch nicht viel. Aber ich wollte gerne Erhabenheit mit Gemütlichkeit kombinieren. Vielen Leute hat es so sehr gut gefallen.«

»Ach, bei dieser Gelegenheit«, faßte Carmody vorsichtig nach, »wo sind denn die Leute eigentlich gerade? Ich habe noch keine gesehen.«

»Sie sind fortgegangen«, sagte Schönwetter traurig. »Sie sind alle ausgezogen.«

»Warum?« erkundigte sich Carmody mitfühlend.

Schönwetter war für eine Weile still, dann sagte es: »Es gab einen Bruch in der Beziehung von Stadt und Bürgern. Mißverständnisse eigentlich nur. Oder, vielleicht sollte ich besser sagen, eine Kette von unglücklichen Zwischenfällen. Ich vermute, daß subversive Kräfte dabei eine Rolle gespielt haben.«

»Aber was genau ist denn passiert?«

»Ich weiß nicht«, sagte Schönwetter. »Ich weiß es wirklich nicht. Eines Tages zogen einfach alle aus. Einfach so! Aber ich bin sicher, sie werden eines Tages zurückkommen.«

»Das frage ich mich«, murmelte Carmody.

»Ich bin überzeugt davon«, versicherte Schönwetter. »Aber inzwischen, warum bleibst du nicht selbst ein wenig hier, Tom Carmody?«

»Ich? Ich glaube wirklich nicht –«

»Du machst einen erschöpften Eindruck«, erklärte ihm Schönwetter. »Richtig schlecht siehst du aus. Ich glaube wirklich, du könntest etwas Erholung gebrauchen und jemanden, der sich um dich kümmert, Tom.«

»Ich habe in der letzten Zeit einiges mitgemacht und war viel unterwegs«, gab Carmody zu.

»Wer weiß, vielleicht gefällt es dir hier«, sagte Schönwetter. »Und in jedem Fall hast du hier die modernste, hochentwickelste Stadt der Welt ganz für dich allein. Nur wir beide sind hier, Tom.«

»Das hört sich nicht schlecht an«, meinte Carmody. »Ich überlege es mir.«

Irgendwie faszinierte ihn die Stadt Schönwetter. Aber er blieb auch vorsichtig. Er hätte gerne genau gewußt, was aus den früheren Bewohnern der Stadt geworden war.

XXIII

Schönwetter bestand darauf Carmody für die Nacht in der Hochzeitssuite des King George Hotels unterzubringen. Am nächsten Morgen erwachte er ausgeruht und dankbar. Er hatte eine längere Denkpause bitter nötig gehabt.

Schönwetter servierte ihm das Frühstück auf der Terrasse und spielte ihm dazu ein erfrischendes Haydn-Quartett. Die Luft war köstlich dort draußen. Wenn Carmody es nicht von Schönwetter erzählt bekommen hätte, wäre er nie darauf gekommen, daß sie gefiltert war. Von der Terrasse hatte er einen herrlichen Blick über Schönwetters westliches Viertel – eine lustige Ansammlung von chinesischen Pagoden, venitianischen Brücken, japanischen Gärten, grünen Hügeln, korinthischen Tempeln, einem Parkplatz, einem normannischen Turm und vielen anderen netten Sachen.

»Man hat hier einen herrlichen Blick«, erzählte er der Stadt.

»Ich bin so glücklich, daß dir das gefällt«, antwortete Schönwetter. »Weißt du, für mich sind architektonische Sachen sehr wichtig. Man hat sich bei meinem Bau lange über den Stil gestritten. Erst wollte man ja etwas Einheitliches, aber dann hat man doch gemerkt, daß das nur langweilig und künstlich wirken würde, weil all die anderen Modellstädte auch, denen man sofort anmerkt, daß sie nur von einem Menschen oder einer Architektengruppe vielleicht entworfen worden sind.«

»Aber du bist doch auch irgendwie künstlich, findest du nicht?«

»Natürlich! Aber ich gebe auch nicht vor, irgend etwas anderes zu sein. Ich bin kein nachgemachtes Futuropolis oder ein schlechtes florentinisches Imitat. Ich bin ein architektonisches Konglomerat, aber damit bin ich anregend und interessant, und dabei zugleich funktionell und praktisch.«

»Also, Schönwetter, für mich bist du in Ordnung«, versicherte Carmody. »Reden alle Modellstädte wie du?«

»Nein«, sagte Schönwetter. »Die meisten Städte bis in die jüngste Gegenwart haben nie ein Wort gesagt, ob sie nun Modellstädte waren oder nicht. Aber ihre Bewohner haben das nicht gemocht. Sie mochten keine Stadt, die alles machte, ohne ein Wort dabei zu sagen. Die Stadt wirkte zu riesig, zu überlegen, zu seelenlos. Deshalb hat man mich mit einem künstlichen Bewußtsein ausgestattet.«

»Ich verstehe«, sagte Carmody.

»Ich weiß nicht, ob du das verstehst. Das künstliche Bewußtsein gibt mir eine Persönlichkeit, was in einer Zeit der allgemeinen Entpersönlichung eine wichtige Sache ist. Es versetzt mich in die Lage, wirklich Verantwortung zu empfinden. Es erlaubt mir Kreativität bei der Erfüllung der Bedürfnisse meiner Bewohner zu entwickeln. Wir können miteinander diskutieren, meine Bewohner und ich. Wir können uns im Gespräch aufeinander einstellen, ohne dabei unsere Individualität aufgeben zu müssen, im permanenten Dialog bleiben.«

»Das hört sich schön an«, sagte Carmody. »Aber natürlich nur, wenn man darüber hinwegsieht, daß du niemanden mehr hier hast, mit dem du deine Dialoge führen kannst.«

»Das ist der einzige Fehler an der Sache«, gab Schönwetter zu. »Aber für den Augenblick habe ich ja dich.«

»Ja, du hast mich«, bestätigte Carmody und fragte sich, warum die Worte in seinen Ohren so einen unangenehmen Beiklang hatten.

»Und natürlich hast du mich auch«, sagte Schönwetter. »Es ist eine reziproke Beziehung, und beiderseitige Beziehungen sind die einzigen, die sich überhaupt lohnen. Aber nun, lieber Tom, sollte ich dir mich ein wenig zeigen. Dann kannst du dich in Ruhe irgendwo hinsetzen und an mich anpassen.«

»Und was?«

»Ich habe es nicht so gemeint. Es ist nur so, daß ich immer wieder in städtebaulichen Konzeptionen denke, und da ist Anpassung ein geläufiger Begriff. Aber du verstehst doch sicher, daß eine Zweierbeziehung eine Anpassung von beiden Seiten verlangt, wenn sie zu einer wirklich guten Beziehung werden soll.«

»Und wenn es nun eine sogenannte freie Partnerschaft ist?«

»Wir wollen eigentlich von so etwas wieder weg«, sagte Schönwetter. »Weißt du, diese Freiheit in der Beziehung ist ja doch nur Tarnung für gegenseitigen Egoismus. Wir dürfen den anderen nicht damit erpressen. Wenn du dann bitte hier entlang kommst . . .«

Carmody ging hin, wo er hingehen sollte, und sah sich an, was Schönwetter meinte, müsse er sich ansehen. Das Kraftwerk, die Kläranlagen, den Industriepark, die Fernheizung. Er sah den Kindergarten und den Seniorentreff. Er besichtigte ein Museum für Lokalgeschichte und eine Galerie, eine Konzerthalle und ein Theater, eine Bowlingbahn, einen Billardsaal, ein Kasino, eine Go-kart-Bahn, ein Kino. Er wurde müde und fußlahm und wollte eine Pause. Aber Schönwetter bestand darauf sich vorzuführen und Carmody mußte sich das fünfstöckige American Express Gebäude ansehen, die portugiesische Synagoge, das Buckminster Fuller-Denkmal, die Greyhound Bus Station und verschiedene andere Attraktionen.

Endlich war es vorbei. Carmody kam zu dem Schluß, daß die Wunder einer Modellstadt nicht besser oder schlechter als die Wunder der Galaxis waren, und das man von beidem eher wunde Füße als strahlende Augen bekam.

»Ein kleiner Lunch jetzt, was hältst du davon?« fragte Schönwetter.

»Fein«, sagte Carmody.

Er wurde zu einem stilvollen französischen Restaurant geführt und bekam ein opulentes französisches Menü serviert. Nach dem Käse fragte Schönwetter: »Und wie wäre es jetzt noch mit ein wenig Obst?«

»Ich bin absolut voll. Ich platze gleich«, versicherte Carmody.

»Einen Apfel wenigstens, einen Pfirsisch oder ein paar Trauben?«

»Nein, vielen Dank.«

»Kirschen, vielleicht? Mit Sherry?«

»Nein, nein, nein.«

»Eine Mahlzeit ist nicht komplett, ohne ein wenig Obst zur Abrundung«, beharrte Schönwetter.

»Meine Mahlzeit schon«, erklärte Carmody.

»Es gibt wichtige Vitamine, die du nur aus frischen Früchten erhalten kannst.«

»Ich muß eben ohne diese Vitamine durchkommen.«

»Vielleicht eine halbe Orange, die ich dir vorher schäle? Zitrusfrüchte stopfen überhaupt nicht.«

»Ich kann einfach nicht mehr.«

»Nicht einmal ein Viertelchen Apfelsine? Wenn ich dir alle Kerne rauspule?«

»Ganz entschieden – nein!«

»Ich würde mich einfach besser fühlen«, erklärte Schönwetter. »Ich habe ein starkes Streben nach Harmonie und Vollständigkeit, weißt du, Tom. Und kein Essen ist vollständig ohne ein wenig Obst zum Dessert.«

»Nein!!!«

»Schon gut, reg dich bitte nicht auf«, sagte Schönwetter. »Wenn du das Essen nicht magst, das ich serviere, ist das deine Sache.«

»Aber ich mag es ja!«

»Aber wenn du es so gerne magst, warum läßt du dir dann nicht noch etwas Obst schmecken?«

»Genug«, sagte Carmody erschöpft. »Bring mir ein paar Trauben.«

»Ich möchte dir wirklich nichts aufdrängen.«

»Du drängst mir nichts auf. Bring sie mir, bitte.«

»Du bist ganz sicher?«

»Gib sie mir!« brüllte Carmody.

»Da nimm«, verkündete Schönwetter und produzierte eine großartige Rebe Muskatellertrauben. Carmody aß sie alle. Sie waren ganz ausgezeichnet.

*

Carmody stand auf einer kleinen geschwungenen Brücke und blickte über eine blaue Lagune.

»Dies ist eine Kopie der Rialto-Brücke von Venedig«, sagte Schönwetter. »Maßstäblich verkleinert, natürlich.«

»Ich weiß«, sagte Carmody. »Ich habe das Schild gelesen.«

»Es ist zauberhaft, findest du nicht, die Lagune und die Brücke?«

»Sicher, sehr hübsch«, sagte Carmody und zündete sich eine Zigarette an. Automaten gab es überall. Geld brauchte man keines.

»Du rauchst ziemlich viel, nicht wahr«, meinte Schönwetter.

»Ich weiß. Mir ist zur Zeit danach.«

»Als dein medizinischer Ratgeber muß ich dich darauf hinweisen, daß ein nachweisbarer Zusammenhang zwischen Rauchen und Lungenkrebs besteht.«

»Ich weiß.«

»Wenn du Pfeife rauchen würdest, hättest du wesentlich bessere Chancen.«

»Ich mag keine Pfeifen.«

»Wie steht es denn mit Zigarren?«

»Ich mag keine Zigarren.« Er steckte sich eine neue Zigarette an.

»Das ist deine dritte Zigarette in fünf Minuten«, erklärte Schönwetter.

»Verflucht noch mal! Ich rauche so viel und so oft, wie es mir Spaß macht!« rief Carmody.

»Schon gut, natürlich kannst du das!« erwiderte Schönwetter. »Ich wollte dir ja nur zu deinem eigenen Besten ein paar kleine Hinweise geben. Soll ich einfach immer nur stumm zusehen, wenn du dich selbst ruinierst? Würdest du mich mögen, wenn ich überhaupt kein Interesse an deinem Wohlergehen hätte? Soll ich gleichgültig dir gegenüber sein?«

»Ja!« sagte Carmody.

»Ich kann nicht glauben, daß du so etwas ernst meinst. Es geht hier um eine ethische Frage. Ein Mensch kann gegen sein eigenes Wohl handeln, aber einer Maschine ist eine solche Perversion des Denkens nicht gestattet.«

»Rutsch mir den Buckel runter«, sagte Carmody erschöpft. »Ich kann dieses ewige Herumgeschubse nicht aushalten.«

»Herumgeschubse? Lieber Tom, habe ich dich denn zu irgend etwas gezwungen? Lese ich dir nicht die Wünsche von den Augen ab? Alles, was ich tue, ist doch, dir hin und wieder einen Rat geben.«

»Nicht hin und wieder. Zu oft. Du redest zu viel.«

»Vielleicht rede ich wirklich zuviel«, meinte Schönwetter kleinlaut. »Wenn man es so an deiner Reaktion mißt.«

»Du redest zuviel«, wiederholte Carmody und zündete sich die nächste Zigarette an.

»Das ist deine vierte Zigarette in fünf Minuten.«

Carmody riß den Mund auf, um loszubrüllen, aber dann überlegte er es sich anders und ging weiter.

*

»Was ist das?« fragte Carmody.

»Ein Automat, wo du dir Süßigkeiten ziehen kannst«, erklärte Schönwetter ihm.

»Sieht gar nicht so aus, das Ding.«

»Aber es ist einer. Das Design ist eine Abwandlung eines Saarinomen-Designs für ein Großsilo. Ich habe es natürlich miniatusiert, und es –«

»Es sieht trotzdem nicht wie ein Süßigkeiten-Automat aus. Wie funktioniert es?«

»Es geht ganz einfach. Du drückst einfach auf den roten Knopf. So, Moment! Jetzt stellst du den Hebel in Reihe A nach vorn, ja. Und dann drückst du fest auf den grünen Knopf daneben. Da ist es!«

Ein Bounty fiel Carmody in die Hand.

»Prima!« sagte Carmody, wickelte den Riegel aus und biß hinein. »Ist das ein richtiges Bounty oder eine Kopie?«

»Es ist ein echtes. Ich mußte mir eine Lizenz besorgen, aber es ist das Originalrezept.«

»So, so«, meinte Carmody und warf das Bounty-Papier weg.

»Das«, erklärte Schönwetter, »ist ein Beispiel für die Art von Gedankenlosigkeit, die mir am meisten zu schaffen macht.«

»Es ist doch nur ein Stück Papier«, sagte Carmody, drehte sich um und blickte nachdenklich auf das kleine Papierknäul, das sehr allein inmitten der makellosen Straße lag.

»Natürlich ist es nur ein Stück Papier«, sagte Schönwetter. »Aber multipliziere es mit Hunderttausend und was hast du dann?«

»Hunderttausend Stückchen Papier«, antwortete Carmody sofort.

»Ich finde das nicht komisch«, wies ihn Schönwetter zurecht. »Du hättest keinen Spaß daran, wenn du in der Mitte von diesem ganzen Müll leben müßtest, da bin ich sicher. Du wärst der erste, der sich beklagen würde, wenn die Straßen voller Dreck lägen. Aber trägst du dein Teil bei? Räumst du irgendwo hinter dir auf? Hast du schon einmal einen einzigen Tisch abgeräumt? Natürlich nicht! Das überläßt du mir. Du denkst, ich werde schon für alles sorgen, und das muß ich auch, Tag und Nacht, sogar Sonntags.«

»Hör auf damit«, rief Carmody. »Ich hebe es wieder auf!«

Er bückte sich, um nach dem Papier zu greifen. Aber gerade als seine Finger es berührten, zuckte ein Pickser aus dem nächsten Gully, pickste das Papier auf und verschwand sofort wieder.

»Es ist in Ordnung«, sagte Schönwetter. »Ich bin dran gewöhnt, hinter den Leuten aufzuräumen. Das mache ich ja die ganze Zeit.«

»Puh!« stöhnte Carmody.

»Und ich erwarte auch keine Dankbarkeit dafür.«

»Ich bin dankbar, ich bin dankbar«, rief Carmody.

»Nein, das bist du nicht«, sagte Schönwetter.

»Na, dann bin ich es eben nicht. Was willst du denn von mir hören, verdammt noch mal?«

»Ich will überhaupt nichts von dir hören«, erklärte Schönwetter. »Vergessen wir die ganze Sache.«

*

»Bist du gut versorgt?« fragte Schönwetter nach dem Dinner.

»Völlig ausreichend«, versicherte Carmody.

»Du hast wenig gegessen.«

»Ich habe soviel gegessen, wie ich gemocht habe. Es war alles ganz vorzüglich.«

»Wenn es so vorzüglich war, warum ißt du dann nicht noch etwas?«

»Weil ich satt bin! Ich hatte ein sehr umfangreiches Menü zum Mittagessen!«

»Wenn du dir nicht mit diesem Bounty den Appetit verdorben hättest . . .«

»Gottverdammt! Das Scheiß-Bounty hat mir nicht den Appetit verdorben! Ich habe einfach –«

»Du zündest dir eine Zigarette an«, stellte Schönwetter fest.

»Jaaaa«, sagte Carmody.

»Hättest du nicht wenigstens damit noch ein bißchen warten können?«

»Also, nun hör mal zu«, setzte Carmody an. »Warum, zum Teufel –«

»Wir haben nämlich etwas Wichtiges zu besprechen«, sagte Schönwetter schnell. »Hast du dir schon einmal überlegt, womit du dir hier dein Geld verdienen willst?«

»Ich hatte eigentlich noch keine rechte Zeit, mir darüber Gedanken zu machen«, gestand Carmody.

»Nun, ich hatte Zeit dafür. Ich fände es nett, wenn du Arzt werden könntest.«

»Ich? Da müßte ich erst mal Medizin studieren und eine Assistenz an einem Krankenhaus machen und so weiter.«

»Ich könnte das alles arrangieren«, sagte Schönwetter.

»Kein Interesse.«

»Ja . . . wie wäre es denn mit der Juristerei?«

»Nie!«

»Das Ingenieurwesen ist eine faszinierende Sache.«

»Für mich nicht.«

»Was ist mit der Verwaltung?«

»Dich verwalten, nie im Leben!«

»Was willst du denn dann werden?«

»Jet-Pilot«, verkündete Carmody ganz impulsiv.

»Ach, komm, hör doch auf.«

»Nein, ich meine das ganz ernst.«

»Ich habe nicht mal einen Flughafen in der Nähe.«

»Dann muß ich eben woanders landen.«

»Du sagst das doch nur, um mich zu verletzen.«

»Nein«, beharrte Carmody. »Ich möchte wirklich Pilot werden. Ich wollte immer schon Pilot werden! Ganz ehrlich!«

Danach folgte ein langes Schweigen. Dann sagte Schönwetter: »Die Wahl liegt völlig bei dir.« Und die Stimme klang wie der Tod.

*

»Wo gehst du hin?«

»Noch einen kleinen Spaziergang machen«, erklärte Carmody.

»Um halb zehn am Abend?«

»Sicher. Warum nicht?«

»Ich dachte, du wärst müde.«

»Das ist schon einige Zeit her.«

»Ich verstehe. Ich dachte bloß, daß du dich vielleicht hier hinsetzen könntest, und daß wir ein nettes kleines Gespräch haben könnten vor dem Einschlafen.«

»Wie wär es, wenn wir uns unterhalten, nachdem ich zurück bin?« schlug Carmody vor.

»Nein, es ist nicht so wichtig.«

»Der Spaziergang ist nicht so wichtig«, sagte Carmody und setzte sich wieder hin. »Komm, unterhalten wir uns ein bißchen.«

»Ich möchte mich nicht mehr unterhalten«, erklärte Schönwetter. »Geh du bitte nur spazieren.«

*

»Dann, gute Nacht«, sagte Carmody.

»Wie bitte?«

»Ich sagte, ›gute Nacht‹.«

»Du gehst schlafen?«

»Ja, sicher. Es ist schon spät, und ich bin müde.«

»So, wie du jetzt bist, willst du schlafen gehen?«

»Warum nicht?«

»Das kannst du natürlich«, sagte Schönwetter, »aber du hast vergessen, dich zu waschen.«

»Oh . . . ja, das hab ich wohl vergessen. Ich wasch mich morgen.«

»Wie lange ist es her, daß du zuletzt gebadet hast?«

»Zu lange. Ich bade gleich morgen früh.«

»Würdest du dich nicht besser fühlen, wenn du jetzt gleich ein Bad nimmst?«

»Nein.«

»Selbst wenn ich dir das Bad selbst eben schnell einlasse?«

»Nein! Verdammt! Nein! Ich gehe jetzt schlafen!«

»Mach genau das, was du gerne machen möchtest«, sagte Schönwetter. »Wasch dich nicht, lerne nichts, iß keine geregelte Diät. Aber, bitte, mach nicht mich für irgend etwas davon verantwortlich.«

»Dich verantwortlich machen? Wofür denn?«

»Für alles«, erklärte Schönwetter.

»Ja. Aber an was hast du denn da im besonderen gedacht? Habe ich dir etwas vorgeworfen?«

»Es ist nicht wichtig.«

»Warum hast du denn dann damit angefangen?«
»Ich dachte nur gerade an dich«, sagte Schönwetter.
»Den Eindruck habe ich auch.«
»Du solltest wissen, daß ich nichts davon habe, ob du dich nun wäschst oder nicht, Tom.«
»Das ist mir bewußt.«
»Wenn man sich um jemanden kümmert, wenn man sich Sorgen macht um jemanden«, fuhr Schönwetter fort, »dann ist es nicht nett, wenn man dafür noch beschimpft wird.«
»Ich habe dich nicht beschimpft.«
»Jetzt nicht. Aber vorhin hast du Scheiß-Bounty gesagt.«
»Ja . . . weißt du . . . ich war nervös.«
»Das kommt von deinem Rauchen.«
»Fang doch bitte nicht wieder damit an.«
»Das tue ich nicht«, versprach Schönwetter. »Du kannst rauchen wie ein Schlot. Was macht mir das aus? Es sind doch deine Lungen, oder?«
»Verdammt richtig«, stellte Carmody fest und steckte sich eine Zigarette an.
»Aber ich bin schuld«, sagte Schönwetter.
»Wieso denn?«
»Weil ich mich nicht richtig um dich kümmere. Ich mache etwas falsch. Ich bin nicht nett genug zu dir.«
»Nein, nein«, sagte Carmody. »Sag das nicht, bitte.«
»Vergiß, daß ich es gesagt habe.«
»In Ordnung. Schon vergessen.«
»Manchmal bin ich einfach irgendwie rechthaberisch.«
»Manchmal.«
»Und es fällt mir so besonders schwer, weil ich ja doch immer recht habe. Ich habe eben recht, weißt du.«
»Ich weiß«, stöhnte Carmody. »Du hast recht, du hast immer recht. Richtig-richtig-richtig-richtig!«
»Tom, reg dich bitte nicht auf vor dem Schlafengehen. Möchtest du nicht noch ein Glas Milch trinken?«
»Nein.«
»Bestimmt nicht?«

Carmody legte die Hände vors Gesicht. Er fühlte sich sehr eigenartig. Er fühlte sich extrem schuldig, zerbrechlich, schmutzig, ungesund und undankbar. Er fühlte sich ganz allgemein und unwiderruflich schlecht, und er begriff, daß er sich hier immer so fühlen würde.

Irgendwo in seinem Inneren fand er wieder Kraft. Er brüllte: »Seethwright!«

»Wen rufst du da?« fragte Schönwetter.

»Seethwright! Wo sind Sie?«

»Was habe ich falsch gemacht, Tom?« fragte Schönwetter. »Sag es mir doch einfach.«

»Seethwright!« wimmerte Carmody. »Kommen Sie und holen Sie mich! Das ist die falsche Erde!«

Es gab ein Ruck, Zuck und Zong, und Carmody war woanders.

XXIV

Rums! Zoing! Wum! Kapeng! Da sind wir schon wieder, aber wer weiß, wo, wann und welche? Sicherlich nicht Carmody, der sich in einer recht überzeugend aussehenden Stadt wiederfand, die sehr wie New York wirkte. Sehr wie, aber war sie es?

»Ist das New York?« fragte Carmody sich.

»Wo, zum Teufel, soll ich das her wissen?« antwortete prompt eine Stimme.

»Es war eine rethorische Frage«, erläuterte Carmody.

»Das ist mir schon bewußt. Aber, weil ich mich in Rethorik auskenne, denke ich, du kannst froh sein, daß überhaupt jemand antwortet.«

Carmody sah sich um und entdeckte, daß die Stimme aus einem großen schwarzen Regenschirm unter seinem linken Arm kam. Er fragte: »Bist du mein Preis?« und nahm den Schirm in die Hand.

»Ja, natürlich bin ich das«, sagte der Preis. »Ich nehme nicht an, ich sehe aus wie ein Shetlandpony, oder?«

»Wo hast du denn gesteckt, während ich in dieser Modellstadt war?«

»Ich habe mir einen kurzen, wohlverdienten Urlaub genommen«, erklärte der Preis. »Und es hat gar keinen Zweck, wenn du mir darüber irgendwelche Vorhaltungen machen willst. Der Urlaub ist im Tarifvertrag zwischen dem Preisbund der Galaxis und dem Lotteriegewinnerverband genau festgelegt.«

»Ich wollte dir gar keine Vorhaltungen machen«, versicherte Carmody. »Ich dachte nur . . . Vergiß es! Dieser Ort hier sieht wirklich sehr nach meiner eigenen Erde aus. Es sieht alles tatsächlich aus wie in New York.«

Er befand sich in einer Stadt. Es gab dichten Verkehr, Autos und Menschengedränge. Es gab viele Theater, viele Hamburgerstände und viele Leute. Es gab viele Geschäfte, die mit großen Postern annoncierten, daß sie wegen Aufgabe den allerletzten totalen Räumungsverkauf machen müßten, ungeachtet aller Verluste. Überall leuchteten Neonreklamen auf. Es gab viele Restaurants, von denen besonders ins Auge fielen das The Westerner, The Southerner, The Easterner und das The Northerner, die sich alle auf Steaks mit gebackenen Kartoffeln spezialisiert hatten. Aber außerdem gab es auch noch das The Nor'easterner, das The Sou'westerner, das The East-by-Northwest und sogar das West-by-Northwest. In einem Kino gegenüber lief DIE APOKRYPHEN (gewaltiger und grausamer als DIE BIBEL).

»Jede Menge los«, sagte Carmody und befeuchtete sich die Lippen.

»Ich höre nur das Klingeln der Kassen«, sagte der Preis mit sehr moralisierendem Unterton.

»Stell dich nicht an«, sagte Carmody. »Das ist mein Zuhause, glaube ich wenigstens.«

»Ich hoffe nicht«, erwiderte der Preis. »Dieser Ort beginnt mir auf die Nerven zu gehen. Sich dich bitte genau um, ob da kein Irrtum vorliegt. Denk dran, Ähnlichkeit ist noch keine Gleichheit, und selbst Gleichheit sagt nicht, daß du dasselbe vor dir hast.«

Direkt vor ihnen lag ein U-Bahn-Eingang. Carmody sah, daß er sich am Broadway Ecke 50ste Straße befand. Ja, er war zu Hause. Entschlossen ging er zur Subway und stieg die Treppe hinunter. Es war alles vertraut, aufregend und traurig zugleich. Die marmornen Wände strotzten vor feuchtem Dreck, und die schimmernde Schiene kam aus einem Tunnel und verschwand gegenüber im anderen.

»Oh!« murmelte Carmody, »Oh, ja.«

»Wie?« fragte der Preis.

»Egal«, meinte Carmody. »Ich hab mir nur gerade überlegt, daß ich noch ein wenig über den Broadway spazieren möchte.« Er machte sich daran, wieder die Treppe hinauf zu steigen zu dem Rechteck Himmel, als das der Eingang sich von unten abzeichnete. Aber vor ihm hatte sich eine Menschenmenge gebildet, die den Weg blockierte und ihn zurück auf den Bahnsteig drängte. Die feuchten Wände der U-Bahn begannen zu zittern und dann sich rhythmisch zusammenzuziehen. Die schimmernde Mittelschiene riß sich vom Schotter los und bog sich wie eine bronzene Zunge zurück. Carmody rannte los, stieß die Leute um, die ihm im Weg standen. Undeutlich bekam er mit, daß sie einfach nur zur Seite rollten und wieder hochschnellten wie Stehaufmännchen. Der Marmorboden unter seinen Füßen wurde weich, verwandelte sich in Sirup. Seine Füße klebten fest, die Gestalten drängten sich um ihn und die Schiene erhob sich über ihm, um zuzustoßen.

Carmody schrie: »Seethwright! Holen Sie mich hier raus!«

»Mich auch!« schrie der Preis.

»Mich auch!« rief der hinterhältige Jäger, denn kein anderer war es, der sich hier raffiniert als U-Bahn-Station verkleidet auf die Lauer gelegt hatte, und in dessen offenes Maul Carmody zum zweiten Mal direkt hineinspaziert war.

Nichts passierte. Carmody kam der furchtbare Gedanke, daß Seethwright vielleicht gerade auf der Toilette sein könnte, oder beim Mittagessen oder am Telefonieren. Das blaue Viereck Himmel wurde immer kleiner, während der Eingang sich schloß. Die Gestalten ringsum verloren ihre menschliche Ähnlichkeit. Die Wände bekamen einen purpurnen Schimmer, wallten und bebten und zogen sich zusammen. Die Schiene wickelte sich hungrig um Carmodys Fuß. Im Körper des Jägers begann der Speichel im Überfluß produziert zu werden und lief schmatzend ins Maul. (Carmody-Fresser haben absolut widerwärtige Eßmanieren und sind bei Tisch unerträglich.)

»Hilfe!« schrie Carmody, als der Verdauungssaft begann seine Schuhsohlen aufzulösen. »Seetwright, Hilfe!«

»Hilf ihm, hilf ihm«, schluchzte der Preis. »Oder, falls das zu schwierig sein sollte, hilf mir! Hol mich hier raus, und ich werde Anzeigen in allen führenden Zeitungen aufgeben, Komitees gründen, Poster plakatieren lassen, alles, um dafür zu sorgen, daß Carmody nicht ungerächt bleibt. Und weiter will ich mich verpflichten . . .«

»Hör auf zu jammern«, sagte eine Stimme, die Carmody als die von Mr. Seethwright erkannte. »Das gehört sich nicht. Und was Sie angeht, Mr. Carmody, ich muß Sie doch bitten, in Zukunft etwas mehr acht zu geben, bevor Sie Ihrem Jäger ins offene Maul laufen. Mein Büro ist nicht auf dramatische Rettungsaktionen eingerichtet.«

»Aber Sie werden mich doch diesesmal retten, das machen Sie doch«, bettelte Carmody. »Mr. Seethwright, ja?«

»Es ist schon alles erledigt«, sagte Seethwright. Und als Carmody sich umblickte, bemerkte er, daß wirklich schon alles erledigt war.

XXV

Seethwright mußte irgend etwas bei der Transition falsch gemacht haben, denn nach einer kaum wahrnehmbaren Bewußtseinstrübung, fand sich Carmody auf dem Rücksitz eines Taxis wieder. Er befand sich in einer Stadt sehr wie New York, und er schien gerade mitten in einer Unterhaltung zu sein.

»Was ham'se jesagt?« fragte der Taxifahrer.

»Ich habe nicht das geringste gesagt«, antwortete Carmody.

»Oh. Ich dachte, Sie würden jerade etwas sajen, dachte ich. Na, wat ich saje is, das ich jerade jesagt hab, das dat da hinten dat Flammarion-Jebäude is.«

»Ich weiß«, sagte Carmody. »Ich habe am Bau mitgearbeitet.«

»Tatsache? Tollen Job ham' se da jehabt. Aber nu sin' se wohl fertij?«

»Ja«, sagte Carmody. Er nahm die Zigarette aus dem Mund und besah sie sich stirnrunzelnd. »Und mit dieser Marke bin ich auch fertig.« Er schüttelte den Kopf und warf die Zigarette aus dem Fenster. Diese Worte und Handlungen schienen einem Teil seines Bewußtseins völlig natürlich und angemessen (dem handelnden Bewußtsein). Aber ein anderer Teil (das reflektierende Bewußtsein) sah dem allen mit wachsendem Amüsement zu.

»Hätten 'se doch jleich sajen können«, sagte der Fahrer. »Hier, versuchen Sie doch mal eine von meinen.«

Carmody blickte auf die offene Packung in der Hand des Fahrers. »Sind das nicht die neuen Kools?«

»Die rauche ich immer«, verkündete der Taxifahrer. »Kools haben dieses leichte Aroma von Menthol und den niedrigen Teerwert.«

Carmody zog die Augenbrauen hoch, um Unglauben zu demonstrieren. Trotzdem nahm er das Päckchen entgegen, zog eine Zigarette heraus und steckte sie sich an. Der lächelnde Fahrer beobachtete ihn im Rückspiegel. Carmody inhalierte, blickte überrascht drein und angenehm berührt, atmete langsam den Rauch aus und lehnte sich entspannt zurück.

»Ja«, sagte Carmody. »Das ist eine Zigarette.«

Der Fahrer nickte zufrieden. »Wir Kools-Raucher erkennen uns am Geschmack. Kools, das ist es, was ein Mann heute braucht . . . so, da sin' mer. Dat Waldorf-Astoria!«

Carmody zahlte und stieg aus. Der Fahrer lehnte sich strahlend zurück und winkte. »He, Mister!« rief er. »Was wird aus meinen Kools?«

»Oh!« entschuldigte scih Carmody. Er gab die Packung

zurück, und die beiden lächelten sich an. Dann fuhr das Taxi davon, und Carmody stand vor dem Waldorf-Astoria.

Er trug einen gefütterten Burberry-Mantel mit Steppnähten. Er wußte das so genau, weil er das Etikett lesen konnte, das sich statt wie üblich innen im Kragen außen am Ärmel angenäht befand und mindestens doppelt so groß wie normal war. Als er jetzt darauf achtete, bemerkte er, daß alle seine Etiketten außen angebracht und übergroß waren: jeder konnte sehen, daß er ein Van Heusen-Hemd trug, eine Countess-Mara-Krawatte und einen Hart, Schaffner & Marx-Anzug. Seine Hände steckten in Hirschleder-Handschuhen von L. L. Bean bedeckt und der Borsalino auf seinem Kopf kam von Raimu of Milan. An seinem Handgelenk hing eine Automatik-Uhr (Audemars-Piccard) mit Wecker, Kalender und eingebautem Taschenrechner.

Und schließlich umgab ihn der dezente Duft von Eichenmoos, dem Eau de Cologne für den erfolgreichen Mann aus dem Hause Abercrombie & Fitch.

Er erkannte, daß er beachtlich gut angezogen war, aber keinesfalls erstklassig. Man konnte sich damit sehen lassen, aber er erwartete mehr von sich selbst. Er hatte Ambitionen, er wollte nach oben, einer von den Männern werden, die Chivas Regal an anderen Tagen als an Weihnachten einschenken, Brooks Brothers-Hemden tragen und Onyx-After-Shave von Lentheric benutzen.

Aber für solche Artikel brauchte er eine A-AA-AAA-Konsumentenerlaubnis anstelle der mittelständischen B-BB-AAAA mit der ihn eine Geburt in der falschen Familie geschlagen hatte. Er brauchte diese Einstufung! Sie stand ihm zu! War er etwa nicht gut genug dafür? Warum, verdammt noch mal? Hatte er nicht in Stanford immer die besten Noten in Konsumtechnik bekommen? Sein Verbrauchsindex stand jetzt seit drei Jahren auf über 90%. In diesem Jahr hatte er schon drei neue Autos gekauft, und er hätte noch unzählige andere Beweise aufzählen können.

Warum hatte man ihn nicht höhergestuft?

War es möglich, daß sie ihn einfach übersehen hatten?

Carmody verbannte solche theoretischen Fragen schnell aus seinen Gedanken. Er hatte wichtigere Sorgen. Heute lag eine undankbare Aufgabe vor ihm. Was er in den nächsten Stunden zu tun hatte, konnte ihn sehr gut seinen Job kosten, was bedeuten würde, daß er sich in die öden Reihen der proletarischen Benutzer von Superdiskonts-Beste-Zweitwahl (SBZ) einreihen müßte.

Es war noch früh, aber er brauchte eine Stärkung für das, was vor ihm lag. Er ging in die Bar des Waldorf.

Dort wartete er, bis der Blick des Barkeepers auf ihn fiel. Bevor der Mann sprechen konnte, sagte Carmody schnell: »He, mach's noch einmal, Sam.« Die Tatsache, daß der Mann nicht Sam hieß und es auch vorher nie für Carmody gemacht hatte, spielte dabei absolut keine Rolle.

»Das ist es, alter Freund«, sagte der Barkeeper lächelnd. »Ballantine hat den feinen obergärigen Schaum und den kernigen Geschmack.«

Carmody wußte, daß er die letzte Zeile eigentlich selbst hätte sagen müssen. Er hatte sich überraschen lassen. Nachdenklich trank er sein Bier.

»Hallo, Tom.«

Carmody drehte sich herum. Da saß Nate Steen aus Leonia, New Jersey, ein alter Freund und Nachbar, und trank eine Cola. »Das ist schon irre«, sagte Steen, »aber hast du es auch schon gemerkt? Man macht mal Pause mit Coke.«

Carmody saß da, ohne daß ihm die passende Zeile einfiel. Er stürzte sein Bier hinunter und rief zum Barkeeper: »He, Sam, machs noch einmal.« Das war eine armselige Fortsetzung, aber besser als gar nichts. »Was gibt's neues?« fragte er Steen.

»Meine Frau macht gerade Urlaub. Sie hat sich entschieden, den Flug zur Sonne zu buchen, das Paradies in vier Stunden mit American Airways.«

»Das ist großartig«, versicherte Carmody. »Ich habe Helen gerade nach Nassau geschickt; und wenn du denkst, die Bahamas sind ein Traum aus der Luft, wenn du landest wird er Wirklichkeit. Und weißt du, bevor sie abflog, da unterhielten wir uns noch und da sagte sie zu mir, warum sollte jemand, um alles in der Welt, in unserer Zeit der Hochgeschwindigkeit und des Jet-Sets eine Seereise nach Europa machen wollen, und da antwortete ich ihr . . .«

»Nette Idee«, unterbrach Steen ihn. Und er hatte das Recht ihn zu unterbrechen, denn der Holland-Amerika-Spot war für ein Bargespräch wirklich zu lang, so klassisch er auch sein mochte. »Also ich nun wieder, ich dachte, ein Mann gehört ins Marlboro-Country.«

»Gut gedacht«, meinte Carmody lahm, »jedenfalls –«

»– denn ich brauche den Duft von Freiheit und Abenteuer«, beendete Steen (sein Privileg, denn er hatte den Spot auch angefangen).

»Sicher«, versicherte Carmody und schüttete schnell sein Bier hinunter, damit er dem Barkeeper wieder zurufen konnte: »He, Sam, mach's noch einmal, Sam! Ballantine Bier!« Aber er wußte, daß er nicht mitkam. Was im Himmel war heute nur mit ihm los? Für diesen Moment jetzt, für genau diese Stelle, gab es einen ganz bestimmten Dialog. Aber er konnte sich nicht an seine Zeile erinnern . . .

Steen, ruhig und mit der Sicherheit der beißenden Frische eines Eisblauen Geheimnis in den haarigen Achselhöhlen, kam zuerst darauf. »Mit unseren Frauen aus dem Haus«, grinste er, »sind wir selber für die Wäsche da.«

Das hatte gesessen! Carmody fühlte sich regelrecht aus dem Rennen geschlagen und brachte nur noch ein kleinlautes »Ja, ja, da fehlt die Frau im Haus« heraus. Dann lachte er hohl. »Kennst du noch diesen alten Spruch ›Meins ist aber weißer als deins‹?«

Beide Männer lachten sehr männlich und tauschten einen kameradschaftlichen Männerblick aus. Steen sah auf sein Hemd, warf einen Blick auf Carmodys Hemd, sah noch einmal auf sein eigenes Hemd, hob die Augenbrauen, öffnete den Mund, stellte beeindruckend Unglauben und Verwunderung dar.

»He!« sagte Steen. »Mein Hemd *ist* weißer als deins.«

»Tatsächlich«, antwortete Carmody, ohne sich die Mühe zu machen, nachzuschauen. »Wie seltsam. Wir waschen beide mit der gleichen Waschmaschine, und beide Maschinen sind nicht älter als die Garantiezeit. Und wir benutzen beide das gleiche Waschmittel . . . tun wir das?«

»Ich nehme *Clorox*«, antwortete Steen leichthin.

»Clorox«, sagte Carmody nachdenklich. »Ja, das muß es sein. Jetzt sehe ich klar. *Mein Waschmittel hat versagt!*«

Er schauspielerte gelindes Entsetzen, während Steen triumphierend feixte. Carmody überlegte, ob er noch ein Bier bestellen sollte, aber schon die letzten beiden hatten ihm nicht besonders geschmeckt. Er entschied, daß Steen einfach zu schnell für ihn war.

Carmody zahlte seine Biere mit seiner American Express Creditkarte und machte sich auf den Weg zu seinem Büro. Seine Kollegen grüßte er mit der angebrachten kollegialen Kameraderie. Verschiedene Leute warfen ihm eine Zeile zu, aber er ließ sich auf kein Spiel ein. Heute wollte er sein eigenes Spiel spielen. Carmody wußte, daß seine Lage, was das Lebensziel anging, mehr als verzweifelt war. Er hatte die Obergrenze erreicht, von hier aus ging es nur noch zu den Beautiful People, und er kam dort nicht hin. Seine Frau übte den ganzen Tag mit ihm Konsumsprüche, aber das war nicht genug – nicht für die wirklichen hohen Konsumentenränge. Nächtelang lag er wach, bis seine Frau ihm ein Alkaseltzer gab. Schon dreimal hatten sie danach zusammen den Dankbrief an den Alkaseltzer-Service geschrieben. Es reichte nicht, wenn man Geld hatte, soziales Ansehen war nicht genug, ausdauernder Konsum war nicht genug. Wenn man die Dinge haben wollte, für die es wirklich wert war zu leben, einen Porsche 991S etwa, den Leute fahren, die wissen, daß sie etwas Besonderes sind, oder die Ampex für Leute, die sich mit nichts anderem begnügen als dem Besten . . . wenn man das haben wollte, dann mußte man beweisen, daß man dazu gehörte. Man mußte beweisen, daß man zu den Beautiful People gehörte, für die diese Waren bestimmt waren. Man mußte alles riskieren, wenn man alles haben wollte.

»Bei Ford«, sagte Carmody sich und schlug sich mit der Faust auf die Handfläche. »Ich habe mir gesagt, daß ich es tun werde, und ich werde es tun!« Und kühn näherte er sich der Tür von seinem Boß Mr. Übermann, und kühn stieß er diese Tür auf.

Das Zimmer war leer, Mr. Übermann war noch nicht im Büro.

Carmody trat ein. Er würde hier warten. Seine Zähne waren fest zusammengebissen, seine Lippen aufeinandergepreßt, und zwischen seinen Augen waren drei senkrechte Linien auf seiner Stirn erschienen. Übermann würde jeden Augenblick eintreffen. Und sobald er eintrat, würde Tom Carmody zu ihm sagen: »Mr. Übermann, Sie können mich rausschmeißen dafür, aber Sie haben Mundgeruch!« Er würde eine kurze Pause machen. *»Mundgeruch!«*

Wie einfach das doch in der Vorstellung gewesen war, und wie schwer es jetzt fiel, diesen Vorsatz auszuführen. Und trotzdem! Ein Mann mußte sich erheben, mußte für Sauberkeit kämpfen und für sein Fortkommen, seinen Aufstieg, seinen Konsum. In diesem Augenblick spürte Carmody genau, daß ihre Augen auf ihn gerichtet waren – die Augen jener halb legendären Gestalten, der *Hersteller*! Wenn er für wert befunden wurde . . .

»Morgen, Carmody!« sagte Mr. Übermann, während er mit großen Schritten in sein Büro marschierte. Er war gutaussehend, mit stechenden Augen und grauen Schläfen, letzteres ein besonderes Privileg. Seine Hornbrille war volle drei Zentimeter breiter als die Carmodys.

»Mr. Übermann«, setzte Carmody mit bebender Stimme an, »Sie können mich dafür rausschmeißen –«

»Carmody«, sagte der Boß, und seine sonor-überlegene Stimme schnitt durch Carmodys heiseres Gestammel wie ein Personna-Schweizer Offiziersskalpell durch Markenbutter, »heute habe ich ein unglaubliches Mundwasser entdeckt. Es heißt Scope. Ich habe jetzt die Sicherheit eines sauberen Atems, nicht nur für Stunden, nein für den ganzen Tag.«

Carmody brachte ein ironisches Lächeln zustande. Was für ein fantastischer Zufall! Der Boß war auf das gleiche Mundwasser gestoßen, daß Carmody ihm gerade empfehlen wollte. Und es hatte gewirkt! Nicht länger roch Mr. Übermann aus dem Mund wie eine Mülltonne im Hochsommer. Nein, jetzt war sein Atem küßchen-süß (für Mädchen natürlich nur; Carmody selbst war für sowas nicht zu haben).

»Schonmal davon gehört?« fragte Übermann und verließ dann wieder das Büro, ohne die Antwort abzuwarten.

Carmody lächelte jetzt noch viel ironischer. Er hatte wieder versagt. Und doch, er spürte ganz deutlich eine innere Erleichterung über dieses Versagen. First-Class-Konsum war verlokkend, die Große Welt, das Flair der wahren Freiheit. Es war das einzig Angemessene für den gewissen Mann, aber vielleicht war er doch nicht der gewisse Mann. Was, wenn er nun schon alles hatte? Wenn er oben angekommen war?

»Manchmal kommt am Ende doch das Richtige bei einer Sache heraus, wenn sie schief geht«, sagte Carmody zu sich selbst.

»Tut es das? Wovon redest du da eigentlich, zum Teufel?« erwiderte Carmody sich selbst.

»Oh, mein Gott«, sagte Carmody zu sich selbst.

»Ja, ja«, antwortete Carmody anderes Ich. »Da hast du dich wohl ein bißchen zu schnell aklimatisiert.«

Die beiden Carmodys sahen sich gegenseitig an, verglichen ihre Unterlagen und kamen zu einem Entschluß. Sie verschmolzen.

»Seethwright!« rief Carmody. »Holen Sie mich raus hier!«

Und Seethwright, diese treue Seele, tat wie ihr geheißen.

XXVI

Mit der üblichen Verläßlichkeit sandte Seethwright ihn auf die nächste Möglichkeitserde. Die Transition war etwas schneller als sofort. Sie war so schnell, daß die Zeit beinahe umgekehrt wurde und Carmody das seltsame Gefühl bekam, auf einen Reiz zu reagieren, bevor er überhaupt gereizt wurde. Das stellte natürlich einen Widerspruch in sich selbst dar, einen sehr kleinen zwar nur, aber es war illegal. Seethwright löschte die Sache mit der üblichen Realitätslöschung, und keiner interessierte sich so dafür, daß er es angezeigt hätte. Der Effekt wurde aufgehoben, zurück blieb nur ein kleiner Riß im Raum-Zeit-Kontinuum, der aber Carmody nicht einmal auffiel. Im übrigen gibt es dort andauernd Risse.

Carmody befand sich in einer kleinen Stadt. Oberflächlich betrachtet, gab es keine Schwierigkeiten, diese Stadt zu identifizieren; diese Stadt war, oder gab überzeugend vor zu sein, Maplewood, New Jersey. Carmody hatte hier vom dritten bis zum achtzehnten Lebensjahr gelebt. Dies war seine Heimat, wenn es überhaupt so etwas für ihn gab.

Oder, präziser ausgedrückt, dies war seine Heimat, wenn sie das war, was sie zu sein schien. Aber das mußte erst noch geprüft werden.

Er stand an der Ecke von Durant Road und Maplewood Avenue, am oberen Ende der Stadt. Direkt vor ihm lag das Einkaufszentrum. Weiter hinter begannen die gepflegten Vorstadtstraßen mit ihren Kastanien, Eichen, Ulmen und Walnußbäumen. Zu seiner Rechten, das war der Leseraum der Christlichen Wissenschaft. Links davon ging es zum Bahnhof.

»Wie steht es, Reisender?« fragte eine Stimme von seiner rechten Hüfte her.

Carmody blickte an sich herab und stellte fest, daß er ein handliches Transistorradio am Gürtel eingehakt trug. Dabei, wußte er sofort, konnte es sich nur um den Preis handeln.

»Du bist also wieder da!« stellte Carmody fest.

»Wieder da? Ich bin nie weggewesen.«

»Ich habe dich in der letzten Möglichkeitswelt nicht gesehen.«

»Das lag nur daran«, erklärte der Preis, »daß du dir nicht die Mühe gemacht hast, richtig nach mir zu suchen. Ich war in deiner Tasche, als ziemlich abgegriffener Dinar.«

»Wie soll ich denn auf sowas kommen?« wollte Carmody wissen.

»Alles, was du tun mußt, ist fragen«, antwortete der Preis. »Ich bin von Natur aus metamorphisch und selbst für mich selbst unvorhersagbar. Aber das weißt du ja. Muß ich denn jedesmal, wenn wir irgendwo zusammen hingehen, von selbst auf mich aufmerksam machen?«

»Es wäre ganz hilfreich«, sagte Carmody.

»Mein Stolz erlaubt mir ein so aufdringlich um Aufmerksamkeit heischendes Benehmen nicht«, erwiderte der Preis fest. »Ich antworte, wenn ich gerufen werde. Wenn ich nicht gerufen werde, gehe ich davon aus, daß meine Gegenwart nicht erwünscht ist. Es war ganz deutlich zu merken, daß du mich in der letzten Wirklichkeitswelt nicht gebraucht hast. Deshalb nahm ich die Gelegenheit wahr, in Slokols Restaurant mal wieder anständig essen zu gehen, anschließend war ich beim Friseur und dann auf ein paar Drinks in Varinells Sonnenschinken Bar, wo ich einen alten Freund traf, und von da –«

»Wie hast du das alles geschafft?« fragte Carmody dazwischen. »Ich war doch nicht länger als eine halbe Stunde in dieser komischen Welt.«

»Ich habe dir doch schon erzählt, daß wir eine unterschiedliche Dauerverteilung haben«, erklärte der Preis.

»Ja, doch, ich glaube, wir leben unterschiedlich schnell, wenn du das meinst . . . Aber wo sind diese Lokale?«

»Das würde eine ganze Weile dauern, um es vernünftig zu erklären«, meinte der Preis. »Um die Wahrheit zu sagen, es ist wesentlich einfacher dorthin zu gehen, als zu erklären, wie man dorthin kommt. Wie dem auch sei, für dich ist das dort nichts.«

»Warum?«

»Na . . . aus vielen Gründen. Aber, um nur einen zu nennen, dir würde das Essen da nicht gefallen – besonders das in der Sonnenschinken Bar.«

»Ich habe dich immerhin schon *orithi* essen sehen«, erinnerte Carmody den Preis.

»Ja, natürlich. Aber *orithi* sind eine seltene Köstlichkeit, die man nur wenige Male in seinem Leben vorgesetzt bekommt. In der Sonnenschinken Bar gibt es dagegen die Sorte Essen, von der wir Preise und verwandte Spezies uns außerhalb von Festtagen ernähren müssen.«

»Und was ist das?«

»Du wirst das, glaube ich, nicht wissen wollen«, warnte der Preis ihn.

»Ich will es wissen.«

»Ich weiß, daß du es wissen willst; aber wenn du es gehört hast, wirst du es nicht mehr wissen wollen.«

»Heraus damit«, beharrte Carmody. »Was ist dein normales Essen?«

»Na, gut, Mr. Naseweis«, sagte der Preis. »Aber vergiß nicht, du hast selbst darauf bestanden, es zu erfahren. Mein normales Essen bin ich selbst.«

»Was bist du?«

»Ich bin mein normales Essen. Ich sagte dir ja, das es dir nicht gefallen würde.«

»Du ißt dich selbst? Ich meine, du ißt deinen eigenen Körper?«

»Genau das.«

»Verdammt noch mal«, fluchte Carmody. »Abgesehen davon, daß sowas widerwärtig ist, kann es auch gar nicht möglich sein. Du kannst doch nicht von dir selbst leben!«

»Ich kann es, und ich tue es«, versicherte der Preis. »Und ich bin sogar sehr stolz darauf. Moralisch gesehen, ist das ein herausragendes Beispiel individueller Unabhängigkeit und Freiheit.«

»Aber es ist einfach nicht möglich«, sagte Carmody. »Es vergewaltigt alle Gesetze der Energieerhaltung, oder des Massenausgleichs, oder etwas in dieser Art. Ich bin absolut sicher, es vergewaltigt irgendein unumstößliches Naturgesetz.«

»Das stimmt schon, aber nur wenn man es unter speziellen Bedingungen betrachtet«, sagte der Preis. »Setzt man sich aber mit der Sache unter allgemeineren Aspekten und grunsätzlicher auseinander, kann man, denke ich, erkennen, daß diese Unmöglichkeit mehr eine scheinbare als eine reale ist.«

»Was, zum Teufel, soll das nun heißen?«

»Weiß ich nicht«, gestand der Preis. »So steht es in all unseren Schulbüchern. Niemand hat dazu je weitere Fragen gestellt.«

»Ich möchte die Sache jetzt mal ganz klargestellt haben«, erklärte Carmody entschieden. »Willst du behaupten, daß du tatsächlich und wörtlich Teile deines eigenen Fleisches *ißt*?«

»Ja«, sagte der Preis. »Genau das ist es, was ich meine. Auch wenn du es nicht nur auf mein Fleisch beschränken brauchst. Meine Leber ist ganz ausgezeichnet als Pastete, aber man kann sie auch einlegen und dann feingeschnitten zu frischem Salat mit ein wenig Gänseschmalz essen. Und meine Kotelettknochen ergeben eine passabele Suppe, wenn sie ausgekocht werden. Mein Schinken ist dagegen am besten, wenn er mindestens sechs Wochen mild geräuchert –«

»Genug!« stöhnte Carmody.

»Tut mir leid«, sagte der Preis.

»Aber erklär mir doch bitte nur eins: Wie kann dein Körper genug Nahrung für deinen Körper produzieren (das klingt lächerlich) während deines ganzen Lebens?«

»Na, ja«, meinte der Preis nachdenklich. »Ich bin gottseidank nicht sehr verfressen, weißt du.«

»Vielleicht habe ich mich nicht klar genug ausgedrückt«, sagte Carmody. »Ich meine, wie kannst du deinen Körper ernähren, wenn du gleichzeitig den aufgenommenen Nährstoff für deinen eigenen Körper wieder verzehrst?«

»Ich fürchte, ich komme da nicht ganz mit«, gestand der Preis.

»Laß es mich noch mal versuchen. Ich meine folgendes: Wenn du dein eigenes Fleisch verzehrst –«

»Und das tue ich wirklich«, warf der Preis ein.

»Wenn du dein eigenes Fleisch verzehrst, und den darin enthaltenen Nährwert zur Ernährung dieses Fleisches benutzen mußt, also keinerlei Nährstoffe von außen zugeführt werden . . . Nein, Moment. Wenn du fünfzig Pfund wiegst –«

»Auf meiner Heimatwelt wiege ich tatsächlich genau fünfzig Pfund.«

»Ausgezeichnet! Also, dann. Wenn du fünfzig Pfund wiegst, und über den Zeitraum von, sagen wir mal, einem Jahr hinweg, von deinem eigenen Fleisch vierzig Pfund verkonsumierst, um dich damit zu ernähren, wieviel bleibt dir dann noch übrig?«

»Zehn Pfund«, fragte der Preis vorsichtig.

»Gottverdammt, kannst du denn nicht merken, worauf ich hinaus will? Du kannst dich einfach nicht selbst über längere Zeit von deiner eigenen Substanz ernähren, weil irgendwann keine mehr da ist.«

»Warum?«

»Das Gesetz des ›Was weg ist, ist weg‹«, verkündete Carmody, dem ein wenig schwindelte. »Am Ende ist einfach nichts mehr übrig von dir, wovon du dich ernähren könntest, und dann mußt du sterben.«

»Das ist mir wohl bewußt«, sagte der Preis. »Aber der Tod ist eine unausweichliche Tatsache, so unabwendbar und wirklich für die Selbstesser wie für die Fremdesser. Alles und jedes stirbt letztendlich, Carmody, gleichgültig wen oder was es ißt.«

»Du nimmst mich auf den Arm!« brüllte Carmody. »Wenn du dich wirklich so ernähren würdest, wärst du in einer Woche tot!«

»Es gibt Insekten, deren Lebensspanne nicht mehr als einen Tag beträgt«, sagte der Preis ruhig. »Aber in Wirklichkeit sind wir Preise sogar recht langlebig, nach deinen Maßstäben jedenfalls. Vergiß nicht, je mehr wir von uns konsumiert haben, desto weniger bleibt übrig, daß wir ernähren müssen, und desto weniger zuessen brauchen wir dafür, wodurch wiederum der Vorrat länger reicht. Bei der Selbstverspeisung spielt die Zeit ebenfalls eine wichtige Rolle. Die meisten Preise verzehren ihre Zukunft, solange sie noch Kinder sind, dadurch bleibt ihr eigentlicher Körper unversehrt bis ins Mannesalter.«

»Wie verzehren sie ihre Zukunft?« staunte Carmody.

»Ich kann dir nicht erklären, wie sie das machen«, erklärte der Preis. »Wir Preise tun das eben, das ist alles. Ich, zum

Beispiel habe meine Substanz der Zeit zwischen achtzig und zweiundneundzig verspeist – senile Jahre, bin ich sicher, von denen ich sowieso nichts mehr gehabt hätte. Wenn ich nun meinen weiteren Verzehr ein wenig rationiere, schaffe ich es, glaube ich, bequem bis in meine späten Siebziger.«

»Davon kriege ich Kopfschmerzen«, sagte Carmody. »Und schlecht wird mir von der ganzen Sache auch, da muß einem ja förmlich übel von werden.«

»Tatsächlich?« meinte der Preis etwas indigniert. »Du hast aber sehr dicke Nerven, dir davon schlecht werden zu lassen! Du blutgieriger Schlächter, wieviel ermordete Tiere hast du denn während deiner Lebenszeit hinuntergeschlungen? Wieviel schutzlose Äpfel hast du dir gegrabscht, wieviel wehrlose Salatköpfe hast du aus ihren Betten gerissen? Ich habe gelegentlich ein oder zwei *orithi* gegessen, das gebe ich zu; aber am Jüngsten Tag wirst du dich einer Herde von Hunderten gegenübersehen, die du verschlungen hast. Sie werden vor dir stehen, Carmody, Hunderte von braunäugigen Kühen, Tausende von schutzlosen Hennen, endlose Reihen von sanften kleinen Lämmern; ganz zu schweigen von den Wäldern vergewaltigter Obstbäume und ausgeplünderter Gärten. Ich werde für den *orithi* bezahlen, vielleicht auch für drei oder vier davon. Aber wie willst du jemals deine Schuld abtragen, an den jammernden Tiermäulern, den gequälten Augen, dem zerfetzten jungen Salat, alles hingeschlachtet für dein Fressen. Wie, Carmody, wie?«

»Sei still!« schrie Carmody.

»Oh, ganz wie du willst.«

»Ich esse, weil das ein Teil meiner Natur ist. Ich kann nicht anders. Mehr kann man dazu nicht sagen.«

»Wenn du meinst.«

»Ich meine das ganz verdammt! Hältst du jetzt den Mund und läßt mir die Ruhe, mich zu konzentrieren?«

»Ich werde kein einziges weiteres Wort sagen«, versprach der Preis, »außer dich zu fragen, worauf du dich denn konzentrieren willst.«

»Dieser Ort hier sieht wie meine Heimatstadt aus«, erklärte Carmody. »Ich versuche herauszubekommen, ob er es wirklich ist oder nicht.«

»Das kann doch eigentlich nicht so schwer sein«, meinte der Preis. »Ich will damit nur sagen, man kennt doch seine Heimatstadt wie seine Heimatstadt, oder nicht?«

»Nein. Ich habe sie mir nie sehr genau angesehen, als ich noch hier lebte, und ich habe nicht viel an sie gedacht, nachdem ich weggezogen bin.«

»Wenn du nicht herausfinden kannst, was dein zu Hause ist«, stellte der Preis fest, »dann kann niemand das. Ich hoffe, du bist dir darüber im klaren.«

»Ich bin«, sagte Carmody. Er begann langsam die Maplewood Avenue hinunterzugehen. Plötzlich kam ihm das furchtbare Gefühl, das jede Entscheidung, die er treffen würde, falsch sein könnte.

XXVII

Carmody sah sich um, während er ging, und während er sich umsah, beobachtete er scharf. Es schien alles nach dem Ort auszusehen, nachdem auszusehen es hätte scheinen müssen. Das Maplewood-Kino war am richtigen Platz. Heute lief *›The Saga of Elephantine‹*, ein italienisch-französischer Abenteuerfilm unter der Regie von Jaques Marat, dem brillianten jungen Regisseur, der der Welt den hinreißenden *Song of my Wounds* gegeben hatte, und die bejubelte Komödie *Paris Times Fourteen.*

»Klingt nach einem komischen Film«, meinte Carmody.

»Nichts für mich«, sagte der Preis.

Carmody blieb kurz vor Mervins Herrenausstattung stehen und sah ins Schaufenster. Er sah Mokassinschuhe, zweifarbige Lackslipper, Jacken mit Hahnenrittmuster, breite, grellgemusterte Krawatten und farbige Oberhemden.

Beim Zeitungskiosk daneben erspähte er den *Colliers*, daneben *Liberty* und gesondert ausgelegt *Munsey's, Black Cat* und

The Spy. Die Morgenausgabe von *The Sun* war gerade herausgekommen.

»Na?« fragte der Preis. »Ist es das?«

»Ich bin noch dabei, es zu checken«, sagte Carmody. »Aber bis jetzt sieht alles ganz passend aus.«

Er überquerte die Straße und warf einen Blick in Edgars Drugstore. Es hatte sich nichts verändert. An der Theke saß ein hübsches Mädchen und trank eine Limonade mit Strohhalm. Carmody erkannte sie auf Anhieb.

»Lana Turner! Hallo! Wie geht's dir?«

»Prima, Tom«, sagte Lana. »Lange nicht gesehen.«

»Ich bin mal auf der High School mit ihr gegangen«, erklärte Carmody dem Preis, als sie weitergingen. »Komisch, wie mir jetzt alles wieder einfällt.«

»Das scheint mir auch so«, meinte der Preis zweifelnd.

An der nächsten Kreuzung stand ein Polizist. Er regelte gerade den Verkehr, aber er fand Zeit, Carmody strahlend anzulächeln.

»Das ist But Lancaster«, sagte Carmody. »War unser bester Linksaußen im College, aber dann ist er plötzlich zur Polizei gegangen. Und guck mal dahinten, die Blonde. Das ist Jean Harlow. Sie war Kellnerin im Mapelwood Restaurant.« Er senkte die Stimme. »Die Jungs sagten immer, die ließe einen schnell ran.«

»Du scheinst eine Menge Leute hier zu kennen«, sagte der Preis.

»Natürlich, daß muß ich ja wohl! Ich bin hier aufgewachsen. Miß Harlow geht gerade in Pierres Friseursalon.«

»Kennst du Pierre auch?«

»Sicher. Er ist jetzt Friseur, aber während des Krieges hat er in Frankreich in der Resistance gekämpft. Wie war noch sein richtiger Name? Ach ja. Jean-Pierre Aumont! Er hat eines von unseren Mädchen hier geheiratet, Carol Lombard.«

»Interessant«, sagte der Preis sehr gelangweilt.

»Ja, für mich ist es wirklich interessant. Hier kommt noch ein Mann, den ich kenne . . . Guten Tag, Mr. Bürgermeister.«

»Guten Tag, Tom«, sagte der Mann, tippte an seinen Hut und ging weiter.

»Das war Frederic March, unser Bürgermeister«, erklärte Carmody. »Er ist eine faszinierende Persönlichkeit! Beeindrukkend! Ich kann mich noch immer an seine Debatte mit unserem örtlichen Radikalen erinnern, diesem Paul Muni. Junge, das war eine Sache.«

»Hmmm«, sagte der Preis. »Irgend etwas Merkwürdiges ist an dieser ganzen Sache hier, Carmody. Etwas Unheimliches, etwas, das nicht richtig ist. Fühlst du es nicht?«

»Nein, ich fühle es nicht«, erwiderte Carmody. »Ich sage dir, ich bin mit diesen Leuten aufgewachsen. Ich kenne sie besser als mich selbst. He, da drüben ist Paulette Goddard. Sie ist die Bibliothekassistentin. Hallo, Paulette!«

»He, Tom, wie geht's«, rief die Frau und lächelte ihn an.

»Mir gefällt das nicht«, sagte der Preis.

»Ich habe sie nie sehr gut gekannt«, erzählte Carmody. »Sie ging mit einem Jungen aus Millburn. Humphrey Bogart hieß der. Er hatte mal eine Schlägerei mit Lon Chaney, unserem Schulschläger. Ich kann mich noch so gut daran erinnern, weil ich damals gerade was mit June Havoc hatte, und deren beste Freundin war Myrna Loy, die wiederum Bogart gut kannte, weil –«

»Carmody!« unterbrach der Preis drängend. »Paß auf dich auf! Hast du jemals etwas von Pseudoaklimatisation gehört?«

»Mach dich nicht lächerlich«, sagte Carmody. »Ich sage dir, ich kenne diese Leute! Ich bin hier groß geworden, und es war ein verdammt guter Platz, um aufzuwachsen. Die Menschen waren hier nicht nur solche Abziehbilder wie heutzutage, die Leute standen hinter ihren Rollen. Damals war man noch ein Individuum und keine billige Nachahmung von irgendwas.«

»Bist du dir da ganz sicher? Dein Jäger –«

»Schluß! Ich will nichts mehr davon hören«, sagte Carmody entschieden. »Schau mal! Da ist David Niven! Seine Eltern sind Engländer.«

»Diese Leute kommen auf uns zu«, bemerkte der Preis.

»Na, klar«, sagte Carmody. »Sie haben mich schon so lange nicht mehr gesehen und wollen mich begrüßen.«

Er blieb an der Ecke stehen, und seine Freunde kamen die Straße herunter, sie strömten aus den Geschäften und aus den Haustüren. Es waren wirklich Hunderte, und alles Freunde. Er entdeckte Alan Ladd, Dorothy Lamour und Larry Buster Crabbe. Und da kamen auch Spencer Tracy, Lionel Barrymore, Freddy Bartholomew, John Wayne, Frances Farmer –

»Da stimmt etwas nicht«, sagte der Preis.

»Nichts ist falsch«, beharrte Carmody. Seine Freunde waren alle da, sie kamen näher, streckten ihm die Hände entgegen, umringten ihn, und er war glücklicher als jemals zuvor irgendwo in seinem Leben, seit er sein Zuhause verlassen hatte. Er wunderte sich, wie er nur vergessen konnte, was für herrliche Menschen das hier waren. Aber jetzt erinnerte er sich.

»Carmody!« schrie der Preis.

»Was ist denn?«

»Gab es immer schon Musik in deiner Welt?«

»Wovon redest du da?«

»Ich rede von Musik«, sagte der Preis. »Hörst du sie nicht?«

Carmody bemerkte sie zum ersten Mal. Ein Symphonieorchester spielte, aber er konnte nicht entdecken, wo die Musik herkam.

»Wie lange geht das schon so?«

»Die ganze Zeit seit wir hier angekommen sind«, berichtete der Preis. »Als du begannst die Straße hinunter zu gehen gab es einen gedämpften Trommelwirbel. Als du am Kino vorbeikamst gab es ein flottes Trompetensolo, das dann zu einer etwas süßlichen Melodie mit viel Streichern überleitete, die einsetzte, als du diese Lana Turner sahst. Dann –«

»Das war die Background-Musik«, stöhnte Carmody. »Das ganze verdammte Ding hier ist Kulisse, und ich hab es nicht gemerkt!«

Burt Lancaster griff lächelnd nach seinem Arm. Gary Cooper ließ eine schwere Hand auf seine Schulter fallen. Laird Cregar stieß ihn kameradschaftlich vor die Brust. Shirley Temple klammerte sich an seinen rechten Fuß. Die anderen drängten sich noch dichter, noch immer strahlend und lächelnd.

»Seethwright!« brüllte Carmody. »Um Gottes willen, Seethwright!«

Danach passierten die Dinge ein wenig zu schnell, um sie noch bewußt wahrnehmen zu können.

FÜNFTER TEIL

DIE RÜCKKEHR ZUR ERDE

XXVIII

Carmody war in New York City, auf dem Riverside Drive Ecke 99ste Straße. Im Westen ging die Sonne hinter dem Horizon House unter. Rechts davon strahlte das Spry-Zeichen in all seiner Schönheit auf. Um Carmody herum erhoben sich die rußgeschwärzten Bäume des Riverside Parks, und er konnte die Schreie frustrierter, boshafter Kinder hören, gelegentlich unterbrochen von dem Aufbrüllen ihrer ebenso frustrierten und boshaften Eltern.

»Ist das dein Zuhause?«, fragte der Preis.

Carmody sah an sich herunter und stellte fest, daß der Preis seine übliche Metamorphose gemacht hatte und nun als Dick Tracy-Uhr mit Wecker und Stereolautsprecher an seinem Handgelenk hing.

»Es sieht so aus«, antwortete Carmody.

»Scheint ein lebendiges Örtchen zu sein«, sagte der Preis. »Ne' Menge los hier. Gefällt mir.«

»Yeah!« sagte Carmody zögernd, denn er war sich noch keineswegs sicher, wie er sich nun zu Hause fühlen sollte.

Er begann loszulaufen. Die Straßenbeleuchtung flammte überall auf. Die Mütter mit Kinderwagen strömten nach Hause, und bald würde der Park ganz den Polizisten und den Straßenräubern gehören. Ringsherum rollte der Smog auf weichen kleinen Katzenpfoten heran.

»He, Carmody!«

Carmody blieb stehen und wandte sich um. Ein Mann kam ernergisch auf ihn zu marschiert. Der Mann trug einen Geschäftsanzug und einen Bowler, dazu weiße Überschuhe und einen dunklen Umhang. Carmody erkannte ihn als George Marundi, einen aufdringlichen Künstler aus seinem Bekanntenkreis.

»He, Mann«, sagte Marundi und schüttelte ihm die Hand.

»He, he«, sagte Carmody und grinste wie ein Komplize bei einem Schwerverbrechen.

»Ja, Mann, wo hast du denn gesteckt?« fragte Marundi.

»Ach, du weißt schon«, meinte Carmody.

»Tatsächlich weiß ich gar nichts!« sagte Marundi. »Helen hat schon nach dir herumgefragt.«

»Tatsächlich?«

»Ganz bestimmt. Dicky Tait schmeißt nächste Woche eine Party. Kommst du vorbei?«

»Sicher«, versprach Carmody. »Wie geht's Tait?«

»Ja, Mann, du weißt schon.«

»Klar, ich weiß«, sagte Carmody in einem Tonfall tiefsten Mitgefühls. »Immernoch, was?«

»Was hast du erwartet?« fragte Marundi.

Carmody zuckte die Schultern.

»Würde mich bitte mal jemand vorstellen?« fragte der Preis.

»Halt's Maul!« sagte Carmody.

»He, Mann, was hast du dir denn da zugelegt?« Marundi beugte sich vor und starrte auf Carmodys Handgelenk. »Kleiner Cassettenrecorder drin, was? Das ist wirklich ein Hammer, Baby! Das ist ein Ding! Oder kannst du den sogar programmieren?«

»Ich bin nicht programmiert«, sagte der Preis. »Ich bin eine autonome Persönlichkeit.«

»He, das ist ja wunderbar!« rief Marundi ganz begeistert. »Ich meine, das ist es wirklich. He, du da, Mickey Mouse, was kannst du denn sonst noch sagen.«

»Verpiß dich!« sagte der Preis.

»Schluß damit!« flüsterte Carmody verärgert.

»Na, sowas«, sagte Marundi grinsend. »Hat eine ganz schön scharfe Zunge, der Kleine, was?«

»Die hat er«, bestätigte Carmody überzeugt.

»Wo hast du den her?«

»Ich kriegte ihn – na, ich bekam ihn unterwegs, während ich weg war.«

»Du bist weg gewesen? Ich nehme an, deshalb habe ich dich hier bei uns in den letzten Monaten nicht mehr gesehen.«

»Daran muß es gelegen haben«, versicherte Carmody.

»Wo bist du denn hin gewesen?« erkundigte sich Marundi.

Es lag Carmody auf der Zunge, zu sagen, in Miami. Aber statt dessen überkam es ihn, zu erzählen: »Ich bin im Universum unterwegs gewesen, dem Kosmos selbst, worin ich gewissen kurzlebigen Subjekten begegnet bin, die uns von nun an als Realität bekannt sein sollen.«

Marundi nickte verstehend. »Du bist auf einem Trip gewesen, was, Mann?«

»Das war ich wirklich, und was für einem.«

»Und auf diesem Trip hast du die molekulare Allesineinsheit der Dinge erfahren und den Energien deines Körpers gelauscht, *did'nt you, boy*?«

»Nicht ganz«, erklärte Carmody. »Auf meinem ganz speziellen Trip habe ich ganz besonders die schöpfungsvernichtenden Energien anderer Schöpfungen erfahren können und bin über das molekular-persönliche zum atomar-äußerlichen vorgestoßen. Damit will ich sagen, daß mein Trip mich von der Realität, ganz zu schweigen von der Existenz anderer Wesen außer mir selbst überzeugt hat.«

»Das klingt nach 'nem kräftigen Stoff«, sagte Marundi. »Wo kriegt man den her?«

»Der Stoff der Erfahrung wird aus dem endlosen Tang der Praxis destilliert«, erläuterte Carmody. »Objektive Existenz wird von vielen erstrebt, aber nur wenige erreichen dieses Ziel.«

»Du willst nicht mit der Sprache raus, was?« sagte Marundi. »Macht nichts, Baby. Jeden Trip, den du machst, mach ich noch besser.«

»Das bezweifle ich.«

»Ich bezweifle nicht, daß du das bezweifelst. Aber mach dir nichts draus. Kommst du mit zur Eröffnung?«

»Zu welcher Eröffnung?«

Marundi sah ihn mit offenem Erstaunen an. »Mann, du bist

nicht nur weg gewesen, du mußt hinter dem Mond gewesen sein. Heute ist die Eröffnung von dem, was jenseits allen Zweifels die wichtigste Kunstausstellung unserer Zeit, wenn nicht überhaupt aller Zeiten, ist.«

»Und was ist dieser Gipfelpunkt der Ästhetik?« wollte Carmody wissen.

»Ich gehe gerade hin«, erklärte Marundi. »Komm mit mir, und sieh es dir selbst an.«

Trotz des leisen Murrens des Preises schloß Carmody sich spontan dem Freund an. Sie gingen uptown, und Marundi erzählte unterwegs, was in der letzten Zeit so los gewesen war. Wie sich herausstellte, dasselbe wie sonst auch. Schließlich gelangten sie in die 106ste Straße, wo mehrere Gebäude abgerissen worden waren, um Platz für einen neuen Bau zu schaffen. Dieser Bau schien eine Art Schloß zu sein, aber eines, wie Carmody es noch nie zuvor gesehen hatte. Und deshalb fragte er seinen Begleiter, diesen hochgebildeten Menschen, um eine Erklärung.

»Dieses massive Gebäude, das du da vor dir siehst«, erklärte Marundi bereitwillig, »wurde von dem berühmten Architekten Delvanuey erbaut, dem wir unter anderem die legendäre *Todesfalle 66* verdanken, die berühmte New Yorker Hochstraße, die noch keiner vom Anfang bis zum Ende ohne Unfall befahren hat. Es ist der selbe Delvanuey, der, wie du dich vielleicht erinnern kannst, auch das Flash-Point-Towers entwarf, Chikagos neuesten Slum; der einzige Slum der Welt, der nach dem Prinzip Funktion ist Form so gebaut wurde, daß er bereits stolz und zweckmäßig als Slum disigned wirkt, und der von der ›Präsidentenkommission zur Erhaltung urbaner Kunst des modernen Amerika‹ das Prädikat ›unsanierbar‹ erhielt.«

»Das ist wirklich eine einzigartige Errungenschaft«, sagte Carmody ergriffen. »Wie nennt er denn dieses besondere Gebäude hier vor uns?«

»Das ist sein opus magnus«, erläuterte Marundi. »Dies, mein Freund, ist Schloß Müll!«

Die Zufahrt zu Schloß Müll, bemerkte Carmody, war sehr geschickt aus Eierschalen, Orangenschalen, Avacadokernen und Apfelkitschen aufgeschüttet. Sie führte zu einem großen Eingang, der völlig mit rostigen Bettfedern verkleidet war. Über dem Tor stand mit aufgeklebten Fischgräten geschrieben das Motto: ›Verschwendung zur Verteidigung des Luxus ist keine Sünde – Mäßigung zur Minderung der Exzesse ist keine Tugend‹.

Sie traten ein und wanderten durch Gänge von zerknüllten Kartons in einen offenen Hof, in dem ein Napalm-Springbrunnen lustig gen Himmel flackerte. Sie umgingen ihn vorsichtig und gelangten in einen Saal aus Aluminium, Stahl, Polyethelene, Asbest, Styrene, imitiertem Nußbaum, Acrilan und Vinyl. Von dort zweigte eine Reihe von Gängen ab.

»Gefällt es dir?« fragte Marundi.

»Ich weiß noch nicht recht«, gestand Carmody ein. »Was, zum Teufel, soll das alles ein?«

»Ein Museum«, erklärte Marundi. »Es ist das erste Museum für menschlichen Abfall.«

»Ich verstehe«, sagte Carmody. »Und wie kommt es so an beim Publikum?«

»Zu meiner Verwunderung, muß ich gestehen, ist die Aufnahme geradezu enthusiastisch. Ich meine, wir Intellektuellen wußten schon das es gut war, doch wir haben uns nicht vorzustellen gewagt, daß die breite Öffentlichkeit auch so schnell darauf abfährt. Aber das ist sie. In dieser Beziehung haben die Massen wirklich einmal Geschmack gezeigt und bewiesen, daß sie durchaus in der Lage sind zu erkennen, was die einzig wahre Kunst dieses Jahrhunderts ist.«

»Hat sie das erkannt, die Masse, meine ich? Ich ganz persönlich finde das alles doch ein wenig schwer zu verdauen.«

Marundi sah ihn voller Mitgefühl an, aber auch mit einer gewissen Verachtung. »Von allen Leuten hätte ich erwartet, daß sie ästhetische Reaktionäre sind, aber nicht von dir. Was hättest du denn gerne? Griechische Statuen und byzantinische Ikonen vielleicht?«

»Sicher nicht. Aber warum gerade sowas hier?«

»Weil sowas hier, lieber Carmody, die Essenz unserer Gegenwart ist, auf der alle Kunst begründet werden muß. Wir konsumieren, also sind wir! Aber der Mensch hat sich bisher noch dagegen gesträubt diese vitale Tatsache anzuerkennen. Der Mensch hat sich vom Müll abgewandt, diesem einzigen nicht weiter reduzierbaren Überbleibsel der Freuden unserer Zivilisation. Und doch – was ist Abfall? Ist es nicht nur eine Mahnung, unsere Bedürfnisse nie zu vergessen, eine Erinnerung an alles, was wir zum Leben brauchen? Wirf nichts weg, und du lebst nicht! Wer nicht verschwendet, hat nie wirklich existiert! Vergeude nichts, wünsche dir nichts. Das ist der böse alte Lehrsatz unserer gesellschaftlichen Analfixierung, die es endlich zu überwinden gilt. Warum über Müll reden? Nun, warum reden wir über Sex, über Tugend, über Schönheit oder über sonst irgendeine wichtige Sache?«

»Es klingt vernünftig«, gab Carmody zu, »wenn du es so darstellst. Trotzdem . . .«

»Komm mit mir, beobachte, lerne, erfahre dich selbst«, rief Marundi. »Das Konzept wird in dir wachsen, fast genau wie der Abfall um dich herum.«

Sie besuchten die Sammlung Alltagslärm. Hier konnte sich Carmody das Brausen wassergespülter Toiletten anhören, das Brausen des Feierabendverkehrs, das schrille Kreischen eines Unfalls, das kreischende Gebrüll eines Mob. Daneben gab es auch eine Lärmretrospektive mit dem Brausen von Stukas, dem Knattern von Repetiergewehren und dem mächtigen Dröhnen eines Dampfhammers. Gleich dahinter lag der Überschallknall-Raum, aus dem Carmody schnell wieder draußen war.

»Puh!« sagte Carmody.

»Vielleicht«, sagte Marundi. »Der Raum ist nicht ganz ungefährlich, aber manche bleiben stundenlang da drinnen. Gleich da vorne haben wir dann das Leitmotiv der ganzen Ausstellung: das geliebte Malmen der müllfressenden Müllvernichtungsanlagen. Schön, nicht? Und da hinten rechts gibt es die weltgrößte Sammlung leerer 1-Liter-Weinflaschen. Es gibt hier auch das originalgroße Modell einer U-Bahn mit einer Berauchungsanlage von Westingshaus.«

»Was ist denn dieses Geschrei?« erkundigte sich Carmody.

»Das sind die Bänder mit den heroischen Stimmen«, erklärte Marundi. »Das hohe, schrille Jammern ist unser neuester New Yorker Bürgermeister. Und dazu hörst du –«

»Gehen wir weiter!« verlangte Carmody.

»Sicher. Rechts geht es in die Graffiti-Abteilung. Daran anschließend kommen wir in die Fernsehantennen-Sammlung. Da sind schon die schönsten Modelle! Dies ist eine englische, anno 1960. Beachte die schwere, strenge Form, gedrungen, aber doch nicht schmucklos. Vergleiche sie einmal mit dem Kombodschanischen Typ von 1959. Siehst du die luxeriöse orientale Verspieltheit dieses asiatischen Modells? Das ist wahre Volkskunst, wie sie sich durch das Leben selbst ausdrückt.«

Marundi wandte sich zu Carmody und erklärte überzeugt: »Sehe und glaube, mein Freund. Dies ist die Welle der Zukunft. Einstmals verschloß der Mensch sich den Freuden der ewigen Aktualität. Diese Tage sind vergangen. Wir wissen heute, daß Kunst das Ding an sich ist, zusammen mit seiner Verwertung bis hin zum Müll. Keine Pop-Art, muß ich hier schnell einfügen, die nur höhnen und übertreiben will. Nein, das hier ist Volkskunst, die Kunst, die einfach existiert, weil das Volk sie sich selbst so geschaffen hat. Dies ist das neue Zeitalter, in dem wir endlich bedingungslos das Unakzeptierbare akzeptieren werden, und so dazu kommen zu verkünden, daß unsere Künstlichkeit natürlich – die Epoche der Natürlichkeit des Künstlichen.«

»Mir gefällt das alles nicht!« rief Carmody. »Ich mag das nicht. Seethwright!«

»Nach wem schreist du da?« wollte Marundi wissen.

»Seethwright! Seethwright! Komm und hol mich raus hier, zum Teufel!«

»Er ist ausgeflippt«, sagte Marundi. »Gibt es hier irgendwo einen Arzt?«

Sofort erschien ein kurzer, feuchthändiger Mann in einem einteiligen Latzhosenanzug. Der Mann trug einen kleinen schwarzen Koffer bei sich, an dem eine kleine silberne Plakette angebracht war, auf der stand: ›Kleiner schwarzer Koffer‹.

»Ich bin Arzt«, sagte der Arzt. »Lassen Sie mich den Patienten sehen.«

»Seethwright! Wo stecken Sie, verdammt noch mal!«

»Hmmmmmmmm, ich sehe«, sagte der Doktor. »Dieser Mann zeigt alle Anzeichen akuten Halluzinationsentzuges. Hmm. Ja, wenn man seinen Kopf abtastet, fühlt man deutlich, daß er hart ist und rundlich. Das ist normal für dieses Alter. Aber wenn man dann weiter fühlt . . . hmm, erstaunlich. Dieser arme Kerl ist gerade dabei, vom Mangel an Illusionen zu verhungern. Er ist wirklich ausgehungert nach Illusionen.«

»Können Sie ihm helfen, Doc?« erkundigte Marundi sich besorgt.

»Sie haben mich gerade noch rechtzeitig gerufen«, erklärte der Arzt. »Der Zustand ist noch nicht irreversibel. Ich habe hier die göttliche Nadel.«

»Seethwright!«

Der Arzt nahm eine Schachtel aus dem kleinen schwarzen Koffer, und aus der Schachtel eine Spritze und eine Ampulle, worauf er begann die Spritze aufzuziehen. »Das ist der Standard-Frischmacher«, sagte er zu Carmody. »Nichts, worüber Sie sich Gedanken machen brauchen. Ein Kind könnte das schon nehmen. Es enthält nur ein wenig Barbiturate, Amphetamine, Tranquillizer, Halluzinogene und andere gute Sachen. Dazu eine Prise Arsen, die Ihr Haar schön seidig macht. Halten Sie jetzt bitte einmal still . . .«

»Verdammt, Seethwright! Hol mich hier raus!«

»Es tut nur im ersten Augenblick weh«, versicherte der Arzt, zielte und stieß mit der Spritze zu.

Im gleichen Augenblick, oder fast im gleichen Augenblick, war Carmody verschwunden.

Auf Schloß Müll herrschte über dieses Verschwinden eine Weile konsternierte Verwirrung, die sich aber legte, nachdem jeder eine Spritze bekommen hatte. Danach wurde die Sache mit olympischer Ruhe zu Ende gebracht. Ein Priester wurde gerufen und sprach für Carmody die letzten Worte: »Überflüssiger Mensch, du gehest nun hinauf zu den herrlichen Gefilden des Unwesentlichen im Himmel, wo alle unnötigen Dinge ihren Platz finden werden.«

Aber Carmody wanderte, angetrieben von den Transitionen des getreuen Seethwright, weiter durch die endlosen Möglichkeitswelten. Er bewegte sich in eine Richtung, die man am besten als nach ›unten‹ bezeichnen kann, hindurch durch die Myriaden potentiellen Erden, zu den möglichen Welten, danach zu den unwahrscheinlichen und schließlich in die merkwürdigen Bereiche der konstruierten Unmöglichkeiten.

Der Preis schimpfte mit ihm und sagte: »Das war deine eigene Welt, die du verlassen hast! Deine Heimat, Carmody! Bist du dir dessen bewußt?«

»Ja, ich bin mir dessen bewußt«, sagte Carmody.

»Und jetzt gibt es keine Rückkehr mehr.«

»Ich bin mir auch dessen bewußt.«

»Ich nehme an, du denkst, du könntest irgendwo ein gemütliches Utopia finden in den Welten, die vor uns liegen?« meinte der Preis mit einem verächtlichen Schnauben.

»Nein, nicht genau.«

»Was denn?«

Carmody schüttelte den Kopf und weigerte sich zu antworten.

»Was immer es auch sein sollte, du kannst es vergessen«, sagte ihm der Preis bitter. »Dein Jäger ist uns dicht auf den Fersen und wird dein unentrinnbares Verderben sein.«

»Das bezweifle ich nicht«, sagte Carmody, den eine seltsame Ruhe überkommen hatte. »Aber wenn man es langfristiger betrachtet, hatte ich sowieso nie angenommen, lebend aus diesem Universum davonzukommen.«

»Das ist doch bedeutungslos«, schnaubte der Preis. »Die traurige Tatsache ist, du hast alles verloren, Carmody.«

»Da stimme ich dir nicht zu«, erklärte Carmody. »Erlaube mir bitte, darauf hinzuweisen, daß ich im Augenblick noch am Leben bin.«

»Einverstanden. Aber nur im Augenblick.«

»Ich bin schon immer nur im Augenblick am Leben gewesen«, erklärte Carmody weiter. »Ich konnte nie mehr, als diesen einen Augenblick leben. Es war mein Irrtum, daß ich mehr erwartet habe. Und das gilt, glaube ich jetzt, für alle meine möglichen und potentiellen Lebensumstände.«

»Und was willst du nun mit deinem Augenblick erreichen?«

»Nichts«, sagte Carmody. »Alles.«

»Ich verstehe dich nicht mehr länger«, meinte der Preis. »Etwas an dir hat sich verändert, Carmody. Was ist das?«

»Eine Kleinigkeit nur«, erzählte Carmody seinem Preis. »Ich habe einfach eine Langlebigkeit aufgegeben, die ich mir sowieso immer nur eingebildet habe. Ich habe mich von dem Garderobenklatsch abgewandt, den die Götter sich ständig hinter ihren Provinzbühnen erzählen. Es ist mir egal geworden, unter welcher Schale die Perle der Allmächtigkeit nun zu finden ist. Ich brauche sie nicht. Ich brauche auch keine Unsterblichkeit. Ich habe meinen Augenblick, und der genügt mir.«

»Sankt Carmody!« rief der Preis voll triefendem Sarkasmus. »Nicht mehr als ein Atemzug trennen dich von deinem Tod! Was willst du nun mit deinem armseligen Augenblick anfangen?«

»Ich werde damit weitermachen, ihn zu leben«, sagte Carmody. »Dafür sind Augenblicke schließlich da.«

ENDE